Prologue

La grosseur ressemblait à un œuf ; un œuf de bonne taille.

Un œuf sorti de nulle part.

Il pinça la peau entre ses doigts, approcha le bistouri. La lame usée ne renvoyait aucun reflet. Elle pénétra dans la chair, la parcourut sur deux pouces et donna naissance à une entaille écarlate, semblable à un trait d'encre de Chine.

Deux pouces.

N'avait-il pas été trop loin ? Sa main se mit à trembler.

Pas le droit à l'erreur.

Lorsqu'il les écarta, les lèvres de la plaie esquissèrent un sourire. Rasséréné, il déposa le bistouri sur le matelas, attrapa le déchaussoir et, d'un geste sec, déchira les membranes qui enveloppaient l'œuf. La poche apparut ; il la sectionna au scalpel, sans précipitation. Le boyau était là, juste derrière. Un fluide jaune pâle se répandit, nappa le matelas et coula jusqu'à la paillasse crasseuse qui complétait le couchage. Le praticien marqua un temps d'arrêt, puis il introduisit la sonde qu'il avait préparée avant le début de l'opération.

La poche ouverte sur toute sa longueur, il sortit le viscère. Un instant, il douta de pouvoir le remettre à sa place, une pensée décourageante qu'il chassa aussitôt. Le bistouri courbe dans la main droite, il pratiqua une nouvelle incision, le bruit lui évoqua la découpe d'un parchemin.

Avec son avant-bras, il essuya les gouttes de sueur qui perlaient sur son front, puis examina la plaie. Il la trouva réussie, plus belle que la dernière fois, quand ces maudites adhérences l'avaient empêché d'aller au bout. Satisfait, il plongea ses doigts à l'intérieur et, sentant que le passage était dégagé, entreprit de replacer le boyau dans la cavité du ventre. L'odeur qui en sortait n'était pas aussi infecte qu'attendu. Ou peut-être s'y habituait-il ? C'était comme les cris étouffés du patient ; il ne les entendait plus. Et pourtant, le pauvre, lorsqu'il ne tirait pas sur ses liens, il ne cessait de s'égosiller dans l'épais tissu qui lui couvrait la bouche.

Un éclat de voix plus clair l'empêcha de contempler son œuvre.

Encore une complication.

Il repoussa la dernière portion d'intestin, celle qui, un peu plus tôt, formait un renflement. Le plus gros qu'il ait vu jusqu'à présent.

Derrière la porte, on tambourinait. Il n'aurait ni le temps d'achever les soins ni l'occasion d'utiliser les compresses et les bandages qu'il avait apportés. Pas ce soir. Quelques palpitations de contrariété lui secouèrent la poitrine.

Rien ne se passait comme prévu.

— Maintenant, ça suffit, ouvrez tout de suite !

Dans le couloir, la voix perdait son sang-froid.

Le bâillon atténuait les hurlements, mais il ne les supprimait pas tout à fait. Le patient avait fini par se faire entendre. À regret, le praticien rassembla son matériel, qui traînait près de la couche, replaça le tout dans sa besace et s'approcha de la fenêtre. La cour était plongée dans l'obscurité, on n'y voyait rien. La nuit, le tenancier ne laissait que deux lanternes, côté rue. Les clients désireux de prolonger la soirée étaient partis s'enivrer plus loin, vers un établissement clandestin dont la rumeur braillarde grossissait d'heure en heure. Les chambres de l'auberge abritaient un ou deux voyageurs. L'un d'entre eux l'avait-il découvert ? Ils avaient pourtant l'air assez saouls pour dormir sans faire d'histoires.

Il jeta un dernier coup d'œil à son patient, qui agitait la tête et se contorsionnait comme une anguille. Du sang s'échappait de sa blessure.

Pas de quoi s'affoler.

L'aubergiste irait réveiller le barbier qui tenait boutique dans la rue adjacente. Il n'excellait pas, mais il saurait se débrouiller.

Ravalant sa déception, il enjamba le rebord et se laissa tomber, devant l'étable, sur une botte de paille où s'entassaient des carcasses de pigeons. Une légère odeur de sueur, de gras et de vin s'échappait de la grande salle. Alertée par le bruit, la fille de cuisine fouilla les ténèbres du regard, puis, n'y détectant rien d'inhabituel, rejoignit l'aubergiste à l'étage.

Le praticien passa sous le porche, avant de se fondre dans l'obscurité du faubourg.

Première démonstration

Du général des opérations (Instruments, compresses et bandages…)

« La raison et l'expérience doivent nous apprendre à nous bien servir des instruments ; la première nous fait choisir l'instrument convenable à l'intention que nous nous proposons, et la seconde nous rendant adroits nous donne de la hardiesse à le manier, n'y ayant rien qui assure et qui encourage plus un opérateur dans l'usage des machines que les heureuses épreuves qu'il en a faites[1]. »

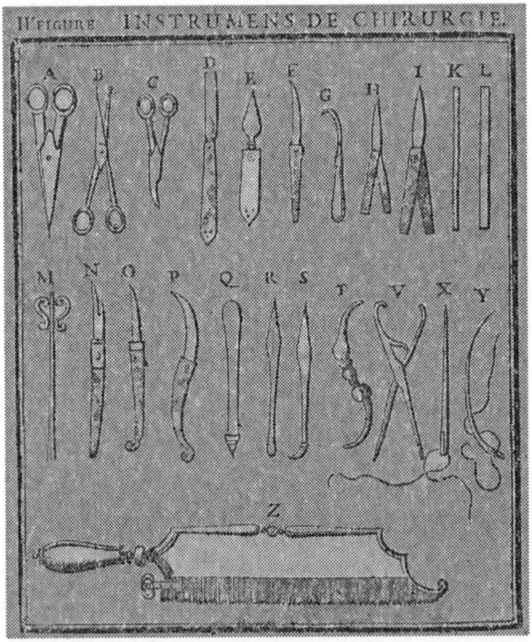

1. Pierre Dionis, *Cours d'opérations de chirurgie, démontrées au Jardin royal*, Paris, Laurent d'Houry, 1707, p. 19 (*toutes les notes sont de l'auteure*).

1.

Paris, mars 1673

Les jeunes gens jouaient des coudes pour se frayer un passage à l'intérieur de l'enceinte. Coincée entre la chapelle et une série de dépendances, l'entrée supportait péniblement l'afflux massif d'étudiants et de curieux qui, chaque semaine, s'amassaient entre ses portes. Sous son fronton triangulaire, il était monnaie courante de patienter plus de quarante minutes.

Sébastien de Noilat sentit la pression s'accentuer dans son dos. Chahuté de toutes parts, il serra sa besace contre sa poitrine et se laissa charrier par la marée humaine. Cette promiscuité avec tant d'inconnus le rendait nerveux. Gorge nouée et jambes tremblantes, il avançait tant bien que mal parce que reculer était tout simplement impossible. Derrière lui, des centaines de garçons s'agglutinaient, l'empêchant de battre en retraite. Jamais il n'avait vu une foule comme celle-là, remuante, tendue à l'extrême, prête à donner des coups s'il le fallait. Le dos couvert de sueur, Sébastien carra les épaules. Les autres, à l'évidence, n'auraient aucun scrupule à le piétiner. C'est ce qui l'incitait à ne pas se rouler en boule ; pourtant, il en mourait d'envie.

Perdu au milieu de cette pluie de jurons, d'invectives et de mauvaises manières, il refoula ses larmes et chercha Charles du regard. Il repéra sans peine sa tignasse blonde, éclatante, véritable phare sous le soleil de mars. Sébastien glissa une main jusqu'à lui et s'agrippa à ses épaules. Le botaniste tourna la tête, un sourire joyeux éclairait son visage. On aurait dit un enfant à qui l'on venait d'offrir un présent.

— Courage, mon ami. Nous y sommes presque ! Ça va te plaire, j'en suis sûr. Ne fais pas attention à eux. Le retard de la démonstration les a agités. Ils se calmeront une fois à l'intérieur.

Ils s'étaient rencontrés deux heures plus tôt. Charles, un jeune botaniste dont l'enthousiasme semblait n'avoir aucune limite hormis celles que lui imposait son champ de vision, se comportait comme s'ils se connaissaient de longue date. Sébastien jugeait cette attitude singulière, mais il avait trop besoin d'un ami pour rester sur son quant-à-soi. Entre les hommes qui cognaient à la première broutille et ceux qui s'étreignaient dès qu'ils en avaient l'occasion, Paris n'en finissait pas de le surprendre. De l'inquiéter aussi.

Après un voyage éprouvant qui l'avait rendu malade – sans doute à cause du jambon qu'on lui avait servi dans un relais sur la route d'Orléans –, Sébastien ne songeait plus qu'à grimper dans une charrette pour regagner sa Sologne natale. Tant pis si cela faisait de lui un pleutre.

Les riverains peu commodes, les mendiants estropiés qui vous regardaient de travers, les voitures qui, à chaque coin de rue, manquaient de vous renverser, quand elles ne projetaient pas sur vous une boue infâme et nauséabonde, les coupe-gorge, les réseaux de voyous qui s'organisaient pour vous détrousser, sans parler des déchets ; ces marécages immondes qui stagnaient sur la chaussée. Cette ville, à ses yeux, était un danger permanent. Qu'il regrettait de s'être aventuré jusque-là ! S'il ne mourait pas écrasé ou égorgé à la tombée du jour, l'insalubrité, tôt ou tard, se chargerait de l'envoyer six pieds sous terre. Anxieux de nature, peut-être exagérait-il un peu. Car quand il évaluait ses chances de survie, il n'était guère optimiste et ne comprenait pas le sourire de Charles, dans lequel on lisait tout le plaisir d'être là.

Après plusieurs minutes de chahut, ils réussirent à pénétrer dans une petite cour, cernée par de hauts murs. L'oppression dans la poitrine de Sébastien diminua d'un cran. Il respirait à nouveau.

Autour de lui, il ne vit rien qui ressemblât à un jardin. Ni arbustes ni simples[1] ; rien de végétal. Charles le tira par la manche jusqu'à une seconde porte qui se trouvait tout à droite, plus large, ouvrant, cette fois, sur la grande cour, située face au logis. Le château, comme l'appelaient certains, comportait trois ailes disposées en forme de U. Avec ses trois niveaux, ses fenêtres parfaitement alignées, ses lignes droites sans fioritures, sa symétrie, l'édifice lui évoquait l'ordre, la stabilité et la rigueur. Là d'où venait Sébastien, les constructions, même les plus prestigieuses, portaient presque toutes les marques de consolidations et d'ajouts successifs. Ceux qui paraissaient avoir été bâtis d'un seul tenant, comme celui-ci, étaient rares.

En pivotant sur lui-même, Sébastien aperçut enfin le Jardin du Roi. Frappé par la diversité de ses paysages, il s'immobilisa malgré l'agitation autour de lui. Quand Charles lui avait parlé d'un jardin de plantes médicinales, il avait imaginé quelques parterres, des allées étroites, bordées de sauge, de romarin et d'espèces communes ; pas cet immense réseau herbacé, ces massifs regorgeants de variétés, ce verger qu'il devinait au loin,

1. Terme utilisé pour désigner les plantes médicinales.

cette prairie et ce bois qui auraient pu s'étendre à l'infini si le cours de la Bièvre ne les avait pas arrêtés.

Bourgeonnants, les arbres laissaient le soleil inonder les chemins d'une lumière pâle, sur lesquels se chamaillaient les ombres des branchages. Les cris des bateliers, des marchands ou les éclats des chantiers en provenance de la Seine n'étaient plus qu'une lointaine rumeur, feutrée par le bruissement du vent. Son souffle hivernal ramenait jusqu'au logis un parfum mousseux ponctué de quelques notes florales, capables de vous faire oublier la fraîcheur des températures.

Sébastien se frotta les yeux. Il y avait, dans ce paysage foisonnant, aux couleurs innombrables, une profondeur immense qui paraissait vous appeler comme si vous faisiez déjà partie du décor.

On devait la création de ce tableau au médecin Guy de La Brosse qui, une quarantaine d'années plus tôt, avait décidé de doter Paris d'un vaste jardin botanique, digne de ceux qui poussaient un peu partout en Europe, où serait dispensé un enseignement théorique et pratique sur les plantes et leurs propriétés. Un temple dédié aux progrès de la pensée médicale, qui proposait également des cours de chimie et d'anatomie.

L'herboriste n'eut guère le loisir de contempler le jardin plus longtemps et dut résister à la tentation de s'y aventurer. Alexandre Gardane, un Breton à la mine austère – que Charles lui avait présenté comme son meilleur ami – les entraînait déjà à l'intérieur.

Dans l'entrée, ils durent naviguer entre les attroupements anarchiques qui se formaient sans se soucier du passage des autres visiteurs. Sur les talons de Charles et d'Alexandre, Sébastien remonta deux salles en enfilade ; l'une contenait toutes sortes de drogues, des herbes séchées réduites en poudre, des minéraux, l'autre abritait une collection d'ouvrages de botanique, surveillés de près par un homme portant la perruque. Ils arrivèrent ensuite dans un amphithéâtre en bois, éclairé par de hautes fenêtres. À en juger par l'odeur qui s'en dégageait, le menuisier venait tout juste d'achever les gradins. Sébastien suivit ses compagnons et s'installa sur la rangée la plus éloignée ; il ne restait plus qu'une dizaine de places assises. Les autres devraient rester debout.

Au centre de l'amphithéâtre, un homme d'une trentaine d'années, accoudé à une table, manches retroussées, de fausses boucles cascadant jusqu'au milieu de son dos, scrutait le cadavre étendu face à lui. Devant le regard interrogatif que lui adressa Sébastien, Charles précisa qu'il s'agissait du corps d'un condamné à mort.

À l'intérieur de la salle, un épais brouhaha s'éleva, ricocha sur le plafond et retomba sur les spectateurs dont il semblait aspirer les murmures. Après une attente d'une quinzaine de minutes, Pierre Dionis leva la main. Aussitôt l'assemblée se tut pour l'écouter.

— Messieurs, je suis ravi de vous retrouver aussi nombreux pour cette démonstration. Jusque-là, je me suis borné à illustrer l'anatomie, en complément du cours magistral de M. Cressé. Cette partie de votre apprentissage est essentielle, car on ne peut prétendre au titre de chirurgien sans une parfaite connaissance du corps humain. Je me suis également appliqué à vous démontrer la circulation du sang, afin que vous n'ignoriez pas cette découverte, qui est pourtant encore contestée par certains, en dépit du fait qu'elle soit facile à prouver. J'invite ceux qui auraient manqué cette leçon à venir y assister lorsque nous la proposerons à nouveau. Maintenant, j'aimerais que nous passions aux opérations de chirurgie, celles auxquelles vous serez confrontés dans l'exercice de votre profession. Avant d'entamer notre première dissection, il me paraît important de vous parler des instruments, des compresses, des emplâtres et des bandages, car il ne suffit point d'ouvrir un malade pour lui venir en aide, il faut également s'assurer qu'il se remette en lui prodiguant les meilleurs soins.

Fraîchement nommé démonstrateur « en anatomie humaine suivant la circulation du sang » par le Premier médecin de Sa Majesté, Pierre Dionis venait de démissionner de sa charge de chirurgien du roi pour se consacrer à ses leçons publiques. Comme le voulait la tradition, le cours magistral était lu par le docteur régent Pierre Cressé, car les médecins revendiquaient le monopole de l'enseignement anatomique et estimaient toujours que les chirurgiens, détenteurs d'un savoir-faire manuel, leur étaient inférieurs dans l'art de guérir. Dionis s'occupait donc de la pratique et disséquait les cadavres qu'on lui présentait. L'après-midi, il exécutait une opération de chirurgie sur le deuxième corps de la journée.

Dans les gradins, plus un mot ne filait. Les jeunes gens avaient cessé de remuer et buvaient les paroles du maître chirurgien avec le plus grand sérieux. Éloquent sans chercher à l'être, il s'exprimait avec facilité et dégageait une prestance dans laquelle on percevait la satisfaction que lui procurait sa mission. À ses poignets, la dentelle qui s'échappait de son justaucorps prenait vie à chacun de ses gestes, et donnait naissance à de petits tourbillons immaculés qui virevoltaient au-dessus d'une armée d'outils cauchemardesques.

Il les présenta les uns après les autres – les bistouris, le scalpel, les aiguilles. Parfois, il précisait l'origine du mot, donnait des exemples d'utilisation ; la lancette, l'instrument de la saignée, « un indispensable », insista-t-il. Il est impératif d'en posséder plusieurs pour ne pas être pris au dépourvu.

Sébastien n'avait jamais assisté à une dissection publique et admettait volontiers que ce cours, donné en français et non en latin, dépassait de loin toutes ses attentes.

— Qui sont tous ces gens ? demanda-t-il en balayant la salle du regard.

Charles se pencha vers lui.

— Des garçons chirurgiens pour la plupart. Cette démonstration est la meilleure de la ville. Ils viennent tous ici pour parfaire leurs connaissances. Le roi a décidé que l'enseignement serait gratuit et en français. Tu imagines ? C'est un succès sans précédent ! Pour ma part, je n'entends pas grand-chose à la chirurgie, c'est par curiosité que j'accompagne Alexandre et Gaspard. (Charles baissa d'un ton avant de poursuivre.) Ils possèdent déjà la maîtrise, mais ils aiment venir écouter Dionis. Un jour, nous serons trop nombreux dans l'amphithéâtre... Ils ne nous autoriseront plus à entrer.

De la tête, il désignait Alexandre Gardane et le chirurgien assis à sa droite, Gaspard de Jussieu. Les deux jeunes gens, s'ils n'avaient aucun lien de parenté, se ressemblaient à plus d'un titre. Mâchoires anguleuses, nez fins, osseux de figure et de corps, sombres jusqu'aux tréfonds de leurs pupilles. Ils n'osaient plus battre des paupières, sans doute par crainte de manquer une information. Cette concentration excessive, ajoutée à la sévérité de leur physionomie, rappelait ces grands rapaces imperturbables, prêts à fondre sur leur proie.

Sébastien réprima un frisson. Jusqu'à présent, il s'était bien gardé d'aborder ces deux-là et se tournait plus volontiers vers Charles. Ses manières engageantes l'avaient tout de suite mis à l'aise et, par chance, c'est de lui qu'il allait avoir besoin. Il avait obtenu son nom et son adresse d'un apothicaire[1] de Romorantin. Le vieil homme, à qui il avait confié son projet de voyage, l'avait écouté sans cacher son scepticisme. « Aller à Paris ? Pour quoi faire ? N'as-tu pas assez de travail ici ? La ville n'est pas moins boueuse, et

1. Contrairement à l'herboriste, qui vend des plantes médicinales, l'apothicaire élabore des remèdes et préparations plus complexes. Selon le dictionnaire de Trévoux (XVIIIe siècle), il est celui « qui fait et qui vend des remèdes ordonnés par les médecins ».

l'air y est mauvais ! De toi, mon petit, elle ne fera qu'une bouchée ! »

Sébastien avait hoché la tête, plus en signe de politesse que d'assentiment, pourtant, il comprenait à présent les raisons de cette mise en garde. Pourquoi s'était-il entêté ? Pour lui donner tort ? Cherchait-il à prouver qu'il était capable de se débrouiller seul, loin de sa boutique, de sa maison, loin de ses herbes et de sa clientèle, qu'il connaissait par cœur ? Ses repères… Ici, il n'en avait aucun. Il aurait pu verser une larme si Alexandre Gardane ne l'avait pas fusillé du regard.

Afin d'éviter de s'attirer d'autres reproches, Charles et Sébastien cessèrent de chuchoter. Méthodique, Dionis s'en tint au plan annoncé en début de séance. Il discourut d'abord sur les canules, puis il passa aux emplâtres et aux compresses. Les emplâtres, expliquait-il, sont des compositions plus solides que les onguents. On les amollit pour les étaler sur du linge ou sur du cuir. Pour les parties délicates, comme les yeux, les lèvres, il préconisait de choisir un taffetas ou un tissu léger. Cire, poix, huiles, graisses, gommes, poudres diverses… les ingrédients utilisés pour confectionner ces remèdes dépendaient des propriétés que l'on souhaitait leur conférer. Un océan de possibilités, de mélanges, sur lequel le chirurgien devait apprendre à naviguer. Quant aux compresses, il y en avait des carrées, des rondes, des triangulaires et des transversales. Sèches ou imbibées de liqueur, elles conservaient la chaleur et affermissaient le bandage.

En dépit du charisme de l'orateur, Sébastien avait beaucoup de mal à empêcher ses pensées de revenir à ses préoccupations actuelles. Ce matin, après sa descente de la charrette où s'entassait une douzaine de voyageurs, il s'était rendu chez Charles et avait fait porter sa malle à son adresse en attendant de trouver un lieu où poser son maigre bagage. Le botaniste l'avait certes accueilli comme un vieil ami, mais il l'avait traîné au Jardin du Roi sans lui accorder une minute de répit. « Je t'assure, il faut que tu viennes. On discutera plus tard ! » s'était-il exclamé.

Sébastien portait encore sur lui cette besace d'un autre âge, dans laquelle il gardait ce qu'il rechignait à laisser loin de lui. Une angoisse sourde lui tordait les entrailles. Il n'avait pas d'endroit où loger, et ne pouvait circuler sans se perdre dans le labyrinthe de ruelles qui l'attendait dehors ; un dédale, sombre de nuit comme de jour. Il aurait mieux fait d'écouter l'apothicaire ! La ville lui inspirait une peur panique qui affluait dans ses veines au moindre bruit.

Embourbé dans ce constat affligeant, il tentait de se remémorer le motif de son voyage. Le journal de son lointain parent, Aymar de Noilat, méritait-il ce déracinement, d'abandonner son travail et ses amis ? Qu'espérait-il en quittant la Sologne ? Qu'il deviendrait un jour botaniste, comme Charles ? Que sa découverte lui apporterait la reconnaissance dont il rêvait secrètement ? C'était ça, la vraie raison. Or, aurait-il le courage d'assumer de telles ambitions ? En attendant, recroquevillé sur son banc, il tremblait de tous ses membres et offrait sans aucun doute un spectacle des plus pathétiques.

— Tu n'as pas l'air bien, souffla Charles.

Sébastien prétexta la fatigue du voyage.

— Ce soir, viens avec nous à L'Arquebuse. On fêtera ton arrivée comme il se doit et tu pourras y dormir, ils ont toujours de la place.

— Et Denis Dodart ? On m'a dit que tu pouvais m'aider à le rencontrer. J'aimerais lui parler de mes recherches. Je pense qu'elles peuvent l'intéresser. Je sais qu'il a l'ambition de publier un catalogue exhaustif des espèces végétales et que tu lui prêtes main-forte… Vois-tu, c'est au sujet des cas de gangrène en Sologne.

Charles lui sourit.

— Dodart ? Dis donc, tu ne perds pas de temps. Tu le rencontreras, ne t'en fais pas ! Pour l'heure, tu devrais surtout songer à te procurer une chambre et à te reposer un peu. Crois-moi, tu as mauvaise mine.

Sébastien se mordit la langue tant ce reproche lui semblait saugrenu venant du botaniste. Charles avait certes un visage plaisant, aux proportions équilibrées, mais il était affublé de deux poches violacées sous les yeux, qui lui donnaient un air hagard et contrastaient avec le blond de ses cheveux et la pâleur de sa peau. Il ne devait pas dormir beaucoup. Sans doute passait-il toutes ses nuits à travailler sur le projet de catalogue de Dodart.

Pierre Dionis achevait de montrer comment bander la tête d'un blessé. Quand il proposa de répondre aux questions des élèves, plusieurs mains se dressèrent dans l'assistance. Le premier à prendre la parole voulait connaître la méthode que Dionis préconisait pour arrêter un saignement.

Sébastien frissonna. La chirurgie n'était pas une discipline pour lui.

2.

Sébastien tenait toujours le journal d'Aymar de Noilat serré contre lui. Toute la journée, il avait suivi Charles, Alexandre Gardane et Gaspard de Jussieu, au Jardin du Roi d'abord, puis dans les rues du faubourg Saint-Victor, organisé autour de l'abbaye du même nom. Ce dernier s'étendait, au-delà des anciennes fortifications, des chantiers de bois flotté, établis près des berges de la Seine, jusqu'au marché aux chevaux et à l'hôpital de la Salpêtrière, plus à l'est. On y rencontrait des marchands qui y entreposaient, loin de la ville et du risque d'incendie, bûches et rondins, formant de vastes piles que les bateliers apercevaient depuis le fleuve.

Incapable de retrouver son chemin, Sébastien ne lâchait pas ses nouveaux compagnons d'une semelle ; on aurait dit un bambin cramponné aux jupes de sa mère. Dire qu'il venait d'avoir vingt-six ans.

La dissection lui laissait un souvenir en demi-teinte. Il aurait sans doute apprécié l'expérience s'il avait été dans son état normal. Mais il se sentait trop oppressé pour s'intéresser à la chirurgie ou à quoi que ce soit d'autre qu'à lui-même. Son herboristerie lui manquait, et il avait la désagréable impression qu'il ne la reverrait pas.

Il tira sur son col et passa la main derrière sa nuque, qui transpirait abondamment. Quelques secondes plus tôt, un fiacre avait bien failli le renverser. Il l'avait évité de justesse en se plaquant contre le mur d'une maison couverte de plâtre. Depuis, il conservait le souffle court et sursautait dès qu'un attelage approchait.

Gardane et Jussieu marchaient sans se soucier de son sort, parlaient d'anatomie, échangeaient leurs points de vue sur le cours de Dionis, pestaient contre la faculté de médecine. Si l'un d'eux s'écartait du sujet pour une raison ou une autre, l'autre finissait toujours par réorienter la conversation sur leur thème de prédilection.

Charles se tenait en retrait. Sébastien avait appris que Gardane et lui étaient des amis d'enfance. Deux Bretons, originaires de Saint-Brieuc, venus à Paris pour étudier. Ils n'étaient jamais repartis et vivaient depuis cinq ans dans un immeuble où logeaient trois autres locataires, dont une famille.

L'éclaircie du début d'après-midi avait disparu. Les maisons, avec leurs pignons pointus, se lançaient à l'assaut d'un ciel bas et gris. Sébastien jeta un coup d'œil à ses souliers. Il ne pleuvait pas, pourtant un torrent malodorant se déversait à ses pieds. Circuler sans se crotter de haut en bas relevait de l'exploit. À force de porter sa besace, à laquelle il se cramponnait de toutes ses forces, son dos le faisait souffrir. Il n'avait pas l'habitude de déambuler ainsi. En Sologne, il quittait rarement La Ferté-Imbault, hormis pour se réapprovisionner en herbes et en onguents.

La soirée se profilait quand Charles pointa du doigt un établissement étroit, accolé à deux maisons plus étroites encore, et dont la façade arborait une enseigne bancale, en bois peint.

— Nous y sommes, c'est L'Arquebuse. Alexandre, arrête un peu avec la chirurgie, tu veux ! Il est temps de penser à autre chose.

Sébastien remarqua que Charles ne s'adressait pas à Gaspard de Jussieu, en tout cas pas directement. Et quand celui-ci lui parlait, il perdait ce sourire qui semblait pourtant figé sur sa figure le reste du temps.

Les quatre hommes se frayèrent un chemin entre les clients qui buvaient debout sur la chaussée, et s'engouffrèrent à l'intérieur de l'auberge où régnait un vacarme assourdissant. Les rires fusaient, les chaises raclaient le sol… Charles dut crier pour se faire entendre. Il indiqua à ses compagnons une table inoccupée, commanda un pichet de vin, avant de s'asseoir près d'Alexandre Gardane qui, traits tendus, mâchoires serrées, ne semblait là que pour lui faire plaisir.

Côte à côte, les deux Bretons formaient un binôme dépareillé. L'aura de Gardane était sombre et mystérieuse, personne n'aurait pu percer à jour le cours de ses pensées – si ce n'est qu'il était de méchante humeur ; Charles, lui, produisait de la lumière. En sa présence, la température se réchauffait. Il insufflait de la convivialité sans effort. À son contact, même Gardane finit par abandonner son air renfrogné.

Sébastien avala une gorgée d'alcool. Après la rudesse de la journée, le liquide lui brûla l'œsophage. Il grimaça. Le vin, il en buvait peu, et celui-ci était fort ; il n'avait pas l'habitude. Pour ne pas offenser Charles, il vida néanmoins son gobelet et se laissa resservir. Une fois, deux fois. Bientôt, il arrêta de compter. Une demi-heure plus tard, ses peurs ne l'effrayaient plus autant, une douce chaleur l'enveloppait. Il se sentait beaucoup mieux. Libérés de leur tension, ses muscles lui inspiraient des gestes amples. Par moments, sa tête dodelinait de droite à gauche, roulait entre ses épaules, il devait songer à la remettre en place. Gaspard de Jussieu le regardait, goguenard, mais Sébastien s'en moquait. Il pouvait bien penser ce qu'il voulait, celui-là.

Gardane sortit de sa veste une pipe en terre. Une odeur de tabac flotta autour de la table, se mêla aux effluves de viande qui provenaient de la cuisine. Le propriétaire de l'auberge, un homme courtaud, aux yeux de fouine, leur proposa un morceau de jambon et du pain, tout en indiquant qu'il n'avait rien d'autre à leur offrir. Ils acceptèrent. Sébastien se demanda combien coûtait le repas, sans oser poser la question à voix haute.

— Pourquoi les cours du Jardin des plantes attirent-ils autant de monde ? s'enquit-il à la place.

Ne reconnaissant pas cette voix, lointaine et grasse, il se palpa la gorge avec appréhension. Alexandre Gardane lui tendit sa pipe. Il la prit, la porta à sa bouche et toussa lorsque la fumée s'insinua dans ses poumons. Il réessaya malgré tout, bien décidé à ne pas se ridiculiser une seconde fois.

— Le Jardin apprend aux étudiants que le sang est pompé par le cœur, qu'il circule dans le corps et revient à son point de départ, expliqua Gardane. La Faculté refuse toujours d'admettre l'évidence, même si la découverte ne date pas d'hier. Le roi a voulu que la circulation soit enseignée.

Le chirurgien paraissait s'enorgueillir de cet enseignement d'anatomie donné en français qui, grâce à sa gratuité et à son libre accès, sans examens ni diplômes, était rapidement devenu l'un des plus fréquentés de la ville.

Même si les médecins y donnaient des cours magistraux, le Jardin du Roi, placé sous l'égide du pouvoir royal, échappait à leur tutelle. En nommant Pierre Dionis, un chirurgien qui professait des théories modernes, le roi affichait clairement son intention de contourner la toute-puissance de la Faculté.

Très vite, le Jardin avait attisé les rancœurs entre les partisans de la circulation du sang – démontrée par le médecin anglais William Harvey – dont Dionis faisait partie, et leurs opposants, les docteurs de la Faculté qui appliquaient des doctrines héritées de l'Antiquité. Les chirurgiens, qui bataillaient pour s'affranchir de la

Faculté[1] et obtenir le droit de donner des cours publics, se frottaient les mains de la voir ainsi mécontente.

Charles précisa :

— Le Jardin ne dépend pas de la Faculté. Son intendance est sous la responsabilité d'Antoine Daquin, le Premier médecin de Sa Majesté. D'ailleurs, on y enseigne aussi la botanique et la chimie. (Il marqua une pause.) Cette phrase était une transition, vous l'aurez compris. J'en ai plus qu'assez ! On ne parle que de chirurgie ! Pauvre Sébastien, ce sont les plantes qui l'intéressent. Il est ici pour rencontrer Dodart.

Les yeux perçants de Gardane, assombris par des sourcils ébène, se tournèrent brièvement vers Sébastien, avant de se perdre quelque part au milieu des tables. L'auberge battait son plein, certains clients jouaient aux cartes – Sébastien, qui les observait à la dérobée, ne reconnaissait pas les règles.

Charles réclama un autre pot de vin. Il avait le nez brillant, la mine rougie par la boisson et la chaleur de la grande salle. Gaspard de Jussieu était dans le même état : il riait fort, ses propos devenaient plus revanchards, en particulier lorsque la querelle qui opposait les médecins aux chirurgiens revenait sur le devant de la scène – sujet que Charles, en dépit de ses protestations, ne parvenait pas à écarter pour de bon.

Jussieu se leva en chancelant.

— Tu préfères qu'on parle de quoi ? Des filles ?

Cette phrase arracha Alexandre Gardane à ses réflexions. Il appuya sa main sur l'épaule de Jussieu pour l'obliger à se rasseoir et trancha la question d'une voix grave :

— Je pense qu'il vaut mieux éviter.

1. Les chirurgiens, désireux de former une compagnie indépendante, revendiquaient une meilleure connaissance du corps. La Faculté, de son côté, a toujours cherché à les subordonner et à les cantonner aux dissections des corps (« démonstrations »), se réservant l'enseignement magistral.

L'autre lui obéit sans se départir d'un sourire provocateur. Charles se rembrunit. Sébastien sentit la tension monter entre les deux hommes. Quant à Gardane, ses traits se durcissaient à vue d'œil, tandis qu'il les fixait à tour de rôle. On aurait dit qu'il s'apprêtait à les attraper par le col et à les secouer en guise de remontrance. Des quatre, il était le seul que le vin n'avait pas rendu ivre. Sébastien tenta une diversion :

— Les gens autour de nous sont des étudiants du Jardin, n'est-ce pas ? Je reconnais certains d'entre eux. Ils étaient dans l'amphithéâtre tout à l'heure.

Mais Charles ne l'entendit pas, le rouge lui monta aux joues. Il paraissait sur le point de sauter à la gorge de son rival.

— Tu devrais être beau joueur, lança Jussieu.

La seconde suivante, Charles se leva et envoya son poing en direction du chirurgien, qui para facilement le coup et sourit de plus belle.

— Tu vas le regretter ! hurla le botaniste.

Sébastien contempla avec horreur la lancette à saignée qu'il tenait dans la main gauche – sans doute venait-il de la sortir de sa poche. Ralenti par l'alcool et par ses premières bouffées de tabac, son esprit cherchait la réaction appropriée sans la trouver. Il demeura immobile, les bras ballants. Dans sa tête, les questions fusaient. Pourquoi Charles possédait-il un tel instrument ? Il n'était pas chirurgien.

Plus vif, Gardane s'interposa et parvint à maîtriser ses amis sans trop de peine. Dans l'auberge, où un drôle de silence venait de s'installer et où les regards s'étaient tournés vers eux, les conversations ne tardèrent pas à reprendre comme si rien de fâcheux n'avait eu lieu, et la salle retrouva le niveau sonore précédent l'incident.

Jussieu se dégagea de la poigne de Gardane, ricana et partit en titubant vers une autre table, occupée par plusieurs apprentis chirurgiens. Charles s'affala sur le banc, puis se resservit du vin.

— Je crois que ça suffit pour ce soir, grommela Alexandre en lui arrachant le pichet des mains.

Sébastien partageait cet avis. Il se sentait nauséeux tout à coup, sa tête tournait, il n'était même pas certain de tenir debout. Se coucher lui semblait la meilleure chose à faire, à condition toutefois de parvenir à se hisser à l'étage. L'escalier, raide comme une échelle – il l'avait aperçu en réservant sa chambre auprès du propriétaire – serait son ultime épreuve de la journée. Pour le reste, il réfléchirait demain, à tête reposée.

— Tu n'es pas… mon père, protestait Charles.

Sous l'effet de l'alcool, Sébastien se dévissa la tête à droite et fut surpris d'apercevoir Gaspard de Jussieu, allongé dans un coin de la pièce, rond, débraillé, la veste ouverte sur une chemise tachée de pourpre. Comment s'était-il retrouvé au sol ? Autour, les autres s'esclaffaient, lançaient des jurons lorsqu'ils perdaient la partie, sans un regard pour ce compagnon qui, à leurs pieds, bavait et crachait des grossièretés. Charles, le front plaqué contre la table, n'avait plus la force de redresser les épaules ; ou alors, il était inconscient. Sébastien lui tapota le haut du dos, pour vérifier, et constata avec soulagement qu'il remuait encore.

Après avoir levé les yeux au ciel pour montrer son exaspération, Gardane se mit debout.

— Vous… vous en allez ? articula Sébastien, la gorge sèche.

Alexandre pinça les lèvres et décréta en soupirant que personne n'irait nulle part.

— Il est tard, je n'ai pas la force de porter ces deux imbéciles. On s'entassera dans ta chambre.

Sébastien approuva, il ne voulait pas rester seul, et il aurait sûrement besoin d'aide pour atteindre sa couche.

Il observa Gardane sortir de table ; lui aussi avait bu, et pas qu'un peu. Jusqu'à présent, Sébastien n'avait pas remarqué à quel point il était grand et mince. Il lui rappelait le héron à l'affût, juché sur la berge, placide, jusqu'au moment où il fondait sur sa cible et la transperçait d'un coup de bec acéré.

Gardane attrapa Jussieu par les bras, le cala sur son épaule. L'un des étudiants en chirurgie l'aida à le porter à l'étage. Ils revinrent ensuite pour Charles qui dormait déjà, les cheveux en désordre et la bouche à demi ouverte. Sébastien les talonna en s'accrochant aux tables, aux bancs, puis au comptoir dont le bois, maculé de taches sombres, était couvert de multiples rayures. Soudain, il prit conscience que son sac ne pendait plus à son flanc. Paniqué, il revint sur ses pas en claudiquant et le retrouva sous un banc. Dire qu'il avait été à deux doigts de l'oublier ! Le journal d'Aymar de Noilat aurait pu tomber entre de mauvaises mains. Cette imprudence ne lui ressemblait pas.

En colère contre lui-même, il gratifia la salle d'un regard circulaire. Les clients, moins nombreux, s'apostrophaient, commandaient de nouveaux pichets, tapaient bruyamment sur la table pour exprimer leur désaccord. À l'autre bout, un homme entamait une chanson populaire, un drôle de chapeau coincé sur la tête, arrachant des éclats de rire à la troupe agglutinée tout autour. À quoi tout ceci rimait-il ? Était-ce dans ce genre d'endroits que se réunissaient les poètes et les penseurs ?

Sébastien porta une main à son crâne, jamais il ne s'était senti aussi ramolli. Il récupéra la besace qui contenait le journal de son aïeul, puis avança lentement vers l'escalier. Alexandre Gardane surgit devant lui et le tira par le bras d'un geste rude. Ni une ni deux, Sébastien se retrouva sur le ventre, étendu sur un drap à la propreté douteuse, le cerveau atrophié, à culpabiliser de s'être laissé entraîner dans un endroit qu'il jugeait peu fréquentable. Non, vraiment, on ne l'y reprendrait plus ! À l'avenir, il se méfierait. Cet état de vulnérabilité, dû à l'action conjointe de la fatigue et du vin, lui déplaisait.

Il finit par s'endormir. Le pire était derrière lui ; du moins le croyait-il.

3.

Une douleur écrasante lui labourait le crâne, quand elle ne lui soulevait pas l'estomac par à-coups. La chambre sentait le vomi, le renfermé et d'autres vapeurs abominables qu'il n'identifia pas de prime abord. Il ouvrit un œil. Sa paupière gauche refusait obstinément d'obéir.

Un faisceau de lumière froide coupait la pièce en deux. Une respiration sifflante s'échappait d'un des dormeurs ; les sabots de quelques chevaux claquaient au loin. À cette heure matinale, l'effervescence de la veille paraissait presque irréelle.

Sébastien roula sur le dos, ôta sa main du drap poisseux qui collait sous ses doigts, rassembla ses esprits, mais son cerveau tournait comme une horloge grippée. *Partir loin d'ici.* Pas seulement de l'auberge, il désirait quitter cette ville au plus vite. *Trouver une voiture.* Son calvaire avait assez duré. Pourquoi se l'infliger plus longtemps ? Rien ne l'empêchait de mettre sa découverte par écrit, de l'envoyer à Denis Dodart. Quel besoin avait-il de le rencontrer en personne ? Que croyait-il ? Il n'était qu'un pauvre herboriste, doté d'une clientèle plus pauvre encore, qui n'avait pas les moyens de s'offrir les services d'un professionnel qualifié, et qui, parfois, ne le payait pas du tout. À la place, on lui apportait du fromage, du lard, des œufs… Il les acceptait sans protester. Ah ça, il n'était pas près de faire fortune !

À tâtons, Sébastien chercha sa vieille besace. Sa main explora les abords de la couche, sans succès. Il ne la portait pas non plus en bandoulière. Il se redressa, pris de panique. N'était-il pas monté avec le journal d'Aymar ? Il se souvenait pourtant l'avoir emmené avec lui. Il attendit que ses yeux s'habituent à l'obscurité, puis il se leva lentement, enjamba une première silhouette recroquevillée au sol. Toujours aucune trace de son précieux bagage. Il continua ses recherches, sonda l'espace entre les dormeurs en prenant soin de ne pas les réveiller. Il songea à tirer le rideau, puis se ravisa. Son sac ne pouvait pas être loin.

Sur la pointe des pieds, il contourna le corps assoupi de Charles, reconnaissable à ses boucles blondes qui agrippaient le peu de clarté contenue dans la chambre. Sébastien aperçut une zone sombre près de Gaspard de Jussieu. Il s'accroupit, tendit les doigts dans sa direction. Sa peau n'entra pas en contact avec la toile rêche à laquelle il s'attendait – celle de sa besace –, mais avec un liquide épais, un peu visqueux.

Il était herboriste, pas chirurgien. Il comprit cependant de quoi il retournait. La flaque grossissait, ou peut-être était-ce le fruit de son imagination, il recula comme s'il craignait que la marée montante ne l'atteigne. L'effroi lui arracha un cri animal dont il ne soupçonnait pas l'existence.

Alexandre Gardane se redressa d'un bond, scruta la pénombre, ses sourcils froncés s'arrêtèrent sur la silhouette sans vie de Jussieu. Sébastien le vit parcourir la distance qui le séparait de la fenêtre à grandes enjambées, tirer sur le rideau d'un geste sec. Une lumière terne se répandit dans la chambre.

— Oh, mon Dieu, souffla Charles, qui émergeait à son tour. Il est…

Gardane s'approcha du corps, opina en silence.

Pétrifiés, Sébastien et Charles restèrent en retrait, incapables de se mouvoir ou de réfléchir. Comment pouvait-il être mort ? Ils avaient tous dormi dans la même chambre. Une expression de suffocation peinte sur le visage, leur compagnon arborait une vilaine plaie à la cuisse, colmatée avec les moyens du bord ; un bandage trop petit et des morceaux de charpie[1] qui n'avaient pas suffi à arrêter l'écoulement.

Impassible, Alexandre avança, retira le pansement de fortune, s'accroupit et examina la blessure.

— L'artère est sans doute sectionnée.

Les trois hommes se dévisagèrent. Charles était couvert de sang, sa chemise, ses hauts-de-chausse, ses mains… qui tremblaient à présent.

— Ce n'est pas moi… je… n'aurais jamais fait une chose pareille.

Le botaniste grelottait, agitait la tête de droite à gauche, ses yeux remplis d'horreur s'arrondirent, toujours rivés sur le corps sans vie de Jussieu. « Ce n'est pas possible », répéta-t-il deux fois.

— On sait que ce n'est pas toi, trancha Gardane. Il faut…

Il n'eut pas l'opportunité de terminer, car la porte de la chambre s'ouvrit sur le tenancier, vêtu à la hâte d'une chemise ample, sans doute tiré du sommeil par le cri de Sébastien. En découvrant le corps, il porta une main à sa bouche, puis jeta aux trois hommes un regard soupçonneux. Gardane s'apprêtait à dire un mot, mais il avait déjà claqué la porte. Dans le couloir, des clés s'entrechoquèrent.

— J'appelle le commissaire. En attendant, vous ne bougez pas d'ici ! Je ne veux pas d'ennuis.

---

1. Amas de fils, obtenus par l'effilage de vieux tissus, qui servaient à faire des pansements.

Les pas du tenancier s'éloignèrent aussitôt, il descendit l'escalier et regagna le rez-de-chaussée, sans doute pressé de se débarrasser de ce macchabée avant que l'odeur et la rumeur ne nuisent à la fréquentation de son établissement.

Sébastien sentit une boule se loger au creux de son ventre. Comment la situation avait-elle pu déraper à ce point ? Peut-être allait-il se réveiller ? Cette histoire ressemblait à un cauchemar, une incroyable farce, fomentée par son imagination pour lui prouver – même s'il le savait déjà – qu'il n'aurait jamais dû être là.

Une pensée le traversa alors. Le journal d'Aymar. Paralysé par la découverte du corps de Jussieu, il n'avait toujours pas mis la main sur sa besace. La chambre était maintenant assez éclairée pour qu'il pût l'inspecter sans plisser les yeux. Il dut se rendre à l'évidence : son maigre bagage ne s'y trouvait pas. Hormis deux couches rudimentaires, peu confortables compte tenu de la piètre qualité du matelas, la pièce disposait, pour tout mobilier, d'une chaise et d'une table où l'on avait posé une brosse à vêtements.

Une onde de chaleur parcourut Sébastien des pieds à la tête, tandis qu'une pellicule de sueur se forma sur son front.

— Ma besace a disparu, lança-t-il en tournant sur lui-même.

Charles ne lui prêta pas attention. Il contemplait ses mains sanglantes comme si l'explication des événements de la nuit y résidait. Son habit taché offrait un contraste saisissant avec l'ovale angélique de son visage. On aurait dit un boucher, comme ceux qui exerçaient à proximité du Châtelet, découvrant soudain, après plusieurs années de pratique, que la vue du sang l'incommodait. Il était stupéfait.

Pour Gardane, le sac de Sébastien n'était pas non plus une priorité. Penché au-dessus de la dépouille de son ami, un pli de concentration incrusté entre les yeux, il l'étudiait scrupuleusement, en bon chirurgien, attentif à chaque détail. Si la situation le préoccupait, il n'en montrait rien et conservait ce calme surprenant. Car, tout de même, être enfermé dans la même pièce qu'un cadavre fraîchement occis… Sébastien, lui, avait du mal à contenir le flux d'émotions qui le secouait. Il respirait par petites bouffées, ses poumons ne se remplissaient qu'à moitié. Essoufflé, il n'avait pourtant pas bougé d'un iota.

— Mes affaires ont également disparu, déclara enfin Alexandre, interrompant l'examen méticuleux auquel il se livrait.

— Qu'est-ce que ça signifie ? Tu penses à un vol ?

Gardane planta son regard gris dans le sien.

— Possible. Nous n'avons rien entendu, mais Gaspard a dû se réveiller. Il a surpris l'intrus. Le vol a mal tourné.

Il avait exposé sa théorie d'une voix claire, comme si tout cela ne le concernait pas. Jussieu et lui n'étaient-ils pas amis ? Un tel détachement laissait Sébastien pantois.

— Pourquoi… pourquoi j'ai tout ce sang sur moi ? balbutia Charles.

Gardane expliqua sur un ton professoral :

— Tu dormais à côté de lui. Cela n'a rien de surprenant. L'artère a été touchée, c'est pour cela qu'il y a autant de sang.

Du doigt, il désignait les éclaboussures qui jonchaient le sol de la chambre. Il y en avait aussi sur le mur et sur les montants de la porte. Sébastien sentit qu'il était sur le point de tourner de l'œil. Ses jambes ne le portaient plus, il se laissa choir sur la chaise. Sa tête, piétinée par un attelage imaginaire, ne l'avait jamais fait autant souffrir. Ses épaules s'affaissaient, accablées par le poids de ses récentes décisions. Sur le mur, un miroir minuscule lui renvoyait le reflet d'un homme recroquevillé ; une figure diaphane, un regard bleuté disparaissant à moitié derrière un rideau de mèches lisses, un peu emmêlées, qu'il ne parvenait pas à retenir à l'arrière de sa nuque.

Il était si différent de ceux de son âge. Il enviait leur assurance, leur audace. Ses frères n'avaient jamais manqué ni de l'une ni de l'autre, tout leur réussissait. Sébastien se sentait laissé – pour – compte, affublé d'une personnalité encombrante, avec laquelle il n'arrivait à rien. Aujourd'hui encore, cela se vérifiait. Il restait tapi dans un coin pendant que Gardane tentait de comprendre la situation. Au moins puisait-il du réconfort dans le fait que Charles n'en menait pas large, lui non plus.

Les minutes suivantes s'égrenèrent en silence, puis des pas déterminés résonnèrent dans le couloir. La porte s'ouvrit sur trois hommes en armes. Le plus trapu, un sergent, promena un œil d'acier sur les occupants de la chambre. Il inclina la tête ; aussitôt, ses compagnons, deux archers, les encadrèrent.

— Vous allez venir avec nous sans faire d'histoires, compris ?

Gardane opina, il les suivit sans un mot, talonné par Charles qui gardait le menton baissé. Sébastien les imita, intimidé par l'archer posté à sa gauche, et dont on devinait la force sans qu'il eût besoin d'en faire démonstration.

Le sergent s'adressa au tenancier.

— J'emmène ces trois-là. Deux hommes viendront chercher le cadavre tout à l'heure avec le chirurgien chargé de faire un rapport.

Son interlocuteur grinça des dents, cela ne l'enchantait pas de rester avec le macchabée sur les bras, mais il n'osa pas protester. Son épouse et lui s'écartèrent pour laisser sortir le cortège, qui quitta l'auberge d'un pas martial.

Dehors, une aube froide s'était levée. Un vent frais courait le long des pavés, encore marqués par le givre, et s'attaquait aux mollets. Les toitures repoussaient une lueur rosée, l'empêchant de pénétrer dans l'enchevêtrement de ruelles qui conservaient une teinte maussade.

Loin des deux artères qu'il était parvenu à mémoriser la veille, Sébastien n'avait aucune idée de l'endroit où il se trouvait. Il ignorait également tout de leur destination.

— Où vous nous emmenez ? demanda-t-il d'une voix chevrotante.

— Ferme-la, lui intima Gardane.

Il ravala sa salive et se laissa guider jusqu'à une rue où des maisons exiguës se pressaient les unes contre les autres. Le bourdonnement d'activités qu'il distinguait déjà depuis deux-trois minutes s'amplifia. Cris, claquements métalliques, conversations et grincements donnaient naissance à un véritable raffut. Les habitants de la ville, pour échapper à l'étroitesse de leur logement, bavardaient devant leur porte, et s'exposaient aux dangers de la circulation. Les attelages passaient au trot sans se soucier d'eux, écrasant sous leurs roues les monceaux d'immondices qui n'avaient pas encore été collectés par les tombereaux à ordures. Lorsqu'il tentait d'entrevoir le ciel, Sébastien ne percevait qu'un empilement de fenêtres, et la menace omniprésente de recevoir un pot d'eaux usées sur la tête, dont le contenu irait rejoindre un caniveau déjà imprégné de déjections, car les Parisiens, en de multiples endroits, se soulageaient contre les murs. Charrettes, chaises à porteurs et fiacres tentaient de se croiser dans ce cloaque, où pataugeaient également un troupeau de moutons, deux mules et six chevaux de selle. Par crainte de ne point en sortir, jamais Sébastien n'aurait eu l'idée de s'aventurer au milieu d'un tel encombrement. Les propriétaires des boutiques, eux, n'hésitaient pas à s'avancer sur la chaussée pour écouler leurs marchandises.

La troupe s'extirpa de la venelle pour atteindre un carrefour populeux. Devant une fontaine se massait une foule de piétons et de porteurs d'eau. Sous les remarques obscènes que leur lançaient les gens de livrée, une mère et sa fille savonnaient leurs draps sur le pavé, obligeant les cochers à raser les maisons.

L'herboriste avait l'impression qu'un tonnerre permanent grondait sous ses pieds. Tout bien considéré, même si ce n'était pas sa vocation, la présence de son escorte le tranquillisait. Que pouvait-il lui advenir, cerné par trois paires de gros bras ? Le calme de Gardane avait également des vertus apaisantes auxquelles Sébastien se cramponnait. Il n'y avait sûrement pas lieu de s'inquiéter. On lui demanderait d'expliquer sa version des faits, après quoi il serait libre de quitter la ville.

Alors qu'il songeait à son départ, la disparition de sa besace lui revint en mémoire ; il ne pouvait pas s'en aller avant de l'avoir retrouvée. Laisser le journal d'Aymar derrière lui était inconcevable. Ces pages centenaires, jaunies par le temps, étaient ce qu'il possédait de plus précieux. Un trésor inestimable. Elles exerçaient sur lui une extraordinaire fascination, le poussaient à se transcender. Sans elles, il n'aurait jamais eu l'idée de venir à Paris. C'est grâce à elles qu'il avait réuni le courage nécessaire.

Le savoir qu'elles contenaient avait le pouvoir de sauver des hommes, des femmes, des enfants et Sébastien désirait le partager. En Sologne, les gens souffraient ; il ne le supportait plus. Combien d'estropiés voyait-il chaque année ? De pauvres bougres amputés le suppliant de calmer leurs douleurs ? Certains se plaignaient d'une jambe qui n'existait plus. Il y avait de quoi devenir fou. Il secoua la tête, déterminé. Il n'abandonnerait pas le journal d'Aymar. Il releva les épaules face à ce regain de volonté.

Une forteresse sinistre se dressait devant eux. L'herboriste constata avec étonnement qu'ils se trouvaient sur l'autre rive. Pourtant, il ne se souvenait pas avoir franchi le fleuve. Il ralentit, se dévissa la nuque pour regarder derrière lui. Des bateaux et des bandes de brouillard glissaient sur les eaux sombres, tandis que les berges fourmillaient de négociants, de marchands et de bateliers.

Sébastien constata que la rue qu'ils avaient parcourue passait au-dessus de la Seine. Il en fut tellement abasourdi qu'il en oublia de marcher. L'archer qui avançait à côté de sa monture le réprimanda d'un claquement de langue.

Entre les tours massives du Châtelet, on accédait au quartier de la Boucherie par un passage obscur, une gueule infernale qui semblait engloutir tous ceux qui s'y risquaient. Sébastien leva le menton. Des oiseaux noirs tournoyaient en piaillant, et s'engouffraient parfois dans les créneaux, en haut des murs.

Le cortège pénétra dans la forteresse et s'enfonça dans un couloir suintant, au rythme imposé par le sergent dont le martèlement des talons résonnait sous la voûte. Un halo jaune brillait au loin, mais c'était tout l'éclairage dont le boyau disposait. Sébastien commençait à avoir du mal à suivre la cadence, d'autant qu'il ne voyait pas où il mettait les pieds. L'archer qui fermait la marche l'obligeait à se presser, à croire que ses yeux lui permettaient de progresser dans l'obscurité sans craindre de tomber.

Ils passèrent devant des portes épaisses, sans ouverture. Aucun son ne s'en échappait. Cette fois, Sébastien accéléra la cadence. Ces cellules lui flanquaient la chair de poule.

Le groupe déboucha dans une pièce voûtée, éclairée par un soupirail et deux chandelles, et où les attendaient deux gardiens âgés d'une vingtaine d'années à peine. Ils s'approchèrent des prisonniers sans desserrer les dents, avant de les dévisager pendant de longues secondes. Sébastien tenta d'échapper à cet examen, mais le plus grand lui attrapa la tête d'une seule main pour l'y contraindre. Charles et Alexandre subissaient le même traitement sans broncher, ils ne semblaient pas surpris. Enfin, les gardiens reculèrent. Sébastien respira à nouveau.

L'homme – celui qui avait mémorisé les traits de Charles pour le reconnaître en cas d'évasion – se dirigea vers un coffre dont il tira un jeu de clés.

— Vous payez ? demanda-t-il.

— Non, répondit Alexandre.

Charles confirma en secouant la tête.

— Payer pour quoi ? s'alarma Sébastien, soudain terrassé par un mauvais pressentiment.

Un sourire carnassier défigura le gardien.

— Soit tu payes pour avoir une chambre dans le donjon, soit tu vas avec les autres.

— Attendez, pourquoi vous nous enfermez ? Nous n'avons rien à voir avec le meurtre de Gaspard de Jussieu. C'est une énorme méprise. Nous étions dans la même chambre, mais nous pensons que quelqu'un s'y est introduit pendant la nuit. Nous avions beaucoup bu, voyez-vous, et il est probable que nous n'ayons rien entendu à cause de ça. Si vous nous laissiez vous expliquer, je suis certain…

— Plus tard, trancha l'autre, tu payes, ou tu payes pas ?

Terrifié à l'idée d'être séparé de Gardane et de Charles, Sébastien bredouilla qu'il ne payait pas. De toute façon, même s'il avait un peu d'argent sur lui, ce n'est pas comme ça qu'il espérait l'employer.

La mine défaite, il emprunta un escalier aux pierres humides, jusqu'au premier étage, où des meurtrières laissaient entrer, sans distinction, filets de lumière et courants d'air dans un couloir, plus court que le précédent. Ils le longèrent sur quelques pas, puis le gardien ouvrit une porte. Alexandre s'engouffra dans le passage calmement, comme s'il rendait visite à des amis qui l'auraient invité à souper. Charles et Sébastien suivirent, plus hésitants.

L'herboriste perçut d'abord les toux des prisonniers qui se répercutaient sur les murs en un écho interminable.

Contrairement à ce qu'il avait imaginé, les dimensions du cachot étaient tout sauf modestes. Quand le gardien avait dit que, sans payer, il irait rejoindre « les autres », Sébastien avait cru qu'il parlait de Gardane et de Charles. En réalité, la grande salle, au sol couvert de paille, abritait quantité de détenus entassés qui, lorsqu'ils ne toussaient pas, éternuaient ou crachaient de la bile, suivant leur état de santé. Combien étaient-ils ? Cinquante ? Plus ? Sébastien était entouré de criminels ; des escrocs, des tueurs… tout ce qu'il redoutait.

Sa respiration s'accéléra. Il entendit un glissement à sa droite : Alexandre venait de s'asseoir. Il l'imita et constata, écœuré, qu'il se tenait sur une couche d'excréments. Il vomit, certainement comme tant d'autres avant lui. Après quoi, incapable de se contenir plus longtemps, il se mit à pleurer. Ses sanglots se perdirent au milieu des râles.

4.

Sébastien avait encore les yeux rougis quand on le força à s'asseoir devant le commissaire Parisot sur un tabouret qui manqua de céder sous son poids, bien qu'il ne pesât pas lourd. Encadré par deux gardiens inexpressifs qui se mouvaient avec raideur, le jeune herboriste n'osait pas bouger d'un pouce. Quelques minutes plus tôt, on l'avait poussé dans cette salle minuscule qui ne comportait rien d'autre qu'un bureau à tréteaux et deux assises.

Le commissaire se tenait devant une fenêtre étonnamment large compte tenu de l'étroitesse du local, et lui apparaissait à contre-jour. Sébastien cligna des yeux, le temps de s'habituer à la luminosité. Ses cuisses et ses fesses étaient couvertes d'un mélange de paille et d'une boue infecte.

Son interlocuteur le fixait d'une façon étrange. Il semblait s'amuser de la situation et dégageait une impression de fausse bienveillance. Une petite voix intérieure souffla à l'herboriste de se tenir sur ses gardes. Cet homme ne ressemblait pas à l'idée qu'il se faisait d'un commissaire au Châtelet. Il n'en avait jamais rencontré, mais il les imaginait sévères, peu avenants et suffisamment sadiques pour enfermer de pauvres bougres dans des cellules innommables, où ils croupissaient avant de mourir de maladie.

Parisot avait le front brillant, des yeux ronds sans cils, une bouche étroite, une lèvre inférieure charnue et une gorge de taureau, sur laquelle s'appuyaient trois mentons superposés, semblables aux saucisses qui s'alignaient sur les étals du marché. Son ventre, gonflé jusqu'en haut de l'abdomen, exerçait une tension constante sur sa robe de magistrat.

Sébastien se méfiait du sourire jovial que lui lançait ce commissaire. Cela ne signifiait pas nécessairement qu'il était bien disposé à son égard. Il avait déjà rencontré des personnes aimables, qui prenaient ensuite plaisir à asséner leurs coups une fois que leur victime se sentait en confiance. Où étaient passés Alexandre et Charles ? On les avait tirés de la grande salle l'un après l'autre. Pendant un temps qui avait duré une éternité, Sébastien était resté seul au milieu des ténèbres et des détenus. Ses compagnons n'étaient pas réapparus avant qu'on ne le convoquât à son tour. Qu'avait-on fait d'eux ? Étaient-ils toujours prisonniers, ou, au contraire, avaient-ils obtenu le droit de rentrer chez eux ? Le talon de Sébastien malmenait le plancher. Était-il possible qu'on les ait envoyés voir le bourreau ? Non. La situation ne pouvait être mal engagée à ce point. Du moins l'espérait-il.

— Alors, fit le commissaire en feuilletant ses notes, vous êtes Sébastien de Noilat. Si j'en crois ce que raconte M. Charles Petit à votre sujet, vous êtes arrivé en ville pas plus tard qu'hier. (Il reposa ses papiers. Son sourire dévoila une rangée de dents jaunies.) Et donc, à peine arrivé, vous me collez un cadavre sur les bras ? Fallait-il vraiment que vous vous arrêtiez à Paris ? Ne pouviez-vous pas aller semer le trouble à Orléans ou à Poitiers ? Comme si on n'avait pas suffisamment de criminels dans nos rues. Monsieur, vous m'embarrassez !

Sébastien n'en croyait pas ses oreilles. C'était la chose la plus incongrue qu'il ait jamais entendue. Parisot misait-il vraiment sur sa culpabilité ? Il ouvrit la bouche pour se défendre, aucun son n'en sortit. Par le passé, on l'avait accusé de manquer de cran, de détermination, d'énergie, de discernement parfois. Mais de meurtre, ça, jamais ! Sans doute personne ne l'avait-il jugé assez fort pour occire un être humain – du reste, il ne s'était jamais réveillé dans la même chambre qu'un mort.

Sébastien écarquilla grand les yeux.

— Je plaisante ! lança le commissaire.

Son rire gras agita son triple menton qui ondoyait dans son col, telles deux anguilles enlacées.

— Non, je sais que ce n'est pas vous, reprit-il après s'être raclé la gorge. Alors, dites-moi, que savez-vous de M. Petit ? Pourquoi vous êtes-vous adressé à lui en venant ici ?

Estomaqué, Sébastien n'avait plus les idées claires.

— Euh, c'est-à-dire que… un apothicaire de ma région m'a suggéré de venir le trouver. Il ne l'a jamais rencontré, mais il connaissait ses parents, des Bretons de Saint-Brieuc. Ils sont morts. Quant à moi, tout ce que je sais de Charles, je l'ai appris hier. Je m'intéresse à la botanique et j'espérais qu'il puisse m'aider à rencontrer Denis Dodart.

— Je croyais les herboristes ignorants de tout ce qui a trait à la botanique.

— C'est ce que prétendent certains apothicaires[1]…

1. Situé entre le commerce et le soin, le métier d'herboriste possède des contours assez flous, à l'origine de relations parfois conflictuelles avec les apothicaires (pharmaciens à partir de 1777). Les apothicaires ont notamment cherché à prendre le contrôle sur les herboristes en assurant leur évaluation et leur inspection. Avant 1803, il n'existe pas de certificat délivré aux herboristes, attestant de leurs connaissances des plantes médicinales. Derrière l'appellation « herboriste », on trouve d'ailleurs des profils et des expertises très disparates : ceux qui avaient

Parisot leva la main pour lui signifier qu'il se moquait de la réponse.

— D'accord, bien… je comprends.

— Est-ce que je vais sortir d'ici ? risqua Sébastien.

— Sortir ? Mais certainement, nous n'allons pas vous garder. Nous manquons de place pour nous amuser à retenir les honnêtes gens.

La rangée de dents jaunes apparut à nouveau.

— Charles est-il déjà dehors ? Je pensais lui demander de l'aide pour me procurer un logement.

— Pour M. Petit, c'est une autre histoire. Voyez-vous, les meurtriers, nous préférons les garder en cellule pour le bien de tous.

Cette annonce fit à Sébastien l'effet d'un coup de massue.

— Quoi ? Mais Charles n'y est pour rien. Il est innocent. Je ne le connais pas depuis longtemps, c'est vrai, cependant, il ne ferait jamais une chose pareille, j'en suis absolument certain.

— Les apparences, monsieur de Noilat, les apparences. Souvenez-vous qu'elles sont trompeuses. Prenez, moi, par exemple, mes supérieurs pensent que les fonctions de police me laissent indifférent et que je ne m'y emploie pas avec autant d'énergie que je le devrais. On dit que je ne suis pas de bonne volonté quand il s'agit de traquer les criminels, d'interroger les suspects. Pourtant, de vous à moi, je suis plus consciencieux que je n'en ai l'air. Pour votre gouverne, sachez que j'ai recueilli plusieurs témoignages. Beaucoup affirment que Charles Petit s'est disputé violemment avec Gaspard de Jussieu. Il l'a même menacé avec une lancette. L'arme du crime, si on en croit notre chirurgien. Sans parler de tout ce

---

une boutique, ceux qui écoulaient des plantes sur les marchés, ceux qui cueillaient simplement des plantes et les vendaient pour compléter leurs revenus.

sang sur ses vêtements. Je crains que les preuves contre lui ne l'accablent.

— Il s'est emporté, cela ne fait pas de lui un tueur, s'offusqua Sébastien. Et pour le vol de mes affaires et de celles d'Alexandre ? Les avez-vous retrouvées ? J'imagine que vous avez fouillé le logement de Charles.

— C'est vrai, admit Parisot, nous n'avons rien découvert chez lui. Ni la lancette ni les affaires qui ont été dérobées. Mais un assassin est rarement assez bête pour cacher ce genre d'indices sous son toit. Ce vol m'a tout l'air d'une fausse piste destinée à nous balader et à détourner les soupçons de sa personne.

Les mâchoires de l'herboriste se contractèrent, il songeait au journal d'Aymar. Définitivement perdu.

— Vous ne ferez rien pour retrouver nos affaires ?

Pensif, le commissaire haussa les épaules.

— On remettra peut-être la main dessus. Maintenant, si vous voulez bien, je dois écrire un rapport pour le lieutenant criminel[1].

Sébastien aurait protesté si les deux gardiens qui l'encadraient ne lui avaient pas tiré brutalement les bras pour l'inciter à quitter les lieux.

Il se retrouva aux pieds de la forteresse, seul et abasourdi. La rumeur du quartier s'était densifiée. Dans les rues voisines, un troupeau de bêtes piétinait le pavé pour se rendre à l'abattoir. Les vociférations des bouchers couvraient à peine le bruit des maillets et des tranchoirs. L'un d'eux percuta l'épaule de Sébastien, il portait un tablier rouge de sang.

Le souvenir de Charles s'immisça dans l'esprit de l'herboriste. Lui, commettre un meurtre ? Malgré l'altercation dont il avait été témoin à l'auberge, il ne pouvait

1. Chargé d'instruire le procès, le lieutenant criminel jouait un rôle essentiel dans la procédure criminelle.

se résoudre à croire aux accusations du commissaire Parisot. Celui-ci, d'ailleurs, lui laissait une étrange impression. Avait-il vraiment l'intention de mener l'enquête ou sautait-il sur le premier coupable qu'on lui servait ? L'idée qu'un innocent pût croupir dans une cellule infecte pendant des jours, avant d'être jugé et accusé à tort, lui révulsa l'estomac. Il n'avait rien avalé depuis la veille, mais ne ressentait nulle envie de manger tant les derniers événements le secouaient.

Un nouvel individu le bouscula. Sébastien se retourna et reconnut Alexandre Gardane qui sortait du Châtelet à son tour, le regard plus noir que jamais. Le chirurgien jura, puis, en constatant l'identité de la personne qui se tenait face à lui, l'attira dans l'ombre de la muraille.

— Qu'as-tu dit à Parisot ?

Le ton était accusateur ; Gardane était si près que Sébastien recula par réflexe. Son crâne heurta la maçonnerie. Fatigué, il sentit la colère le traverser des pieds à la tête, jusqu'à lui insuffler des picotements entre les côtes.

— Que veux-tu que je dise ? Je ne comprends rien à toute cette histoire. J'ai simplement donné le fond de ma pensée : je ne crois pas que Charles soit coupable, voilà tout !

Gardane, les yeux cernés de gris, l'observa un instant et fit un pas en arrière. Il serait parti sans un mot si Sébastien ne l'avait pas rattrapé.

— C'était quoi ce différend entre Charles et Jussieu ?

Alexandre renifla. La pluie commençait à tomber, des petites gouttes translucides s'accrochaient à sa chevelure ébène.

— Rien d'important, grinça-t-il en fronçant les sourcils. Une histoire de fille. Elle habite dans le même immeuble que nous. Charles a mis trop de temps à se déclarer ; il s'est fait devancer par Gaspard. Il lui en voulait, oui, mais il ne l'a pas tué.

— Alors tu ne crois pas non plus à la culpabilité de Charles.

La bouche de Gardane se pinça comme si Sébastien venait de prononcer la pire des absurdités.

— Bien sûr que non ! Charles est innocent. Son seul crime est de cueillir des plantes.

Il avait maugréé ça entre ses dents. Après quoi, il pivota sur lui-même et s'éloigna à grandes enjambées, signifiant ainsi que la conversation était terminée.

— Attends, il me faut un logement, lança Sébastien, décontenancé par son attitude.

Gardane ne se retourna pas. Sa longue silhouette noire prit la direction de l'île de la Cité et s'évanouit bientôt entre les deux rangées de maisons du pont au Change.

Lettre à Charles

Le 13 juillet 1658

Nous sommes séparés depuis trois ans, et il ne passe pas un jour sans que je pense à toi. Je me souviens surtout des après-midi où nous allions jouer à la rivière, entre ces gros rochers qui ressemblaient à s'y méprendre aux fesses de la jolie Marie, la cuisinière de Maman, qui nous emmenait parfois lorsqu'elle se rendait au marché aux poissons, son panier calé sur la hanche. Je me souviens aussi des jours où nous allions cueillir des plantes. Nous les mettions ensuite à sécher dans le bureau de ton père.

Je ne comprenais pas pourquoi tu aimais autant conserver toutes ces herbes, pas plus que ta passion pour les algues gluantes que tu me demandais de ramasser à marée basse. Si je t'accompagnais, c'était pour que tu acceptes de jouer aux brigands et aux gentils avec les épées en bois que je fabriquais. Je pense que, de nous deux, tu étais le plus intelligent. Le plus fort, ça ne fait aucun doute. Je n'étais pas jaloux.

À l'époque, j'imaginais que tu serais toujours à mes côtés, que tu continuerais à me protéger en cas de besoin, à me donner des conseils. Nous avions le même âge, mais, à mes yeux, c'était toi l'aîné. Je t'aurais suivi n'importe où. Ensemble, nous pouvions tout accomplir. Jamais je n'aurais imaginé que tu puisses m'abandonner. Bien sûr, il y a les autres, mais ce n'est pas pareil. Sans toi, les journées sont si longues, elles me paraissent ennuyeuses et maussades. Je ne sais pas si je réussirai à accepter le vide que tu as laissé. Alexandre dit qu'il faut du temps. Mais le temps s'écoule si lentement que je ne suis pas certain d'avoir le courage d'attendre qu'il m'apporte un peu de réconfort.

5.

Les pas désabusés de Sébastien, après de longues minutes d'errance, le menèrent jusqu'à l'auberge où Gaspard de Jussieu avait perdu la vie. L'herboriste ne savait pas où aller et ne connaissait pas d'autre endroit, hormis le Jardin du Roi et l'immeuble où vivaient Alexandre et Charles.

Il s'arrêta sous l'enseigne qui remuait à chaque coup de vent, eut un regard pour la fenêtre de la chambre dans laquelle il s'était endormi, la veille ; théâtre d'un drame qu'il ne parvenait toujours pas à s'expliquer.

Le tenancier, occupé à essuyer de la vaisselle, le dévisagea avec inquiétude. Il s'avança vers lui, un torchon sur l'épaule, et lui barra la route en bombant les pectoraux. Il était plus petit que Sébastien, mais ce dernier ne doutait pas qu'il eût l'avantage s'ils en venaient aux mains.

— Qu'est-ce que vous fichez ici ? Mettre la pagaille dans mon établissement une fois, ça ne vous suffit pas ? Regardez (du doigt, il désignait les tables, vides pour la plupart) ! Je n'ose même pas imaginer ce que ça va donner ce soir. Alors, à moins que vous comptiez m'indemniser pour le manque à gagner, je vous conseille d'aller boire votre vin ailleurs.

— En fait, je… (Sébastien se racla la gorge.) Je cherche un endroit où loger.

— Vous ne voulez quand même pas habiter ici après ce qui s'est passé hier !

— Non, non. Je me demandais si vous ne connaissiez pas quelqu'un qui possède une chambre à louer.

Le tenancier se radoucit.

— Ma sœur tient une échoppe sur le pont Notre-Dame. L'immeuble est déjà occupé, mais une chambre s'est libérée sous les combles.

— Juste une chambre, c'est parfait. Où puis-je la trouver ?

— Elle habite sur le pont, la maison d'à côté. Demandez Mme Godart.

Sébastien opina, soulagé qu'une solution se présente aussi facilement. Ses pieds lui faisaient mal, il n'avait pas envie d'errer à nouveau dans les rues. Il ne se voyait pas non plus dormir dans une auberge ou sur un lit d'appoint, dans ces tavernes tapageuses ; avec tous ces étrangers de passage et ces individus ivres qui s'y pressaient, il ne pourrait pas fermer l'œil, pas après les événements récents.

Le tenancier lui servit du vin, sans doute avait-il pitié, puis il quitta la salle commune. Elle donnait sur une cour modeste, à peine éclairée par les rayons du jour, utilisée comme débarras. Trois hommes prenaient leur repas à l'intérieur de l'auberge, reluquant la fille de cuisine, une petite brune aux cheveux étonnamment courts, qui tentait de faire disparaître des traces de vin sur le sol. Elle avait reconnu Sébastien et le surveillait du coin de l'œil. Lorsqu'elle dut s'approcher pour terminer sa besogne, elle le contourna en laissant une certaine distance entre elle et lui. Ils avaient échangé quelques mots la veille au soir, mais sans doute était-elle un peu méfiante depuis qu'elle avait eu vent du meurtre commis dans sa chambre.

— Tu connaissais bien Gaspard de Jussieu ? lança Sébastien.

Il s'attendait à la voir déguerpir. Au lieu de ça, elle posa son balai, cala ses mains sur ses hanches et dit d'un ton détaché, en coinçant une mèche de cheveux derrière son oreille :

— Il venait souvent. C'était un vantard. Avec le Jardin tout près, beaucoup d'habitués sont des chirurgiens.

— Et Charles Petit ?

— Oh, lui. Il est gentil. Jamais un mot de travers. C'est rare de le voir s'énerver. Même quand il boit, il reste poli. C'est loin d'être le cas de tous… Lorsqu'il se fait tard, c'est le patron qui les sert. Moi, je leur en collerais une. Avec lui, ils sont plus respectueux.

— Tu l'as dit aux enquêteurs, pour Charles ? Il est accusé du meurtre, à cause de sa dispute avec Jussieu.

Les sourcils en ligne droite de la jeune femme se soulevèrent. Le reste de son visage demeura immobile une fraction de seconde, puis elle cligna des yeux à deux reprises. Une légère coloration apparut sur ses joues. Même s'il n'avait pas l'habitude de jouer à l'enquêteur, Sébastien crut déceler une sorte de confusion.

— Je ne savais pas qu'il avait été arrêté. Ce matin, je suis allée au marché et aux boucheries. Quand je suis rentrée, le patron m'a raconté pour le meurtre de Gaspard. Le commissaire avait déjà envoyé quelqu'un pour poser des questions. Nous nous sommes croisés, il est parti avant mon retour. Personne ne m'a interrogée. Sinon, je lui aurais dit que Charles était innocent. On vient toujours chercher des poux à ceux qui n'ont rien à se reprocher. Qu'il soit accusé à la place de Gardane, je n'en reviens pas !

L'herboriste se figea. Il avait reposé son gobelet sur le comptoir, craignant de renverser son contenu sur le sol que son interlocutrice venait de nettoyer.

— Que veux-tu dire par « accusé à la place de Gardane » ?

— C'est lui, le meurtrier ! Ça ne peut être que lui.

Elle l'affirmait comme s'il n'y avait pas l'ombre d'un doute.

— Tu l'as vu tuer Jussieu ? La porte de la chambre était fermée.

— Non, soupira-t-elle, mais je l'ai vu quitter l'auberge en pleine nuit après tout le monde.

Sébastien frissonna de tous ses membres, conscient de tenir là une information essentielle, qui avait probablement échappé à Parisot. Le commissaire au Châtelet avait bâclé son travail. Lors de leur rencontre, ne lui avait-il pas semblé partisan du moindre effort ? L'impression se confirmait.

— Quand était-ce ? Au matin, Gardane était dans la chambre. Il s'est réveillé en même temps que nous. Ou alors, il nous l'a fait croire.

La jeune femme secoua la tête.

— Je ne sais pas précisément. C'était tard dans la nuit. Je suis logée dans les combles, dans une petite pièce, mais j'ai toujours du mal à m'endormir. J'étais en train de regarder par la lucarne quand il est sorti. Nous étions fermés depuis un moment déjà.

La tête alourdie par cette révélation, Sébastien tentait de mettre ses idées en ordre. Pourquoi Gardane aurait-il quitté la chambre en pleine nuit pour ensuite revenir avant le lever du jour ? Pour se débarrasser des preuves ? Pour faire croire à un vol et brouiller les pistes ? Tout ça se tenait. En repensant à la brutalité du chirurgien, à son humeur massacrante et à ses regards sévères, il n'avait aucun mal à l'imaginer capable du pire. Et puis Charles était trop ivre pour tuer Jussieu.

La colère distilla des frissons dans le corps de Sébastien. Comment Gardane pouvait-il laisser un ami porter le chapeau à sa place ? Son meilleur ami. Cela le révulsait de songer que le chirurgien avait subtilisé le journal d'Aymar, un texte qui avait le pouvoir de soigner même s'il avait vu le jour dans des conditions désastreuses[1]. Où était-il à présent ? Peut-être l'avait-il détruit ? Cette pensée glaça Sébastien, déjà transi dans son justaucorps, mouillé par la bruine.

Bien que sonné, il se redressa soudain. Un élan de détermination lui fit étirer les épaules en arrière.

— Je dois aller parler au commissaire Parisot, souffla-t-il.

— J'espère qu'il vous écoutera. Il est souvent plus occupé à poser des scellés[2]… Ah, ce qui lui rapporte de l'argent, il s'en préoccupe ! Par contre, notre sécurité est bien le cadet de ses soucis. Faut pas venir le réveiller en pleine nuit ! Ah, ça non ! Même si un malheureux s'est fait tuer pendant son sommeil, impossible de le tirer de sa couche.

Sébastien l'écouta d'une oreille distraite. Il tentait de se souvenir de l'itinéraire qui menait au Châtelet, à croire que cette journée ne se résumait qu'à un inlassable va-et-vient entre la forteresse médiévale et l'auberge du faubourg Saint-Victor.

Il remercia la fille de cuisine et quitta l'établissement en espérant ne plus avoir à y remettre les pieds. Dehors, les averses se succédaient, inondant les pavés, les chapeaux et les charrettes qui se frayaient un chemin dans les rues encombrées. Sébastien plaqua ses cheveux en arrière. Le menton enfoncé dans l'encolure de sa veste, il peinait à repérer quoi que ce soit sous le déluge qui délavait les maisons, tel un voile grisâtre qu'on aurait tiré devant elles pour les soustraire à sa vue. Là, cette

1. Voir *Le Loup des ardents*, Éditions Robert Laffont, 2021.

2. À Paris, les commissaires au Châtelet étaient chargés d'apposer les scellés sur les biens des défunts. Cette fonction était plus lucrative que les tâches policières.

boutique lui disait quelque chose, c'était l'échoppe d'un barbier[1], reconnaissable à son enseigne jaune, sur laquelle se détachaient trois plats à barbe. Il était passé à cet endroit tout à l'heure.

Sébastien marcha si longtemps que ses talons échauffés se couvrirent d'ampoules. Quand il parvint enfin devant les tours de la forteresse, il faisait peine à voir. Trempé, les bas maculés de boue, le regard fiévreux, il éternuait sans arrêt, portant à ses narines un mouchoir dégoulinant qui ne le protégeait que partiellement contre la puanteur du quartier. Ce constat termina de lui saper le moral. Il avait hâte de retrouver sa malle et, par la même occasion, d'enfiler des vêtements secs.

Mais il fallait dénoncer Gardane. Libérer Charles du sort injuste qui l'attendait. Bien décidé à s'acquitter de sa mission, qui lui permettrait peut-être de récupérer le journal d'Aymar, il se ressaisit et avança vers la porte par laquelle il était sorti un peu plus tôt.

Il pénétra dans l'enceinte du Châtelet d'un pas hésitant, s'attira le regard moqueur d'un notaire, la méfiance d'un juge et d'au moins deux autres hommes en armes, qui le dévisagèrent avec insistance. Le plus impressionnant des deux, vêtu comme s'il s'apprêtait à partir au combat, l'apostropha d'une voix menaçante. Sébastien demanda à voir le commissaire Parisot. On le conduisit devant un gratte-papier au crâne dégarni, dont la perruque reposait sur un coin de table, et qui, en le voyant arriver, suspendit le cours de sa plume et replaça le postiche sur sa tête.

— Parisot ! s'esclaffa l'homme. Comment pourrais-je savoir où il est, celui-là ? Vous pensez vraiment que je connais la position de chaque commissaire au Châtelet au moment où nous parlons ?

---

1. Les barbiers réalisaient des actes de petite chirurgie comme les saignées.

Le regard voilé par le mépris, il reprit la plume tout en laissant filer un long soupir exaspéré. Le crissement du bec sur le papier donna à Sébastien la chair de poule. Celui-ci insista malgré ses craintes. Après avoir parcouru tout ce chemin, ressortir bredouille de la forteresse était au-dessus de ses forces.

— Je l'ai rencontré ce matin, dit-il.

Le gratte-papier, plongé dans sa calligraphie, conserva les yeux rivés sur son travail.

— C'est vrai, mais il est parti à présent, et je vous conseille d'en faire autant. Il doit être en train d'écumer les tavernes, ou peut-être a-t-il finalement trouvé un scellé à poser ? Les gens ne meurent jamais assez vite à son goût.

Sébastien comprit qu'il n'obtiendrait rien de plus en s'attardant ici. Il se laissa escorter jusqu'à la sortie, déconfit, le dos ployé par l'échec, les mollets plombés par les déambulations successives à travers les rues sordides de cette ville qu'il n'aimait pas, et qu'il n'aimerait probablement jamais. Le silence de sa maison de La Ferté-Imbault l'oppressait parfois, mais il lui paraissait infiniment préférable à tous ces bruits qui lui crevaient les tympans.

Le découragement afflua dans son corps. Son seul réconfort fut de constater qu'il se tenait à proximité du pont Notre-Dame ; il se mit alors en quête de la sœur de l'aubergiste, qui possédait une boutique dans un immeuble où une chambre était vacante. Même si les jours rallongeaient, il ne voulait pas risquer d'être sans toit dans la soirée, d'autant qu'il n'avait personne vers qui se tourner : Charles était en prison ; Gardane était libre, mais il se voyait mal solliciter l'aide d'un présumé meurtrier.

Mme Godart, une femme de quarante-six ans, qui parlait avec un accent alsacien, s'avéra aussi facile à repérer qu'un camelot un jour de foire. Sur le pont Notre-Dame, tout le monde la connaissait, et, contrairement au commissaire Parisot, tout le monde semblait savoir où on pouvait la trouver. Son mari, un perruquier de douze ans son aîné, gagnait assez bien sa vie. Elle en tirait une grande fierté et ne manquait jamais de le préciser aux nouveaux arrivants comme un gage de sa qualité.

Après cette entrée en matière engagée depuis la chaussée, Sébastien fut introduit dans une cuisine où se chamaillaient trois enfants, deux filles et un garçon, dans un fracas de cris et de larmes. Mme Godart couva l'herboriste d'une œillade maternelle. C'est qu'il ne devait pas avoir fière allure, avec ses vêtements crasseux, ses cheveux humides et son nez qui n'en finissait pas de couler, l'obligeant à renifler sans arrêt.

Sans se départir de son sourire aimable, elle attrapa une clé et le guida jusqu'à la maison voisine. Ensemble, ils empruntèrent l'escalier exigu, accessible depuis le fond de la boutique, dans lequel elle s'engouffra la première.

Pour atteindre la chambre que Mme Godart lui destinait, ils foulèrent un palier qui donnait sur un logement occupé, dont on avait retiré la porte. Sébastien comprit qu'il devrait passer brièvement chez son voisin pour gagner sa couche. Cette idée lui déplaisait. Il avait toujours possédé sa propre maison, et ne l'avait jamais partagée, hormis avec un cousin éloigné qu'il ne supportait déjà plus après trois jours de cohabitation. Mais l'herboriste n'avait pas le courage de reprendre ses recherches depuis le début. Pour faire bonne impression, il se força à sourire.

Mme Godart s'écarta afin qu'il pût visiter les lieux, un rectangle de dix pieds sur seize, recouvert de petits carreaux de terre cuite et éclairé par une lucarne qui donnait côté rue. La couche bénéficiait à première vue d'une garniture confortable. Elle était protégée des courants d'air par une tenture taillée dans une étoffe grossière, qui faisait office de ciel de lit. Dans la pièce, il y avait aussi une table avec un porte-plume, une chaise, un coffre en bois piqueté de petits trous, et un tapis aux couleurs passées. Au milieu de cet ensemble impersonnel, cet unique élément de décoration évoquait à Sébastien les fleurs exotiques qu'il avait contemplées un jour dans un jardin botanique, étranges curiosités dans un océan de banalité.

— Vous êtes dans un état ! commenta Mme Godart qui le détailla dans un mouvement de tête.

— On m'a volé ma besace. Quant à ma malle, je l'ai fait déposer chez un ami en attendant de me procurer un logement. Pour l'heure, je n'ai pas de quoi me changer.

— Pauvre garçon. Quelle malchance ! Je vais demander à quelqu'un d'aller récupérer vos affaires. Vous n'avez qu'à me laisser l'adresse. D'ici là, allons voir M. Brisseau, il acceptera de vous prêter des vêtements, j'en suis sûre. Toujours prêt à rendre service. L'autre jour, il a réparé la table de la cuisine. C'est lui qui occupe la chambre en dessous de la vôtre. Vous le constaterez vous-même, c'est un jeune homme charmant.

— Où est-il en ce moment ?

— Oh, je crois l'avoir entendu rentrer. Il doit être ici, à moins que mes oreilles ne me jouent des tours.

Elle dirigea son index vers le plancher, puis elle s'empressa d'aller vérifier sa théorie. Sa voix retentit, Sébastien la percevait distinctement comme s'il se tenait dans la même pièce. « Je viens de donner la chambre du dessus à un jeune homme qui vient d'arriver en ville. N'auriez-vous pas une paire de bas à lui prêter ? Il a pris la pluie, il ruisselle comme une outre percée. »

Les pas lourds de Brisseau, après avoir fait trembler les murs de l'immeuble, se joignirent à ceux de la logeuse dans l'escalier. Le jeune homme, court en jambes, corpulent du bas-ventre jusqu'au menton, se planta devant Sébastien et le gratifia d'une tape sur l'épaule.

Satisfaite, Mme Godart s'éclipsa pour les « laisser faire connaissance » et retourna chez elle. Dans la maison d'à côté, un bébé pleurait, une femme se disputait avec son mari, pendant qu'une cohorte d'enfants courait en riant, s'écrasant par moments sur le mur mitoyen comme des oiseaux sur une vitre.

L'herboriste ne comprit pas un mot de ce que disait Brisseau, tout perturbé qu'il était par ces familles qui vivaient les unes sur les autres, dans ces maisons étroites, construites sur le même modèle. La rangée d'immeubles, animée comme taverne un soir de fête, laissait filer rires, grossièretés et exclamations, sans parler des bruits qui émanaient de certaines boutiques en contrebas, devant lesquelles les passants se pressaient. S'il avait été seul, Sébastien aurait porté ses mains à ses oreilles.

— Alors, tu viens d'où, comme ça ? Eh, tout va bien ? Tu n'as pas l'air en forme. C'est à cause de toute cette pluie sans doute. Ça n'arrête pas de tomber depuis trois jours.

Il ne restait à Sébastien qu'un petit filet de voix à peine audible.

— Je viens de Sologne.

Brisseau se pencha vers lui.

— Ah, de Sologne ! Jamais mis les pieds. Avec tout ce qu'on raconte, les épidémies… Ça ne donne pas vraiment envie de s'y rendre.

Son rire gras irrita Sébastien, qui, lui, aurait tout donné pour revoir sa maison solognote et l'étang, situé à proximité, sur lequel régnait un calme plat. Trop fatigué pour protester, il se résigna à écouter les récits de Brisseau. Vingt-neuf ans. Toujours quelque chose à raconter. Il venait de Cambrai, habitait là depuis deux ans, aimait les tavernes, mais pas celles qui vous obligeaient à consommer debout. Curieux. Enthousiaste. Il parlait vite et devait parfois se taire pour reprendre son souffle. Sébastien s'étonna de ses connaissances sur les plantes médicinales. Après une heure de conversation à sens unique, il s'était un peu réchauffé et tâcha de s'intéresser davantage à son voisin.

— À ce propos, tu exerces quelle profession ? demanda Sébastien.

— Je te l'ai dit. Je suis chirurgien.

L'herboriste devint blême. Était-ce une farce qu'on lui jouait ? Un cauchemar qui n'en finissait pas ? Il y avait bien assez de métiers dans cette ville. Pourquoi fallait-il qu'il tombe sur un adepte du bistouri et du scalpel ?

Cette nuit-là, après avoir pris congé de Brisseau qui ronflait dans la pièce du dessous, il rêva qu'on le découpait pendant son sommeil.

Deuxième démonstration

La gastroraphie[1]

« Il faut commencer à faire rentrer le boyau par le bout qui est sorti le dernier, et finir par celui qui a paru le premier, afin que chacun puisse être remis dans sa place ordinaire[2]. »

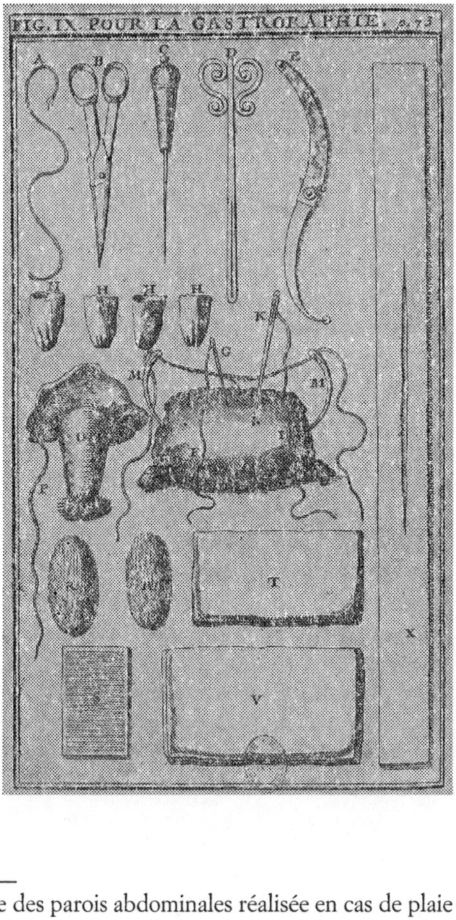

1. Suture des parois abdominales réalisée en cas de plaie au ventre.
2. Pierre Dionis, *Cours d'opérations de chirurgie…*, *op. cit.*, p. 82.

1.

Sébastien ouvrit les paupières avec appréhension. Aucun de ses membres ne manquait à l'appel. Il aurait sauté de joie si son corps n'avait pas été constellé de boutons. Il remonta les manches de sa chemise. Une ligne de piqûres courait le long de son avant-bras jusqu'à son poignet. L'idée de partager sa couche avec des punaises lui arracha un grognement désabusé.

L'herboriste s'extirpait de ses draps quand plusieurs pas lourds retentirent dans l'escalier. En se retournant, à moitié débraillé, il se retrouva face à deux colosses qui portaient sa malle à bout de bras. Ils la déposèrent sur le sol sous la supervision d'une jolie brune qui dirigeait les opérations d'un air protocolaire. Satisfaite, elle les congédia, puis avança droit vers Sébastien.

Sur son visage ovale, à la peau lisse et blanche, se dessinaient une bouche en forme de cœur et un regard pétillant, dont l'éclat cuivré rappelait les reflets de sa chevelure. Ses yeux rieurs, qui se posèrent sur l'herboriste sans détour, irradiaient de vitalité. Tout dans son attitude, de ses gestes parfaitement assurés à son port de tête, laissait une impression de farouche détermination. Elle ne devait pourtant pas avoir plus de vingt-quatre ans.

Intimidé, Sébastien sentit ses pommettes se colorer.

— Tu dois être Sébastien. Je suis Gabrielle. Maman m'a demandé de m'occuper de ta malle.

— Tu es la fille de Mme Godart, comprit-il.

— En effet.

Ses lèvres s'entrouvrirent ; pourtant, elle n'ajouta rien. Elle semblait attendre un mot de sa part et le fixait avec un amusement manifeste, comme si elle n'ignorait rien de la gêne qu'elle lui inspirait. Sébastien pensait que, sa mission effectuée, elle tournerait les talons, mais elle avait visiblement envie de discuter.

D'une voix grave, presque rauque, elle parlait vite, mangeait certaines syllabes, comme pour faire entrer le plus d'informations possible dans un laps de temps qu'elle s'était elle-même fixé. Cette cadence soutenue lui permit de brosser un tableau complet du voisinage en moins de cinq minutes. Bientôt, les habitudes des locataires du pont Notre-Dame n'eurent plus aucun secret pour Sébastien. Observatrice impartiale, Gabrielle présentait méthodiquement les faits, décrivait les qualités et les défauts de leur caractère sans les juger, puis livrait sa propre analyse en l'étayant par quelques anecdotes bien choisies. Elle s'exprima ainsi longuement, ne marquant des pauses que pour reprendre son souffle. Sa curiosité non dissimulée et son débit de paroles donnèrent le tournis à l'herboriste. Il ne se rendit pas compte tout de suite qu'elle s'était mise à l'interroger, sans doute pour parachever ce tableau, dans lequel, lui, parfait inconnu, venait soudain de se glisser.

— Tu es de Sologne, il paraît. Pourquoi as-tu entrepris le voyage jusqu'ici ? Tu as de la famille ?

Il se racla la gorge.

— Je n'ai ni famille ni ami à Paris. Je viens pour rencontrer un grand botaniste. J'aimerais lui faire part de mes recherches.

Sans en avoir conscience, il avait relevé la tête et se tenait plus droit.

— Tu veux travailler pour lui ?

— Non. Enfin, je serais fort étonné qu'il me le propose, bafouilla Sébastien, embarrassé.

— Pourquoi ne le ferait-il pas si ce que tu lui apportes l'intéresse ? Tu dois le penser pour avoir fait tout ce chemin. Es-tu vraiment si modeste ?

Déstabilisé par le franc-parler de la jeune femme, il ne trouva rien à répondre. Certes, il avait des connaissances en botanique, grâce à l'apothicaire de Romorantin qui l'avait instruit après s'être pris d'affection pour lui. Une part de lui rêvait que Dodart le considère comme un pair. Mais il n'aurait jamais osé le verbaliser. Entendre ce désir, une chimère à n'en point douter, dans la bouche de la jeune femme lui procurait un sentiment d'inconfort. N'était-elle pas en train de s'immiscer dans des recoins de son cerveau auxquels personne n'était censé avoir accès ? Formulée à voix haute, l'idée lui paraissait encore plus saugrenue. Charmé par son regard d'ambre, il ne put toutefois lui en tenir rigueur. Et ce, même si son moral venait d'en prendre un sacré coup.

— Tu es debout ? J'ai entendu du bruit.

Brisseau apparut dans l'escalier.

Sébastien grommela que oui, fâché du peu d'intimité que le logement lui laissait. D'un autre côté, il n'était pas mécontent que le chirurgien mette fin à l'interrogatoire de Gabrielle. Celle-ci adressa un sourire chaleureux au nouvel arrivant, avant de s'éclipser discrètement.

— Je vais au Jardin du Roi. Tu m'accompagnes ? proposa Brisseau. Hier, tu disais que tu désirais rencontrer Dodart. Si tu as de la chance, tu le verras peut-être.

Sébastien songea que la chance n'était pas vraiment de son côté depuis deux jours.

— D'abord, je dois passer au Châtelet pour m'entretenir avec le commissaire Parisot.

— Tu es sûr qu'il y sera ? Tu pourrais très bien lui faire parvenir un billet. Moi, je confie mes courriers à Mme Godart. Elle s'en occupe toujours à ma place.

La sortie nocturne de Gardane, sa probable implication dans le meurtre de Gaspard de Jussieu… Pouvait-il vraiment communiquer cette information par écrit ? Puis, repensant à son déplacement infructueux de la veille, Sébastien opta pour la facilité, d'autant que Brisseau lui apportait déjà son encrier et une feuille de papier.

— Entendu. Laisse-moi simplement le temps de rédiger mon billet. Je viens avec toi.

Sébastien s'installa à la table, prit la plume et la trempa dans le liquide noirâtre. Après une hésitation, il choisit de rester factuel. Quelle hypothèse aurait-il pu formuler de toute façon ? Il fallait un sérieux mobile pour tuer quelqu'un qu'on présentait comme un ami.

L'herboriste tenta de rassembler ses souvenirs. Gardane avait reproché à Jussieu sa consommation d'alcool, qu'il jugeait déraisonnable, ainsi que ses provocations à l'égard de Charles. Rien qui mérite d'en arriver à une telle extrémité. Pourtant, sa profession faisait de lui un coupable idéal. Il savait où inciser pour que le malheureux se vide de son sang. Sébastien se fustigea intérieurement. N'était-il point en train de se laisser influencer par la mauvaise opinion qu'il avait de lui ? Combien y avait-il de chirurgiens dans l'auberge ce soir-là ? L'un d'eux avait pu profiter de leur sommeil, alourdi par l'alcool, pour passer à l'acte. Condamner Gardane à cause de son escapade était prématuré, il ne disposait pas assez d'éléments. Il termina sa missive en indiquant sa nouvelle adresse.

Après avoir enfilé des vêtements secs, il se leva et descendit dans la chambre de Brisseau, un espace encombré où il était difficile de se mouvoir sans rencontrer aucun obstacle. Dans la maison voisine, les pleurs du bébé retentirent et se mêlèrent aux roulements des chariots de marchandises qui cahotaient sur la chaussée. Dès les premiers rayons du jour, la circulation avait repris. Troupeaux et cargaisons se succédaient dans le ballet continu des apostrophes et du martèlement des sabots. On n'avait pas idée qu'un pont pût être aussi fréquenté, pensa Sébastien.

La matinée touchait déjà à sa fin lorsqu'ils quittèrent la maison. L'herboriste examina le pont Notre-Dame plus en détail. Les commerçants s'activaient derrière leurs devantures. La plupart étaient des marchands d'art qui s'empressaient de mettre en avant leurs dernières nouveautés pour attirer les passants. Sébastien s'immobilisa devant une boutique. Jamais il n'avait contemplé une telle profusion de peintures de cette qualité. Un panneau représentant une nymphe dévêtue, poursuivie par un satyre grimaçant, lui accrocha l'œil.

Il reporta ensuite son attention sur les constructions, faites de brique et de pierre. Toutes identiques, elles portaient des numéros en lettres d'or, une série de bustes qui représentaient des femmes et des hommes tenant des corbeilles de fruits ainsi que des médaillons à l'effigie des rois de France.

Le nez en l'air, Sébastien se plaqua contre la devanture ; juste à temps pour éviter l'attelage qui, après avoir contourné un amas de moutons réfractaires, fonçait droit sur lui.

— Tu t'y habitueras, lui glissa Brisseau. En arrivant, j'étais comme toi. À chaque coin de rue, je sursautais, craignant qu'un chariot ne me broie les os ou qu'un brigand ne s'empare de ma bourse. Maintenant, j'aime cette ville. On ne s'y ennuie pas. Elle t'entraîne dans un mouvement perpétuel qui te pousse à te surpasser. Ici, on ne se contente pas des idées de la veille ou de ce que l'on sait déjà, on essaye de faire mieux.

— Tu parles de chirurgie ?

— C'est vrai pour la chirurgie, pour la médecine. Bien sûr, certains campent sur leurs positions. Mais on rencontre aussi des praticiens talentueux, capables de critiquer les théories des Grecs. Je ne dis pas qu'il faut oublier Galien et Hippocrate, simplement que nous avons besoin de nous en affranchir pour innover. Les audacieux forgeront les méthodes que nous emploierons demain. Les autres, ceux qui se contentent de suivre aveuglément, on les oubliera. C'est pour ça que j'aime assister aux cours de Dionis au Jardin du Roi. Pour l'instant, je n'en ai manqué aucun.

Sébastien retrouva avec un peu d'appréhension la grille en fer forgé qui marquait l'accès au Jardin des plantes. Au milieu de cette foule d'étudiants, attendant dans la fraîcheur hivernale qu'on les laisse entrer, il avait l'impression de revivre le jour de son arrivée. Par superstition peut-être, il craignait que les choses tournent mal. S'il tenait bon, droit comme la justice, c'était grâce à la perspective d'entrevoir Dodart.

Devinant le cours de ses pensées, Brisseau cria pour se faire entendre :

— Je te dirai si je l'aperçois, mais sache qu'il n'est pas toujours présent.

Un garçon grand et mince, le menton obscurci par un duvet naissant, se faufila jusqu'à eux après avoir adressé un signe de main à Brisseau, qui le gratifia d'une tape amicale.

— L'amphithéâtre va encore être plein à craquer, commenta le nouveau venu. Profitez-en tant que vous pouvez, ils vont limiter le nombre de places. Sans billet, il sera bientôt impossible d'assister aux dissections.

— Comment le sais-tu ? Je pensais que l'entrée devait rester libre.

— En principe, oui. Mais la pièce est trop petite. Tant que Dionis n'obtiendra pas plus grand, il faudra en limiter l'accès. Il est probable que je doive contrôler les billets d'ici peu. Je m'occupe aussi du jardin, mais je ne dis jamais non à du travail supplémentaire.

— Est-ce que tu as vu Denis Dodart ? Sébastien, mon ami, aimerait s'entretenir avec lui.

Le jardinier avait des cheveux dont la couleur rappelait celle de la brique. Il les peigna avec des doigts aux ongles noircis, salua Sébastien, puis secoua la tête.

— Non, pas ce matin.

Le flot d'étudiants se déversa jusqu'aux portes du château. Derrière le grillage surmonté de fleurons, une étrange quiétude tombait sur le jardin. Des bandes de brouillard flottaient sur les parterres, serpentaient au pied des arbres fruitiers et sur la terrasse qui surplombait la rivière. Le contraste avec l'agitation qui cerclait les bâtiments était saisissant.

Au loin, quelques silhouettes s'activaient au milieu des allées rectilignes et des carrés parfaitement dessinés, où la nature s'épanouissait sans sortir du cadre. Sébastien avait l'impression de contempler une illusion, comme la réalité idéalisée des tableaux du pont Notre-Dame ; que s'il foulait le jardin à proprement parler, toute cette symétrie s'évanouirait ; les contours parfaits, la netteté des bordures disparaîtraient.

L'herboriste songea que ce rêve appartenait forcément à quelqu'un. En contemplant ce paysage, il pénétrait dans son intimité, tout comme la volubile Gabrielle, sans le savoir, avait forcé la sienne.

Quand il émergea de ses réflexions, Sébastien se tenait dans la salle des écoles, où l'amphithéâtre, noir de monde, ressemblait à une gigantesque fourmilière dont la reine n'était autre que Dionis. Sur son estrade, il préparait ses instruments sans se soucier du tapage. À côté, sur la table d'opération, un drap blanc recouvrait le cadavre dont on devinait surtout le nez et la pointe des orteils.

Assis sur un banc, coincé entre Brisseau et le jardinier bientôt chargé de contrôler les billets, Sébastien se sentait déjà à l'étroit quand on lui imposa de se serrer davantage sur la droite. Ses cuisses touchaient celles de ses voisins. Il avait les mains moites et son front ne tarda pas à se couvrir de sueur.

En dépit de la fraîcheur de la journée, il régnait dans la pièce une atmosphère suffocante. Dionis désigna le cadavre du doigt et demanda à son assistant d'ouvrir les fenêtres. Les lourds battants grincèrent, mais le son ne perturba pas le bourdonnement des conversations.

Sébastien observait le public quand il reconnut le profil autoritaire de Gardane. Depuis qu'il avait couché sur le papier ce qu'il savait, il avait pratiquement oublié son existence. Écrire cette lettre l'avait libéré d'un poids. Mais le voir se pavaner librement, tandis que Charles croupissait dans une cellule, le fit bouillonner de rage.

Le regard du chirurgien, réduit à deux fentes métalliques, se promenait sur les instruments comme s'il en dressait mentalement l'inventaire. Puis Dionis prit la parole et Gardane se tint en retrait, parmi les premières rangées de spectateurs.

— Avant de commencer cette démonstration, je dois vous prévenir qu'il est possible que nous limitions à l'avenir le nombre de places. Cette décision n'est pas facile, car je souhaite bien évidemment que chacun d'entre vous puisse se perfectionner dans l'art de la chirurgie, mais nous devons malheureusement envisager une solution face à l'affluence qui ne cesse de croître. Pour le moment, nous pensons à des billets qui seraient remis aux apprentis chirurgiens en priorité. Nous pourrions procéder de cette façon jusqu'à ce que le roi nous fasse construire une salle plus spacieuse et digne de sa grandeur.

Dans l'assemblée, l'annonce déclencha une poignée de chuchotis qui se dissipèrent au moment où le chirurgien reprit :

— Je clos là cette parenthèse pour entrer dans le vif de cette démonstration que je souhaite consacrer aux opérations du ventre inférieur. Nous verrons la ligature de l'ombilic, les plaies des intestins ainsi que toutes les tumeurs que l'on rencontre dans la région de l'abdomen.

D'un geste théâtral, Dionis souleva le drap blanc. Contrairement aux autres spectateurs, Sébastien ne parvenait pas à détacher son attention de Gardane, dont les membres immobiles paraissaient aussi rigides que ceux du cadavre sur lequel il posait un œil vide. Là où Dionis, le volubile, ponctuait sa démonstration de gestes amples, vulgarisant ses propos pour les rendre accessibles à tous, ce chirurgien au corps d'échassier, aussi raide qu'un piquet, montrait une facette ascétique de la profession.

— La gastroraphie est une opération impressionnante, j'en conviens. Mais ce n'est en définitive qu'une suture que l'on pratique sur une plaie du ventre. En premier lieu, je vais vous montrer comment remettre l'intestin quand il est sorti, à condition qu'il ne soit pas percé. Dans certains cas, vous verrez qu'il est parfois nécessaire d'agrandir la plaie.

Malgré le courant d'air qui balayait l'amphithéâtre, une odeur de mort s'élevait à mesure que Dionis s'attaquait à la dépouille.

Partagé entre malaise et curiosité, Sébastien considérait ce spectacle en luttant contre des émotions contradictoires. Par moments, le dégoût prenait le pas, puis il laissait la place à cette étrange fascination qui éveillait chez lui une pointe de culpabilité. En province, ce genre de démonstration était rare. Les chirurgiens se perfectionnaient en lisant, sans effluves nauséabonds et sans se salir les mains ; c'était quand même autre chose.

Il avait cessé d'écouter. Tout ce qui se déroulait autour de lui sonnait comme une vaste pièce de théâtre, à laquelle il aurait pris place sans le vouloir, et dont il voyait les actes défiler avec étonnement. Tous ces visages suspendus aux lèvres du maître chirurgien. Combien étaient-ils aujourd'hui ? Quatre cents, cinq cents ? Tous habitués à la mort et au sang. Ils ne remarquèrent pas que, derrière les fenêtres saturées d'un ciel opaque, le jour s'assombrissait. Ils ne voyaient que la main de Dionis.

La nausée guettait Sébastien. Il tira son mouchoir et le porta à ses narines.

— Ne t'inquiète pas, le rassura Brisseau. C'est normal.

Réprimant un nouveau haut-le-cœur, l'herboriste esquissa un pâle sourire de remerciement.

— Toutes les tumeurs qui sont causées par la sortie de l'épiploon et des intestins s'appellent des hernies. Elles surviennent en général après un effort très rude. L'exomphale est celle que l'on rencontre dans la région du nombril. Cette opération est périlleuse et presque toujours mortelle, je ne l'ai pratiquée avec succès qu'une seule fois.

Après avoir promené son regard sur l'amphithéâtre, Sébastien revint à Gardane et fut dérouté de constater que le chirurgien le dévisageait lui aussi avec sa sévérité habituelle. L'herboriste tourna aussitôt la tête et se pencha vers Brisseau.

— Je ne pense pas assister à toute la démonstration. Après tout, je ne suis pas étudiant. Autant que je cède ma place à l'un de ceux qui attendent.

— Tu devrais en profiter pendant que c'est encore possible, lui glissa le jardinier à sa droite, dans quelques mois, il sera trop tard.

Sébastien le remercia mais s'en tint à sa décision. Il se leva en conservant le dos voûté et s'extirpa de l'amphithéâtre sous un tonnerre de reproches et de soupirs exaspérés. Il remonta ensuite l'enfilade de salles à grandes enjambées, passa sous la porte magistrale et se plaqua contre l'une des colonnes qui encadraient l'entrée.

Des gouttes de pluie affluèrent sur son visage. Les allées du Jardin se chargeaient de flaques où se reflétait un ciel maussade dépourvu de nuances. La respiration de Sébastien se calma au bout de quelques minutes, apaisée par le chuchotement de l'eau qui s'abattait sur la cour.

Assassin ou pas, Gardane lui faisait peur.

2.

La voix de Mme Godart rebondit sur les marches de l'escalier.

— Monsieur de Noilat, vous avez de la visite.

Sébastien, qui se grattait à s'en déchirer la peau, se mit sur ses jambes en grimaçant.

Sa première pensée fut pour Parisot. Le commissaire avait dû recevoir la lettre qu'il avait envoyée, la veille, avant de se rendre au Jardin du Roi. Sans doute voulait-il l'interroger pour en savoir plus. Pourtant, il n'y avait pas grand-chose à ajouter. Le billet, bien que concis, n'omettait aucun détail. Gardane avait quitté sa couche la nuit du meurtre et l'avait regagnée avant l'aurore. Même si l'attitude du chirurgien lui paraissait suspecte et que son instinct lui dictait de s'en méfier, Sébastien s'était promis de s'en tenir aux faits.

La surprise lui écarquilla les yeux lorsque Charles Petit, plus blanc qu'un revenant, s'introduisit dans sa chambre, toujours affublé de ses vêtements ensanglantés qui avaient pris une vilaine teinte brune. Malgré son agitation manifeste, ses boucles couvertes de crasse retombaient mollement sur son front et ses oreilles.

— Oh, Sébastien, je suis content de te trouver. Parisot m'a donné ton adresse. Je suis venu dès qu'ils m'ont laissé sortir du Châtelet. Pardonne-moi, je ne voulais pas te faire peur, mais je n'ai pas eu le temps de me changer.

Le botaniste, à bout de souffle, s'arrêta et prit une grande bouffée d'air.

— Ils t'ont libéré, j'en suis heureux, se réjouit Sébastien. Ça me contrariait de te savoir dans une cellule pour un meurtre dont tu es innocent. Ont-ils mis la main sur le véritable coupable ? Je craignais que la situation ne perdure.

Charles tremblait. Dans la chambre, il faisait froid, pas au point de grelotter de la sorte, cependant.

— Il y a eu un nouveau meurtre. Dans une taverne. Il pense que les deux affaires sont liées. J'étais en cellule, je ne peux donc pas l'avoir commis. C'est ce qui me vaut ma liberté. Je suis incapable de m'en réjouir, car, vois-tu, j'ai appris qu'ils avaient arrêté Alexandre. Alexandre, peux-tu l'imaginer ? Ils pensent qu'il a tué Jussieu. Je ne sais pas quoi faire... Il faut que tu m'aides, tu veux bien ? Je suis navré de te prendre au dépourvu.

— J'aimerais arranger les choses, mais il n'y a rien que je puisse faire.

— Cette nuit-là, nous étions quatre. Jussieu est mort. À présent, il n'y a plus que toi et moi. Tous les deux, nous devons prouver qu'Alexandre est innocent.

Sébastien déglutit, inquiet de la tournure que prenait leur échange.

— Ce n'est pas à nous de mener l'enquête. Je suis certain que le commissaire Parisot parviendra à réunir les indices dont il a besoin. Nous aurons bientôt le fin mot de l'histoire. En attendant, il vaut mieux que tu rentres chez toi, que tu... nettoies tout ce sang. Ils t'ont libéré. Si Alexandre est innocent, ils le laisseront sortir.

Charles se raidit.

— Ne me dis pas que tu crois à sa culpabilité ? Comment peux-tu t'égarer à ce point ? Alexandre est chirurgien, il est un peu renfrogné, je l'admets, mais ça ne fait pas de lui un meurtrier ! J'ai grandi avec lui, je le connais mieux que n'importe qui. Il a toujours voulu aider les autres. Ce n'est pas lui, tu m'entends ! Je n'ai aucun doute là-dessus !

— D'accord…

Le botaniste avait les joues empourprées, il était bel et bien en colère contre lui.

— Tu ne me crois pas ?

— Si, je te crois (Sébastien se racla la gorge pour tenter de redonner un peu de force au lamentable filet de voix qui s'échappait d'entre ses lèvres), mais je pense qu'il te manque un élément important. Le jour de la mort de Jussieu, Alexandre a été aperçu par une fille de cuisine. Il a quitté l'auberge au milieu de la nuit, puis il est revenu avant l'aube. J'imagine que c'est pour cette raison qu'il a été arrêté.

Les yeux de Charles s'arrondirent.

— Ça ne veut rien dire, décréta-t-il.

— Je suis vraiment désolé, Charles… Je comprends que ça soit difficile à entendre. Mais pourquoi aurait-il quitté la chambre pendant que nous dormions ?

— Il y a forcément une autre explication. Il n'a tué personne.

Sébastien ne répondit pas. Charles resta silencieux, l'œil rivé sur le bas d'un mur quelconque, puis il releva soudain la tête.

— Parisot m'a dit que le meurtre avait eu lieu cette nuit dans une taverne. Il faut s'y rendre avant qu'ils enlèvent le cadavre !

Sébastien lui jeta un regard horrifié. Il avait vu assez de corps refroidis ces temps-ci pour toute une vie et n'avait aucune envie de renouveler l'expérience dans l'immédiat.

— Nous n'avons rien à faire là-bas, Parisot pourrait croire que nous sommes mêlés à toute cette affaire. Ce n'est pas comme ça que nous allons aider Alexandre.

Mais Charles avait la tête ailleurs. Il parlait de plus en plus vite, tournait dans la chambre comme un oiseau décrivant des cercles au-dessus d'une cible en contrebas.

— Allons-y, je t'en conjure ! Parisot doit entendre raison. Il n'a pas voulu m'écouter tout à l'heure. Cette fois, je l'y obligerai. Ne désires-tu pas tirer tout cela au clair ?

Sébastien se décomposa. Après la disparition du journal d'Aymar, il craignait de perdre le soutien de Charles. Comment obtiendrait-il une entrevue avec Dodart sans la recommandation du botaniste ? Aborder le savant au détour d'une allée de simples, sans introduction, était hors de question. Il risquait de s'attirer son mépris.

Tandis qu'il réfléchissait au meilleur moyen de parvenir à ses fins, Sébastien fut surpris de constater qu'il ne songeait même plus à quitter la ville. Combien de fois son anxiété lui avait-elle dicté le chemin à prendre ; combien de fois avait-elle conditionné ses décisions ? Il ne choisissait pas, il fuyait. Aujourd'hui, pourtant, revenir en Sologne sans révéler à Dodart ce qu'il savait, sans lui parler des cas de gangrène, il ne pouvait pas s'y résoudre. Cet échec le hanterait jusqu'à la fin de ses jours. Il se devait d'essayer.

— Tu t'entretiendras avec Dodart à mon sujet ? demanda-t-il.

— Bien sûr. Je l'aurais d'ailleurs fait plus tôt si on ne m'avait pas emprisonné.

— C'est bon, je viens avec toi, mais nous devons rester à l'écart. Si nous le gênons dans son travail, Parisot risque de nous renvoyer au Châtelet.

Charles acquiesça, mais Sébastien devinait à son regard lointain qu'il n'avait pas écouté la fin de sa phrase. On aurait dit que son ami contemplait la lézarde sur le mur. Après une longue réflexion et un bâillement sonore, sans doute imputable au manque de sommeil, Charles retrouva son dynamisme habituel et entraîna Sébastien hors de la maison en le tirant par la manche.

Il en fallait beaucoup pour impressionner les badauds, à croire qu'ils avaient vu quantité de scènes atroces au cours de leur existence. La face blême de Charles, marquée par des traces de sang et par des cernes violacés, suscita néanmoins deux à trois regards appuyés, et un groupe de femmes préféra s'écarter sur son passage.

Quant à Sébastien, il ne valait guère mieux dans son habit trempé qui dégageait une odeur de moisi, digne de ces infirmes et de ces drôles de comédiens qui mendiaient à chaque coin de rue. Il leva le nez. Encadré par des rangées de maisons hautes, le ciel lui parut plus bas qu'à l'accoutumée. Des nuages gorgés de plomb s'y regroupaient, et leur ombre effrayante portait la menace d'une averse imminente.

Ils atteignirent le faubourg Saint-Antoine, où les échos des coups de maillet rebondissaient d'une façade à l'autre. Alimentés par le bois qui arrivait de la Seine, les ateliers de menuiserie se répondaient dans la clameur des rabots, discutant dans un langage connu d'eux seuls. L'air était chargé de sciure et d'une odeur de résine qui s'insinuaient à l'intérieur des habitations. C'était un quartier d'artisans, peuplé d'ébénistes, de cordonniers, de serruriers, de brasseurs et bien d'autres, qui, grâce à un privilège royal, échappaient au contrôle de leurs communautés de métier respectives.

Sébastien se fraya un chemin derrière Charles, dont les pas se pressaient vers une taverne qui, à sa connaissance, accueillait des artisans de tous horizons. Campés devant la porte, deux archers lui bloquèrent le passage. Le botaniste, au lieu de reculer, insista pour entrer.

— Je dois parler à Parisot, c'est au sujet de l'enquête.

Les archers échangèrent un regard, puis se murèrent dans une indifférence inflexible. Sébastien, lui, était presque soulagé que les choses tournent ainsi. Il n'avait pas la moindre envie de revivre le cauchemar de sa première nuit à Paris. En retrait, il attendait – tout en feignant de l'encourager – que Charles abandonne son projet. Celui-ci faisait les cent pas devant l'établissement comme s'il s'apprêtait à le prendre d'assaut. Mais les archers, changés en statues, ne réagissaient à aucune de ses attaques verbales.

Il commençait à se fatiguer quand le bedonnant Parisot arriva derrière eux.

— Messieurs, je ne m'attendais pas à vous rencontrer de sitôt. Vos retrouvailles font plaisir à voir !

Le commissaire écarta les bras comme s'il s'apprêtait à leur donner l'accolade, puis il jeta à Charles et à Sébastien un coup d'œil apitoyé.

Le botaniste se précipita vers lui.

— Vous devez relâcher Alexandre. Il n'a rien fait de mal. Je vous en prie, écoutez-moi… Il n'avait même pas de sang sur lui lorsque Jussieu a été tué.

Le sourire de Parisot se mua en quinte de toux.

— Je dois admettre que vous faisiez un meilleur coupable, parvint-il enfin à articuler. Si les trois affaires ne semblaient pas étroitement liées, vous seriez toujours au Châtelet à l'heure qu'il est. Pour ce qui est du sang, j'ai un argument à vous opposer. Votre ami s'est absenté pendant la nuit. Il en aura profité pour se changer et dissimuler les preuves. Qu'en dites-vous ? Pour ma part, je trouve cette théorie plutôt convaincante.

— Il portait les mêmes vêtements, j'en suis certain.

Le commissaire l'écarta d'un geste de la main.

— Vous avez dit « les trois affaires » ? s'étonna Sébastien.

— En réalité, c'est le troisième homme que nous retrouvons avec une plaie, des amas de charpie et des bandages disséminés tout autour de lui. Un crime similaire a été commis il y a cinq jours, dans une auberge du faubourg Saint-Marcel. Je ne me suis pas rendu sur les lieux, mais je viens de prendre connaissance du rapport rédigé par mon confrère.

Parisot se tut, puis lança à l'intention des archers :

— Alors, alors, qu'avons-nous là ?

Les deux hommes le laissèrent passer, et ne firent rien pour empêcher Charles de le suivre, comme si la responsabilité du lieu ne leur incombait plus désormais.

L'attitude de Charles déconcertait Sébastien. Pourquoi désirait-il autant apercevoir le cadavre ? Il hésita, puis, ne voulant pas rester seul avec les deux archers, il se décida à lui emboîter le pas. Il le regretta aussitôt.

Dans la salle vidée de ses clients, un silence pesant s'étirait. Le tenancier, assis au bout d'une table rectangulaire, soutenait sa tête entre ses mains. Sébastien sentit ses vieilles angoisses se raviver. Un poids se décrocha dans sa poitrine et tomba sur son ventre. Il progressa jusqu'à l'escalier qui conduisait à l'étage. La configuration des lieux rappelait en tout point celle de L'Arquebuse.

— Charles, attends…

Sa voix enrouée n'atteignit même pas sa cible. Le botaniste gravissait déjà les marches, accroché aux semelles du commissaire.

À l'étage, le plancher émit des craquements de mécontentement. Les jours entre les lattes, suffisamment larges pour qu'on aperçoive la pièce du dessous, laissaient filer de la lumière. Sébastien songea qu'ils auraient pu passer à travers. Tout le bâtiment était dans un état de vétusté avancée. Les fissures de sa chambre sur le pont Notre-Dame lui paraissaient soudain moins préoccupantes.

Devant lui, Charles s'était figé dans une embrasure. La voix du commissaire Parisot se mêlait à celle d'un homme plus âgé. Sébastien retint son souffle. Le plancher se tut, comme pour lui laisser la possibilité d'écouter.

— Il est mort de sa blessure au ventre, disait Parisot.

— C'est le plus probable, en effet. Il y a eu des complications, la victime n'a pas reçu tous les soins nécessaires.

Le commissaire reprit d'une voix forte et rocailleuse.

— Qu'est-ce qu'on sait sur lui ?

Sébastien comprit qu'il s'adressait aux archers depuis la fenêtre. L'homme cracha son rapport, le procédé n'eut pas l'air de l'étonner.

— Pour l'instant, juste les grandes lignes. C'était un tapissier. Pas de femme, pas d'enfant. Il habitait un peu plus loin, rue de Naples. Les gens du coin disent qu'il jouait. Apparemment, il en avait des dettes ! Ils ne le voyaient plus beaucoup ces temps-ci.

Charles risqua un pied à l'intérieur de la chambre. Même s'il n'était pas aussi grand que Gardane, il dut ployer la nuque pour éviter le linteau. Sébastien avança à son tour, plaquant sa main contre le mur délabré. De la poussière se fixait à ses paumes, moites de sueur, son cœur tambourinait de plus en plus fort. Une force irrépressible faisait fi de sa peur – était-ce à ça que ressemblait le courage ? –, et le poussait à avancer. Il entra dans la chambre sans réfléchir, se plaça aux côtés de Charles, jeta un bref coup d'œil à Parisot, puis inspecta la pièce aux murs effrités, qui offrait au visiteur un décor de misère. Son attention se porta en dernier sur le corps. Il avait délibérément repoussé l'échéance.

Sébastien voyait une paire de jambes diaphanes, une poitrine musclée, tout aussi pâle, et la tête du malheureux à qui l'on avait fermé les yeux. Le reste disparaissait derrière un dos imposant, celui du chirurgien qui examinait le corps, à genoux, le buste penché vers l'avant. Les chevilles et les poignets de la victime, retenus par des cordes, étaient encore ligotés à la couche. Le commissaire attendait, les bras croisés sur sa pesante bedaine, ses doigts boudinés pianotant sur son bras gauche.

— C'est que vous êtes inséparables, lança-t-il en gratifiant Charles et Sébastien d'un rire moqueur.

— Ils n'ont rien à faire ici, maugréa le chirurgien sans se retourner, l'accès à cette pièce devrait être défendu.

Invitez donc vos amis tant que vous y êtes. Et surtout, criez tous les détails de mon rapport et ses conclusions par la fenêtre. Il ne faudrait pas que quelqu'un en perde une miette... Vous devriez faire plus attention, Parisot. Vos drôles de méthodes ne vous souriront pas indéfiniment. Lorsque le lieutenant de police aura eu vent de vos agissements, je ne doute pas qu'il vous convoquera sur-le-champ. Puisse-t-il vous faire entendre raison !

— Je crains qu'il n'y ait pas grand-chose à crier par la fenêtre. Vous ne m'apprenez rien qui ne se voie comme le nez au milieu de la figure.

Le rire du commissaire se répercuta sur les quatre murs décrépis, puis se heurta à un silence pesant. Le chirurgien, qui n'avait pas apprécié les insinuations d'incompétence dont on l'avait gratifié, se leva séance tenante, vexé. Ses genoux craquèrent en se dépliant.

Sébastien put enfin apercevoir la plaie du malheureux. Une ouverture horizontale de plusieurs pouces, située sous le nombril, cousue aux trois quarts, et dans laquelle il subsistait un peu de charpie. Cette vision lui donna le vertige, il se rattrapa à l'épaule du botaniste, puis s'adressa à l'expert d'une voix hésitante.

— On a essayé de le... soigner ?

Le chirurgien le toisa d'abord et jeta un regard assassin à Parisot. Sébastien crut qu'il allait partir sans dire un mot, mais contre toute attente il lui répondit.

— Ça m'en a tout l'air. Je pense que le boyau était percé. Il a été recousu. On lui a également retiré une partie corrompue de l'épiploon, avant de refermer la plaie. La personne qui a fait ça n'a pas eu le temps d'achever l'opération.

Sébastien avait le cœur au bord des lèvres.

— Un travail de chirurgien ? demanda-t-il.

— La technique utilisée est celle qu'emploierait un chirurgien. Mais on voit que le geste manque de dextérité. Les points sont irréguliers. Soit il s'agit d'un mauvais praticien, ou d'un praticien qui n'était pas en pleine possession de ses moyens, ce qui revient au même, soit c'est l'œuvre d'un débutant.

Une lueur triomphale éclaira les pupilles de l'expert. Nullement embarrassé, Parisot le prit par l'épaule.

— Voilà qui est intéressant pour une fois. Pourquoi ne pas l'avoir dit plus tôt ? Nous aurions gagné un temps précieux. Surtout, n'oubliez pas de consigner tout ça dans votre rapport.

La colère avait réduit les lèvres du chirurgien à deux gros traits bruns qui se tordaient en une grimace indescriptible.

— Je vais d'abord examiner l'intérieur de la plaie, puis je rédigerai un rapport, bien entendu.

— L'opération n'a pas réussi…, murmura Sébastien.

— Si ça avait été le cas, se moqua l'expert en levant les yeux au ciel, il respirerait encore. Or, comme vous pouvez le constater, cet homme est mort.

Ignorant les railleries, l'herboriste insista :

— Est-ce que celui qui l'a soigné aurait pu d'abord le blesser ?

— C'est… une hypothèse envisageable.

Parisot avait levé un sourcil. Pour un personnage qui semblait tout prendre à la légère, il fixait à présent Sébastien avec une surprenante intensité.

— M. de Noilat a une théorie, écoutons-le.

Sébastien n'était pas certain de s'expliquer correctement, sa gorge était si nouée que l'air peinait à se frayer un chemin jusqu'à ses poumons.

— La gastroraphie…, l'opération qui consiste à soigner une plaie faite au ventre, c'était la démonstration que M. Dionis a pratiquée au Jardin du Roi pas plus tard qu'hier. (Il jeta un regard en biais à Charles.) Lorsque Gaspard de Jussieu est mort, continua-t-il, nous venions d'assister à une séance sur les bandages, les compresses ; un peu comme ce que nous avons retrouvé autour du corps en nous réveillant. La première victime, celle du faubourg Saint-Marcel, a-t-elle succombé à une intervention chirurgicale, elle aussi ?

Les dents jaunes de Parisot apparurent. Il souriait et la situation semblait le divertir.

— Vous avez raison, dit-il. Il semble qu'on ait retiré au premier malheureux un bubonocèle[1], sans succès bien entendu. Résumons, vous pensez que quelqu'un, disons un jeune chirurgien pour faire court, est en train de mettre en pratique les cours de M. Dionis après les avoir observés dans l'amphithéâtre du Jardin des plantes ? (Il fit mine de soupeser la théorie.) J'admets que c'est original. J'aurais aimé avoir cette idée moi-même. En outre, nous aurions de quoi nous inquiéter si nous n'avions pas déjà arrêté l'individu responsable d'une telle folie.

Charles explosa. Sa peau virait au rubicond ; il ressemblait à l'un de ces poupons aux joues roses que promenaient les nourrices des familles fortunées. Au passage, il lança à Sébastien un regard glacial.

— Alexandre n'a rien fait, vous l'accusez parce qu'il est chirurgien. Vous n'avez aucune preuve.

Parisot prit un plaisir sournois à feindre la compassion. Sébastien, révulsé par sa cruauté, s'en voulut d'avoir formulé sa théorie à voix haute. Même si elle ne condamnait pas Gardane, elle confortait le commissaire dans son opinion. D'ailleurs, il ne paraissait pas disposé à envisager d'autres options. Il avait surtout l'air pressé d'en finir.

Sébastien avait toujours les yeux rivés sur la victime, attiré malgré lui par cette cicatrice boursouflée, aux lèvres cousues selon la méthode enseignée par Dionis. Coïncidence ? Son esprit tentait vainement de s'en convaincre.

1. Hernie située dans l'aine.

Lettre à Charles

Le 23 septembre 1658

Le pire, c'est la nuit. Les cauchemars ne me laissent aucun répit. Je me réveille en sueur. Mes draps sont moites. J'étouffe. J'aimerais que ça s'arrête, mais les choses vont de mal en pis. C'est arrivé petit à petit. Les ténèbres se sont insinuées dans mon sommeil. À présent, je redoute le moment où il me faut aller dormir. Je le repousse le plus possible, mais la fatigue finit par me rattraper et m'oblige à fermer les yeux. Dès lors, mon esprit sombre dans le chaos. Ton visage apparaît, celui que tu avais lorsque nous étions enfants, puis tes traits se déforment, se flétrissent, comme la sauge que tu ramassais autrefois. À la fin, il ne reste de toi qu'une masse desséchée, emportée par le vent. Ce n'est pas l'image que j'ai envie de garder de toi, mais je suis incapable de la chasser. Elle revient tous les soirs, elle me hante. Tous les soirs, il me faut soutenir ton regard. Ne crois pas que j'écris ces lettres pour aller mieux.

Pour t'oublier.

Cette souffrance, je la mérite et je ne veux pas m'y soustraire.

3.

Charles n'était pas de ceux qu'on imaginait s'emporter. Peut-être à cause du blond juvénile qui éclairait ses cheveux, de son caractère accommodant, des sourires dont il n'était pas avare, et qu'il distribuait généreusement sans avoir l'air d'en attendre en retour.

Pourtant, à cet instant, Sébastien peinait à le reconnaître, tant la fureur le défigurait. Les muscles de son visage, contractés à outrance, lui conféraient une physionomie inquiétante.

Après le départ de Parisot, il avait quitté la taverne à grandes enjambées, puis, une fois dehors, avait asséné des coups de pied à un tas de bois sous les regards médusés des menuisiers de l'atelier voisin. Le souffle court, il s'était ensuite tourné vers Sébastien. Ce dernier aurait voulu disparaître, mais, comme souvent, la peur l'avait cloué sur place, l'obligeant à affronter le botaniste.

— Je t'ai demandé de m'aider à innocenter Alexandre, pas de l'enfoncer jusqu'au cou ! Tu t'es bien moqué de moi !

Sébastien demeura immobile, comme il l'aurait fait devant un chien enragé. Dans la rue, des femmes et des enfants s'étaient joints aux travailleurs, et s'attroupaient autour d'eux, sentant poindre les prémices d'une bagarre.

La rangée de maisons vola en éclats, la chaussée se souleva, vacilla autour de Sébastien, avant de retrouver sa position initiale, un pavé après l'autre. Il se massa la mâchoire, tituba en arrière, un goût métallique dans la bouche. Une pulsation lui enflammait la joue. Il n'avait pas eu le temps de parer.

Instinctivement, il se recroquevilla, cachant sa tête entre ses bras pour éviter le second coup. Mais celui-ci ne vint pas. Quand Sébastien osa enfin regarder Charles, celui-ci se tenait le poignet et ses yeux ronds débordaient de larmes. Très vite, les badauds se dispersèrent, déçus par le spectacle qu'offraient ces deux jeunes hommes hébétés, qui semblaient ne pas comprendre ce qui leur arrivait. Dans le quartier, on avait vu meilleurs bagarreurs. Ceux-là étaient pathétiques. Vraiment.

Sébastien reprit ses esprits le premier.

— Je suis désolé, articula-t-il en mangeant chaque voyelle.

Charles avait l'air anéanti. Il contemplait ses mains, encore maculées du sang de Jussieu.

— Qu'est-ce que je vais devenir sans lui ? Il s'est toujours chargé de tout… (il renifla) de nous trouver un logement, de réunir l'argent du loyer. Suis-je seulement capable de survivre dans cette ville s'il n'y est pas ?

La vulnérabilité de Charles bouleversa Sébastien. Au fond, ils n'étaient pas si différents. Il se sentait rassuré de constater qu'il n'était pas le seul que Paris effrayait. Ignorant la douleur, il s'avança vers lui, posa sa main sur son épaule et se força à sourire.

— On y arrivera, affirma-t-il.

Charles opina.

— Excuse-moi pour le soufflet, je n'étais plus moi-même. Mon geste était idiot. Me pardonneras-tu ?

— C'est oublié. Nous devrions retourner à la taverne.

— Pour quoi faire ?

Sébastien soupira. Allait-il regretter sa décision ? Une petite voix intérieure lui soufflait que oui.

— J'aimerais interroger le propriétaire. Si nous voulons y voir plus clair, il vaut mieux commencer par là. Parisot s'est moqué de moi tout à l'heure, mais je reste persuadé qu'il existe un lien entre les meurtres et les démonstrations du Jardin du Roi. Tu n'as pas assisté au dernier cours. Moi si. Dionis a abordé plusieurs opérations faites au ventre, dont la gastroraphie. Je ne crois pas que ça puisse être un hasard.

— Penses-tu que c'est Alexandre qui a fait le coup ? demanda Charles, sur la défensive.

— Je n'en sais rien. Mais le meilleur moyen de l'innocenter est d'identifier le coupable.

Sébastien jugea étrange de s'entendre prononcer ses mots. Avait-il vraiment l'intention de se mêler d'une enquête de police ? Où était passé le jeune homme terrorisé, et, surtout, quand allait-il refaire surface pour se maudire de s'être engagé sur cette voie ? Ce n'est pas qu'il éprouvait subitement le besoin de jouer les héros ; il n'en avait pas l'étoffe. En vérité, il ne supportait pas l'idée de laisser le journal d'Aymar entre les mains d'un fou, qui pratiquait des opérations chirurgicales sans les maîtriser, sur des êtres vivants qui plus est. Et s'il utilisait les recherches de son aïeul pour commettre d'autres atrocités ? Sébastien frissonna, ses jambes se mirent à trembler.

Le journal d'Aymar de Noilat. Un mode d'emploi pour tuer. Jamais il n'aurait dû l'emporter avec lui. C'était bien trop dangereux.

Le vin acide, servi par le propriétaire de la taverne, leur brûla les boyaux et atténua le fourmillement dans la joue de Sébastien. Autour d'eux, il n'y avait pas d'autres clients. À cette heure, les habitués travaillaient dans leurs ateliers ; ils ne passaient la porte qu'une fois leur labeur achevé.

— Il semble que nous devions écarter l'hypothèse du vol qui a mal tourné, disait Charles en contemplant son gobelet. Apparemment, rien n'a été dérobé. J'ai entendu Parisot l'affirmer lorsque je suis entré dans la chambre.

— On dirait que le meurtrier tente des expériences chirurgicales. L'autre jour, il a voulu arrêter un écoulement de sang. C'est arrivé après la démonstration de chirurgie générale, sur les instruments et l'appareil indispensables au soin des blessures. Cette fois, il réalise une gastroraphie, peu de temps après que Dionis a présenté l'opération en public.

— La personne qui a fait ça a forcément assisté aux cours du Jardin du Roi.

— Je suis du même avis. Repérer le coupable parmi quatre cents participants ne va pas être une chose aisée : n'importe qui peut pénétrer dans l'amphithéâtre. Regarde, je ne suis pas chirurgien. J'ai pourtant réussi à y entrer. Il m'a suffi de vous suivre, toi et Brisseau.

Sébastien avala une gorgée de vin. Le liquide lui laissa une pellicule un peu âpre sur le bout de la langue. Avec son nez bouché, il ne perçut pas le goût du breuvage et ne pouvait dire s'il était bon ou mauvais. Au moins, la chaleur qui se propageait dans son estomac le revigora.

— Jussieu était en bonne santé lorsqu'il s'est endormi, reprit-il. La victime souffrait-elle déjà d'une plaie au ventre, ou la lui a-t-on infligée avant de l'opérer ?

— Quelle probabilité avait-il de trouver dans Paris un homme avec les boyaux à l'air, et toujours vivant, juste après la démonstration de Dionis ? Pour moi, il l'a blessé intentionnellement pour s'exercer à le soigner.

Les yeux cristallins de Charles se perdirent sur la surface pourpre de son gobelet. Après une pause, il ajouta :

— C'est monstrueux. Qui peut bien avoir ce genre d'idées ?

Sébastien ne répondit pas. Du coin de l'œil, il guettait les allées et venues du propriétaire de la taverne, un homme d'une cinquantaine d'années qui mesurait moins de cinq pieds et qui se déplaçait en écartant les jambes. Quand il passa à proximité, il en profita pour lui demander un autre pichet et glissa la question qu'il avait préparée mentalement.

— Vous connaissiez sûrement le pauvre homme qu'on a retrouvé mort ? J'imagine que tous les artisans du quartier viennent ici pour boire du vin quand ils ont terminé leur travail.

Le propriétaire, les traits tirés, passa ses jambes par-dessus le banc et s'installa à la table de ses clients, oubliant au passage de ramener le pichet qu'on lui avait demandé.

— Sale histoire. Il a fallu que ce détraqué vienne commettre son forfait dans mon établissement. J'aurais préféré qu'il fasse ça au fond d'une ruelle ou dans un bordel. Qui me louera la chambre après ça ? Tu as raison, je le connaissais le Bertrand. Il me devait une coquette somme ! « Je paierai la prochaine fois », il disait ça tous les soirs. Moi, je voulais pas perdre un client… J'aurais mieux fait de réclamer pendant qu'il était temps. Il est mort sans rembourser personne ! Par ici, on le portait pas dans notre cœur. Ça, pour vous soutirer des sous, il savait y faire. Avec ses yeux larmoyants… des promesses, que des promesses. On ne voyait jamais rien venir.

— Il avait des dettes de jeu ? demanda Sébastien, circonspect.

— Ah, ça, et pas qu'un peu ! C'est pour ça qu'il pouvait pas payer. Dès qu'il gagnait un peu d'argent, il s'empressait d'aller le dilapider. Toujours fourré dans quelque tripot, on ne sait où !

— Vous savez qui aurait pu lui en vouloir ?

— T'as rien écouté, p'tit ! Tout le monde lui en voulait. Après, de là à lui ouvrir le gosier… Il pourra plus nous rembourser maintenant qu'il a cassé sa pipe.

Miné par le découragement, Sébastien se frotta les yeux. Les jeux de hasard, ce n'était pas vraiment sa spécialité, comme tout ce qui était prohibé. Il avait toujours respecté les règles. Pas par manque de curiosité ; l'existence même d'une sanction l'incitait à ne pas courir le risque. Si la clé du mystère l'attendait dans un tripot clandestin, fréquenté par des tricheurs et d'autres escrocs de la pire espèce, il n'était certainement pas le mieux placé pour y mettre les pieds.

Quant à Charles, pouvait-on compter sur lui ? Depuis son séjour au Châtelet, il avait perdu de sa vigueur. Où était passé le pétulant botaniste qu'il avait rencontré en arrivant à Paris ? Ces trois jours l'avaient métamorphosé. Son regard, sans flamme ni passion, privé de son éclat d'enthousiasme, hésitait constamment avant de se poser quelque part. Sébastien ne s'attendait pas à devoir prendre les choses en main. Pourtant, c'était bien ce qui était en train de se produire. Depuis que le patron de la taverne les avait rejoints, Charles ne desserrait pas les dents.

Ils quittèrent l'établissement sans rien apprendre de plus. Sébastien s'était tout de même enquis de l'adresse où logeait Bertrand, le joueur invétéré.

Sur la route, il interrogea son compagnon.

— Tu sais si Jussieu avait des dettes, lui aussi ?

Les boucles blondes s'agitèrent enfin.

— Ça m'étonnerait. Il vient d'une famille riche. Son père est chirurgien à la cour. Du reste, Gaspard n'a jamais eu de penchant pour le jeu, ou alors, il le cachait bien. Il pensait surtout aux filles.

Sébastien rougit.

— Des prostituées ?

— Oui et non. Il n'était pas difficile.

Le ciel s'était encore assombri. Une obscurité chronique pesait sur le quartier Saint-Antoine, comme si quelqu'un venait de souffler sur la dernière chandelle qui l'éclairait. Les volutes charbonneuses qui s'échappaient des ateliers rejoignaient les nuages, puis se mêlaient à eux, donnant naissance à une chape anthracite, mouvante et insaisissable.

Sébastien avait l'impression de marcher dans le lit d'un fleuve et de remonter à contre-courant. Il fit un pas de côté pour éviter le flot d'eaux usées qui se déversait dans la rigole, au milieu de la chaussée.

Bertrand, le joueur, habitait dans une maison à pans de bois, étroite et haute, où s'entassaient trois familles, sept adultes, et huit enfants de deux à douze ans. Ces derniers se livraient à des courses effrénées d'un étage à l'autre, leurs éclats de voix surgissaient des fenêtres pour se mêler au bourdonnement de la ville. Dans ce bâtiment surpeuplé, le silence n'existait pas. Même la nuit, il y avait toujours un bruit pour vous tirer du sommeil.

Charles et Sébastien furent accueillis par une femme qui tenait l'un des garnements par la main. Elle les dévisagea l'un après l'autre, plissa les yeux. La porte se referma de quelques pouces.

— Attendez ! On veut simplement comprendre, pour Bertrand.

— Vous êtes des amis à lui ?

Sébastien se racla la gorge. Son hésitation lui valut un froncement de sourcils. Derrière lui, une troupe d'artisans passait en sifflotant. L'un d'eux s'arrêta net et lança à la femme un « Tout va bien, Dinette ? ». En constatant qu'il s'agissait d'un colosse tout en muscles et, surtout, qu'il tenait un outil contondant – à quoi servait-il, Sébastien ne savait pas –, l'herboriste blêmit, puis se mit à bredouiller une série d'explications peu compréhensibles.

Charles, lui, ne trouva rien de mieux que d'annoncer d'un ton cérémonieux, et non sans une certaine condescendance : « Nous enquêtons sur la mort de Bertrand », ce qui déclencha une vague d'hilarité parmi les personnes présentes. Même le petit garnement, toujours agrippé à la main de sa mère, ricana avant de disparaître sous ses jupes.

— Tiens donc, fit l'homme en s'approchant. Alors comme ça, tu travailles au Châtelet ?

— Euh, non, c'est-à-dire que…

Charles n'eut pas le temps de prononcer un mot, sa tête bascula en arrière dans un craquement sinistre. Le souffle coupé, Sébastien regarda le sang s'échapper du nez cassé de son ami.

— Le commissaire Parisot est venu ici avec ses gars, dit l'homme d'une voix rude. Vous ne travaillez pas pour lui, c'est pas la peine d'essayer de nous gruger.

En voyant l'artisan esquisser un nouveau pas vers eux, Sébastien saisit le poignet de Charles et se mit à courir en le tirant derrière lui. Les poumons brûlants, il ne respirait plus que par la bouche. Malgré ça, il continua à vive allure et ne ralentit que lorsque la Bastille se dressa devant eux.

4.

Un hurlement bestial tira Sébastien du sommeil. Son premier réflexe fut de s'enfouir profondément sous ses couvertures. Avait-il rêvé ? Après plusieurs secondes d'hésitation pendant lesquelles il entendit battre son cœur, il risqua un « Il y a quelqu'un ? », sans sortir de sa cachette.

Des gémissements étouffés lui répondirent. Cette fois, Sébastien rassembla son courage et s'extirpa de sa couche, les bras et le haut du corps parsemé de petits boutons rouges. Ignorant les démangeaisons, il jeta un regard en direction de la paillasse improvisée qu'il avait préparée pour Charles, la veille au soir. Le botaniste, tétanisé par son agression, avait refusé de rester seul. De toute façon, il aurait été incapable de rentrer chez lui par ses propres moyens. Sébastien avait dû se résoudre à l'emmener sur le pont Notre-Dame, où Gabrielle Godart, en les voyant apparaître, sanguinolents et hagards, avait pris les choses en main.

Après avoir nettoyé le jeune homme, elle avait insisté pour qu'il ne quitte pas la maison et avait apporté de quoi l'allonger dans la chambre de Sébastien. Le nez du botaniste avait doublé de volume ; il avait fallu le remettre en place.

La couche de Charles était défaite. Le rythme cardiaque de Sébastien s'accéléra. Lui qui, jusqu'à présent, s'était senti en sécurité sur le pont Notre-Dame énuméra mentalement les pires explications possibles. Puis il tourna la tête et aperçut la silhouette de Charles, recroquevillée contre le mur opposé.

Sébastien s'approcha, s'agenouilla près de lui et dégagea d'une main les mèches de cheveux blonds qui lui tombaient devant les yeux. Son nez était toujours aussi enflé ; il avait pris une teinte violacée, plutôt disgracieuse. Il était grand temps d'y appliquer un remède. Les paupières grandes ouvertes, Charles sanglotait.

— Qu'est-ce que tu fais là ? lui demanda Sébastien, en contemplant la distance qui le séparait de sa couche.

Charles lui jeta un regard terrifié, cria de nouveau. Sa plainte déchirante réveilla Brisseau qui, un étage plus bas, tomba de son matelas dans un fracas assourdissant.

Sébastien recula. Le botaniste n'avait pas l'air dans son état normal.

— Charles. C'est moi, Sébastien.

— Sébastien, murmura Charles, dont les pupilles s'éclairèrent comme s'il le reconnaissait enfin.

Brisseau, qui apparut vêtu d'une simple chemise, aida Sébastien à redresser Charles, examina son nez, puis soupira :

— On dirait que ça ne va pas mieux. Hier soir, j'ai apporté d'autres huiles. Sébastien va te confectionner un baume. Je suis certain que tout ira mieux après !

— J'ai fait un cauchemar, souffla le botaniste. Je suis… désolé. J'ai rêvé qu'on me poursuivait. Ils étaient quatre après moi, avec des couteaux.

L'anxiété de Sébastien descendit d'un cran.

— C'est normal, tu as été agressé, hier. Dans le faubourg Saint-Antoine. Tu t'en souviens ?

La tête de Charles rebondit mollement de bas en haut. Il renifla, porta sa main à son front, puis effleura ses narines du bout des doigts.

— Oui, je m'en rappelle. Messieurs, je vous suis redevable. Merci de vous être occupés de moi.

Sébastien profita de la présence de Brisseau pour s'éclipser. Après s'être emparé des ingrédients dont il avait besoin dans la chambre du chirurgien, il gagna la maison voisine.

Si Mme Godart avait tout de suite accepté de lui prêter sa cuisine, elle n'était en revanche pas disposée à le laisser seul. L'herboriste détestait être observé de la sorte, mais il dut se résoudre à œuvrer devant elle, ce à quoi il n'était guère habitué. En Sologne, avant de rencontrer ses premiers clients de la journée, il réalisait parfois quelques préparations pour ceux qui n'avaient pas les moyens de se rendre chez un apothicaire. Il s'activait à l'abri des regards, son réchaud repoussant la fraîcheur du matin.

Tandis que Mme Godart lui relatait les mésaventures d'un voisin qu'il ne se souvenait pas avoir rencontré – le malheureux avait perdu son emploi –, Sébastien commença par laver la térébenthine avec du vin blanc[1]. Cette première opération effectuée, il se débarrassa du vin, puis il plaça la térébenthine sur le feu avec de l'huile d'olive et de la cire blanche. À l'aide d'une cuillère en bois, il remua le tout, le temps de porter le mélange à ébullition. Il retira ensuite la bassine du foyer pour y ajouter deux onces d'huiles de genièvre et de millepertuis, et la remit à chauffer pendant encore quelques minutes.

— Vous pensez que cette… mixture va soulager votre ami ? demanda Mme Godart, peu convaincue. Vous

1. Recette de baume extraite de l'ouvrage de Nicolas de Blégny, *Secrets concernant la beauté et la santé*, tome 2, 1689, p. 11.

auriez dû vous rendre au marché. Il y a un homme fort éloquent qui vend une pommade miraculeuse. On s'en sert pour toute sorte d'indisposition ! Je l'ai moi-même essayée, et je dois dire qu'elle a soulagé mes coliques en quelques jours à peine. Tous les matins, j'en prenais une petite noix que je frottais sur mon nombril.

Sébastien ne répondit pas. Il récupéra sa bassine et incorpora à sa préparation deux onces d'eau-de-vie et huit onces de bois de santal rouge. Après quoi, il versa le tout dans le pot qu'il avait disposé à côté du feu et remua jusqu'au refroidissement du baume.

Lorsqu'il regagna sa chambre, Charles ne se soucia pas de sa composition et le laissa l'appliquer sur son nez meurtri, l'esprit ailleurs. Agité, il formulait des hypothèses à voix haute sans se donner la peine d'expliquer son cheminement, si bien que, de l'extérieur, il aurait très bien pu passer pour un fou.

— Je sais que ce ne sont pas mes affaires, intervint Brisseau, mais vous devriez arrêter de vous mêler de l'enquête de Parisot. Estime-toi heureux qu'on ne t'ait cassé que le nez. Ç'aurait pu être pire ! Les gens d'ici n'aiment pas qu'on vienne leur chercher des poux.

Sébastien opina. Comment avait-il pu se laisser embarquer dans pareille histoire ? La situation était tellement déraisonnable qu'elle défiait l'entendement. Pourtant, une petite voix dans sa tête continuait de mener l'enquête malgré lui.

Le coupable assistait forcément aux démonstrations du Jardin du Roi. Comment choisissait-il ses victimes ? Attendait-il la fin d'une soirée trop alcoolisée pour passer à l'acte ? Après tout, les meurtres avaient été commis dans des établissements fréquentés par des clients qui avaient l'habitude de descendre pot sur pot, jusqu'à être complètement ivres. Pour pratiquer une opération sur un être vivant, mieux valait sans doute que le sujet fût copieusement imbibé. Maîtriser un homme sobre, lui lier les pieds et les mains ; la tâche devait être ardue, à moins de l'assommer.

Un rai de lumière entra dans la chambre, éclaira les boucles désordonnées de Charles. À moins que l'agresseur n'agisse pas seul… Avait-il un complice ? Parisot l'avait-il envisagé ? Non, sans doute pas. Il ne réfléchissait plus depuis qu'il pensait tenir son coupable.

— Sébastien, qu'en dis-tu ? Tu es bien silencieux tout à coup.

— Pardon ?

Absorbé par ses élucubrations, Sébastien n'avait pas écouté un traître mot de la conversation.

— Nous devrions retourner au Jardin du Roi. Il existe peut-être un registre avec les noms des participants. Nous savons que le coupable manque de pratique. Nous pourrions éliminer tous les chirurgiens qui ont déjà plusieurs années d'expérience et voir ce qu'il en ressort.

— Cela m'étonnerait qu'il existe une telle liste, objecta Brisseau en se massant le ventre. Étienne n'en a jamais parlé. Vous perdez votre temps.

Sébastien, l'esprit toujours en ébullition, se demanda qui était cet Étienne et pourquoi sa parole avait une telle valeur. Comme s'il avait entendu sa question, Charles précisa :

— Étienne est jardinier, mais il travaille aussi à l'intérieur du château à l'entretien des salles, à l'ouverture au public.

— Tu l'as rencontré l'autre jour, ajouta Brisseau.

L'image du jeune rouquin, bientôt chargé de distribuer des billets pour limiter l'accès au Jardin, lui revint en mémoire.

Sébastien, toujours à genoux, se leva et se dirigea vers la chaise où il avait jeté ses vêtements. En dépit de ses efforts – il avait étendu sa veste sur le dossier –, le tissu était encore humide à certains endroits. Quant à son justaucorps, il l'avait laissé dans la cuisine de Mme Godart, espérant que la chaleur du foyer l'aiderait à sécher. Il s'habilla à la hâte, sautillant sur place au moment d'enfiler ses bas. Charles fit de même sous le regard désapprobateur de Brisseau. Celui-ci soupira, avant de déclarer sur le ton de la plaisanterie :

— Je vais préparer des bandages, juste au cas où vous rentreriez encore sacrément amochés. D'ailleurs, je ne sais pas trop ce que vous cherchez à prouver. Le commissaire Parisot pense que c'est Alexandre qui a fait le coup. Il a sûrement ses raisons. Il faut dire ce qui est : il n'a jamais été commode, le Gardane.

Charles bondit en avant. Il plaqua les épaules du chirurgien contre le mur, qui trembla sous son poids.

— Tu ne sais rien à son sujet !

— Eh, du calme ! se défendit Brisseau. Vous autres, les Bretons, vous vous énervez en moins de temps qu'il n'en faut pour cligner des yeux. Je dis simplement que le commissaire connaît son travail. Ce n'est pas vous deux qui allez le lui apprendre. J'imagine que s'il y avait quelques indices au Jardin du Roi, il les aurait déjà repérés.

Brisseau se dégagea avec une déconcertante facilité. Charles, lui, ne décolérait pas. Envolée la finesse de ses traits ; sa face boursouflée aurait effrayé n'importe quel enfant, même ceux qui vivaient dans les rues et qui, d'ailleurs, en avaient vu d'autres. Sa lèvre craquelée se mit à saigner, ce qui ne l'arrêta pas pour autant :

— Parisot cherche à boucler rapidement l'affaire. La vérité, il s'en moque éperdument ! Tout le monde sait qu'il rechigne à se déplacer en personne, qu'il néglige les enquêtes et qu'il se contente de rédiger ses rapports à la hâte. Et tu voudrais que je lui fasse confiance ?

— Si tu es si convaincu de l'innocence d'Alexandre, tu ferais mieux d'aller lui demander ce qu'il trafiquait dehors au milieu de la nuit.

Charles s'apprêtait à fondre sur Brisseau, mais Sébastien s'interposa pour les séparer.

— Ça suffit maintenant. Allons au Jardin du Roi. Cela ne servira probablement à rien, j'en conviens… (Il haussa les épaules.) Au moins, nous aurons essayé. Là-bas, nous ne courons aucun risque.

Brisseau leva les yeux au ciel.

— Après tout, c'est vous qui voyez.

Vexé, le gros chirurgien regagna sa chambre. Sa chemise dansa autour de ses cuisses quand il fit volte-face.

5.

Un calme inhabituel planait sur les bâtiments du Jardin du Roi. Sans ses groupes d'étudiants dont les bavardages chargeaient la cour d'un écho perpétuel, les lieux plongeaient dans une remarquable austérité.

Sébastien leva les yeux vers les immenses baies rectangulaires du premier étage. Que se passait-il derrière ses hauts vitrages une fois les derniers visiteurs partis ? Au-dessus, la toiture de l'aile principale comportait trois lucarnes, ouvertes sur une corniche où se perchaient des oiseaux noirs, observateurs immobiles, surveillant les allées d'un œil acéré.

L'herboriste se tourna ensuite vers le jardin. Le grand parterre, divisé en quatre espaces parfaitement symétriques, disposait d'une fontaine centrale, aussi muette que le corps de logis. Un vent porteur d'un froid intense balayait le paysage sans ménagement. La rudesse de février s'était éloignée, mais les matins, nimbés d'un voile blanc, conservaient leur fraîcheur hivernale.

Sébastien se frotta les mains et les glissa dans les poches de son justaucorps. Devant lui, Charles marchait d'un pas vif, un nuage de condensation s'échappait d'entre ses lèvres. Il le mena jusqu'à l'aile opposée, passa une première porte qui conduisait à une basse-cour de plan carré, protégée par de hauts murs, et s'immobilisa. Toujours personne. Le botaniste se tourna vers Sébastien, lui fit signe de le suivre à l'intérieur des bâtiments.

Ils pénétrèrent dans une pièce de service au sol couvert de paille, où l'on entreposait des bassines ainsi que les outils nécessaires à l'entretien des allées. Malgré la présence de plusieurs ouvertures, ils avancèrent dans la pénombre jusqu'à la porte opposée, qui donnait sur une autre cour, sûrement fréquentée du seul personnel. Du bois s'entassait dans les coins, au milieu d'objets vieillissants ou cassés. Derrière la roue d'un chariot, à laquelle il manquait deux rayons, Sébastien perçut les mouvements discrets d'un rongeur.

— Tu es sûr que nous avons le droit d'être là ? s'enquit-il, craignant qu'un jardinier ne surgisse d'un instant à l'autre, une fourche à la main, pour les mettre dehors.

Charles ne répondit pas. Il pivota, puis se dirigea vers l'est. Au milieu de ces espaces clos qui se succédaient, Sébastien se sentait perdu et oppressé. Le vent ne parvenait pas à s'y engouffrer, mais son souffle plaintif caressait le haut des murs et résonnait jusqu'à eux. Heureusement, il avait cessé de pleuvoir. Pour la première fois depuis deux jours, Sébastien ne portait pas une chemise humide, collée contre sa peau. Grâce au dévouement de Mme Godart, il avait retrouvé de meilleures sensations et un semblant de dignité.

Le botaniste s'engagea sous un lourd portail en bois. Sébastien, qui était resté planté au milieu de la cour, courut pour ne pas se laisser distancer. Ils débouchèrent dans un petit jardin, où poussaient des tulipes qui n'avaient pas encore fleuri, et dont on avait organisé la culture autour d'un puits circulaire. C'est là qu'ils trouvèrent Étienne Barrier, le jardinier, un pied sur la margelle, occupé à tirer sur une corde pour remonter de l'eau. Vue d'ici, la chevelure du rouquin, ternie par le manque de luminosité, paraissait presque châtain.

Il attrapa le seau et le posa à ses pieds.

— Qu'est-ce que vous faites là ? Personne ne donne cours aujourd'hui, s'étonna-t-il tout en frottant ses mains sur un tablier maculé de traces brunes.

Charles s'avança vers lui, les deux bras en avant.

— Oh, mon Dieu ! Que t'est-il arrivé ? reprit Étienne. Ton nez ?

— Cassé. C'est ce que dit Brisseau. Mais s'il est aussi bon anatomiste qu'il raisonne, alors je devrais peut-être m'enquérir d'un second avis.

Étienne scruta le visage du botaniste avec attention.

— Vous vous êtes disputés ?

— Peu importe. Nous avons besoin de toi. Sais-tu que trois meurtres ont été commis dans des tavernes récemment ?

— J'ai entendu des étudiants en parler, les nouvelles circulent vite. Ça vous ennuie si vous me racontez ce qui vous amène pendant que je termine ma tournée ?

Sébastien suivit les deux hommes le long d'un mur qui fermait le jardin, au sud, puis dans une allée bordée de charmes. Sur sa droite, il y avait un bois composé de plusieurs essences d'arbres. C'était le seul endroit qui échappait à la rigoureuse symétrie des lieux – maîtresse incontestée partout ailleurs. Les troncs poussaient librement, comme ils l'auraient fait, loin de la ville. Sébastien pensa aux forêts de Sologne et une vague de nostalgie lui serra le cœur. Même s'il avait toujours rêvé de rencontrer Denis Dodart, d'apporter sa contribution à la botanique, et qu'il n'était pas loin d'y parvenir – restait à convaincre Charles de respecter ses engagements –, il songeait souvent à sa terre natale. Son foyer lui manquait cruellement.

La silhouette dégingandée d'Étienne glissait au milieu des allées, tel un fantôme hantant les lieux. C'est à peine si l'on entendait le son de ses bottes lorsqu'il posait les talons. Ses bras demeuraient plaqués le long du corps, tandis qu'une force mystérieuse l'aidait à conserver l'équilibre. Charles, à sa droite, l'assaillait de questions d'une voix agitée, rompant la quiétude de ce sanctuaire. Car c'est bien à un sanctuaire que ressemblait le Jardin du Roi de bon matin ; un sanctuaire érigé à la gloire du végétal.

— Tu sais si les étudiants qui assistent aux démonstrations sont listés dans un registre ? Il doit bien y avoir un moyen de connaître leur nom.

Étienne secoua la tête.

— Non, aucun. Nous n'avons pas de registre. Comme je le disais à Brisseau, l'autre jour, il est probable, à cause du nombre de visiteurs qui ne cesse d'augmenter, que l'on finisse par en passer par là. Mais le roi, à l'origine, tenait à ce que l'enseignement soit ouvert à tous. C'est pour cette raison que les leçons sont gratuites.

Charles dissimula mal son dépit.

— Et l'assistance ? Quel est son niveau ? Les chirurgiens sont-ils habiles ?

— Cela dépend. Certains exercent déjà, ils viennent pour se perfectionner ou pour voir Dionis pratiquer les opérations. Mais la plupart n'ont pas encore la maîtrise, ils sont en apprentissage. On a aussi tout un tas de curieux qui désirent assister à une dissection publique. Tu penses qu'il existe un lien entre les meurtres des tavernes et les démonstrations de chirurgie ? J'ai entendu dire que le commissaire avait arrêté Gardane. J'ai peine à y croire. C'est quelqu'un de bien. Un jour, je souffrais à cause de ma jambe. Quand il s'est aperçu que je boitais, il a proposé de jeter un coup d'œil, comme ça, sans rien demander en échange. Ensuite, il m'a aidé à terminer les semis pour que je puisse avoir ma paie. Je le tiens en haute estime.

Le botaniste ravala un sanglot.

— Au moins, nous sommes deux.

Étienne lui tapa sur l'épaule et, du doigt, leur indiqua une allée sur la gauche. Ils se tenaient devant un pavillon dont les fenêtres s'élevaient au-dessus de la Bièvre et offraient une vue imprenable sur le Jardin. Après avoir contourné plusieurs cerisiers, savamment alignés, ils reprirent la direction du château.

Le vent s'engouffrait entre les arbres, les poussait dans le dos, comme pour les forcer à avancer plus vite. En levant la tête, Sébastien eut l'impression de contempler un tableau monochrome, constitué d'un réseau de branches enchevêtrées et noires qui ondoyaient sur fond blanc. Le soleil ne perçait pas les nuages, il formait un halo pâle qui montait, et que les eaux de la rivière ne reflétaient pas.

Le château sortait doucement de sa torpeur. Aux croassements des corbeaux, postés sur la corniche et sur les cheminées, s'ajoutaient les grincements des grilles et des portes qu'on ouvrait une à une. Des pas résonnaient dans la cour principale. Derrière les vitrages du rez-de-chaussée, des lueurs orangées se diffusaient en étoile, leur chaleur fragile menait un combat contre ce qui subsistait de la nuit.

— Je dois continuer mon travail, il y a plusieurs parterres qui méritent d'être nettoyés. Il me faut arracher les mauvaises herbes et émietter quelques mottes avant ce soir, annonça le rouquin lorsqu'ils atteignirent l'entrée du logis. Je suis navré de ne pas pouvoir vous aider. J'espère qu'ils relâcheront Alexandre.

Il les salua tous les deux, puis, pressé de reprendre son service, il disparut dans un local dédié à l'entretien du jardin.

Charles, le dos voûté, avançait à présent en traînant les pieds. Incapable de lui apporter un quelconque réconfort, Sébastien le suivait avec appréhension et n'osait plus ouvrir la bouche. Un moment, il crut que le botaniste s'apprêtait à rejoindre la chaussée, mais il plaqua sa main sur le mur de la chapelle et s'affaissa contre le soubassement. Ses paupières avaient tant gonflé que ses yeux se rétrécissaient un peu plus chaque minute.

Depuis que Gardane était au Châtelet, Sébastien avait l'impression de devoir veiller sur Charles. C'était comme s'il avait recueilli un orphelin, incapable de continuer à vivre sans la présence rassurante de son ami ; un comble pour quelqu'un qui peinait déjà à veiller sur lui-même. Cette aventure ne manquait pas d'humour. Il en aurait ri si le botaniste ne risquait pas de mésinterpréter son geste.

— Je ne sais pas quoi faire, sanglotait Charles. Pourquoi faut-il qu'ils retiennent Alexandre ? C'est moi qu'ils auraient dû mettre en cellule. Alexandre aurait trouvé une solution. Lui ne serait pas en train de pleurer comme un enfant. Même quand la situation semble désespérée, il parvient à résoudre les problèmes et à se tirer d'affaire. Je t'ai déjà raconté qu'il m'avait sauvé la vie, en Bretagne ? C'était lorsque nous étions jeunes. Nous devions avoir une dizaine d'années. Nous avions pris l'habitude d'aller jouer dans une crique, près d'une plage de galets. Nous étions dans le creux de la falaise. La marée montait. Nous ne nous en étions pas rendu compte. En sortant, la mer nous entourait. Nous étions pris au piège, cernés de toutes parts. Quand j'y repense, je sens encore le désespoir peser sur mes épaules. (Il marqua une pause.) Tu sais ce que je me suis dit ? Que j'allais m'allonger et attendre. Attendre que le courant m'emporte. Alexandre, lui, n'a pas renoncé, pas même un instant ! Il s'est précipité dans l'eau. Il est revenu à temps avec la barque de ses parents. Sans lui, je serais mort.

Charles renifla. Sébastien n'aimait pas le voir ainsi, prostré, le nez dégoulinant, mais il ne savait pas comment l'aider. Se montrer patient et compréhensif ; c'était bien tout ce dont il était capable. Il ouvrit la bouche plusieurs fois, mais se ravisa. Il n'osait même plus lui suggérer de rentrer.

Au bout de quelques minutes, le regard vide du botaniste s'éclaira soudain, comme si quelqu'un venait d'y allumer un flambeau.

— Mais oui, c'est ça ! Pourquoi n'y ai-je pas pensé plus tôt ?

Il souriait à présent. Son expression éveilla chez Sébastien une vague inquiétude.

— Alexandre a toujours réponse à tout, déclara Charles en se redressant. Je suis certain qu'il connaît l'identité du meurtrier.

Sébastien fit la moue, incapable de cacher son scepticisme.

— J'imagine que, si c'était le cas, il ne serait plus au Châtelet depuis longtemps.

— Parisot le croit coupable, il ne l'écoutera pas. Nous devons rendre visite à Alexandre. Même s'il ne connaît pas l'identité du meurtrier, je suis certain qu'il nous dira ce qu'il convient de faire. Sébastien, viens avec moi, je t'en prie !

Son regard suppliant, rempli de larmes, toucha Sébastien en plein cœur. Il n'avait jamais su dire non. Même lorsqu'il n'était pas d'accord, il finissait par céder, préférant renoncer à son propre plaisir plutôt que de causer de la peine ou du tort à autrui. Une malédiction.

C'est ainsi qu'il se retrouva à marcher en direction du Châtelet ; le dernier endroit où il avait envie de mettre les pieds.

6.

Les deux hommes empruntèrent le pont Notre-Dame, puis bifurquèrent à gauche sur le quai de Gesvres. Sur le fleuve, les embarcations se pressaient les unes contre les autres, obligeant les bateliers à sauter avec agilité de pont en pont pour regagner la terre ferme. On entendait le grincement des coques et le frottement du bois lorsqu'elles s'entrechoquaient.

Sébastien et Charles, eux, naviguaient entre les propriétaires des embarcations, les marchands, les passants, bourgeois et domestiques, bref tout le petit monde qui grouillait là, et qui érigeait un rempart supplémentaire devant la forteresse du Châtelet. Dans une foule aussi compacte, impossible de marcher en ligne droite ; il fallait jouer des coudes pour atteindre son but sans effectuer de multiples détours. Sébastien, mollets meurtris, malmené par les coups d'épaules, de sacs et de chariots, se contentait d'avancer à petits pas, piétinant sur le pavé derrière le botaniste qui semblait avoir retrouvé de l'entrain à l'idée de revoir son ami Gardane.

— C'est pour une visite, annonça Charles.

Le guichetier les observa, s'attardant sur leur visage, puis il acquiesça ; c'est bon, vous pouvez entrer. La facilité avec laquelle on pénétrait dans la prison sidéra

Sébastien. Les évasions étaient monnaie courante, et on comprenait aisément pourquoi. Devant eux, une femme accoutrée d'une robe élimée apportait de la nourriture et des vêtements pour son mari. Elle échangea avec le guichetier quelques paroles amicales, on eût dit deux voisins, habitués à se croiser matin et soir.

Charles et Sébastien la suivirent dans un escalier humide, passèrent deux portes, puis débouchèrent dans une vaste pièce où se promenaient des détenus. Certains déambulaient en petits groupes, d'autres s'isolaient, le regard méfiant ou déprimé. Sébastien songea qu'il aurait sûrement fait partie de ceux-là, s'il avait dû rester ici plus longtemps. Par une meurtrière, il aperçut la cour en contrebas, sillonnée par quelques magistrats qui la parcouraient d'un pas monotone. À l'intérieur de la muraille, une odeur infecte, digne d'une gigantesque fosse d'aisances, vous sautait à la gorge. Mais, hormis ce détail, on était loin de l'image que Sébastien se faisait d'une prison.

Charles, qui avait surpris son regard étonné, lui glissa à l'oreille :

— Ils ne les enferment que pendant la nuit, le reste du temps ils peuvent se déplacer. Viens, il faut trouver Alexandre. Le gardien n'a pas su me dire où il était.

Au milieu de tous ces fauteurs de troubles, de ces individus peu recommandables – certains avaient volé, d'autres avaient peut-être ôté la vie –, Sébastien se sentait comme un poulet qui craignait qu'on lui torde le cou. En dépit de ses efforts, sa respiration devint plus courte. Il avait beau se répéter que la forteresse comportait des guichetiers, qu'il suffisait de crier à l'aide, que les détenus mal nourris n'allaient pas s'en prendre à lui sans raison, une angoisse incontrôlable lui étreignait les tripes. Peut-être était-ce dû à l'absence de clarté ? Entre les murs épais de la tour, les visages, affublés d'ombres menaçantes, paraissaient fomenter de mauvais coups.

— Alexandre, appela Charles d'une voix hésitante.

Personne ne répondit. Les détenus ne prêtaient pas attention à eux. Le botaniste, qui sondait chaque recoin avec application, poursuivit sa progression. Ils empruntèrent un nouvel escalier, plus étroit. Victime du manque d'exercice, Sébastien s'essoufflait. Toutefois les odeurs qui émanaient de la prison le dissuadèrent d'inspirer à pleins poumons.

Charles appelait son ami.

— Alexandre Gardane.

Ils découvrirent une pièce plongée dans le noir malgré la présence de deux torches, aux effluves fétides d'excréments et d'urine.

Sébastien se pinça le nez, puis s'engouffra dans les ténèbres. Au bout de quelques minutes, ses yeux s'habituèrent à l'obscurité.

— Alexandre ?

Un mouvement accompagné d'un bruit à peine audible parvint jusqu'à eux. Charles fit deux pas sur sa gauche, se pencha vers la silhouette qui se tenait appuyée contre la paroi. Sébastien avança à son tour. Seul, il n'aurait pas reconnu Gardane.

Assis, ses longues jambes tendues devant lui, le jeune homme ressemblait à une équerre qu'on aurait laissée traîner par terre. Ses lèvres avaient perdu toute coloration. Sa mine blafarde réfléchissait la lumière de la torche, qui crépitait sur la pierre noircie par la caresse répétée des flammes. Un début de barbe cassait ses traits anguleux sans parvenir à adoucir son visage.

Gardane n'esquissa pas le moindre geste. Il cligna des paupières, comme pour s'assurer que ses visiteurs étaient bien réels. Puis, l'étonnement passé, son regard retrouva sa sévérité habituelle.

— Qu'est-ce que vous fichez là ? grogna-t-il.

Charles s'accroupit pour se mettre à sa hauteur.

— Nous avons besoin de ton aide pour prouver ton innocence. Raconte-nous ce qui t'est arrivé. N'omets aucun détail. Pourquoi as-tu quitté l'auberge en pleine nuit le jour où…

Gardane le coupa d'une voix sifflante. Il paraissait mécontent de le voir.

— Il n'y a rien à dire. Vous devriez partir.

— Écoute, nous savons que tu n'es pas coupable. Si tu ne me laisses pas t'aider, tu vas rester dans ce trou à rats.

— Tu ne sais rien du tout, va-t'en !

Secoué par l'agressivité de son ami, Charles recula et manqua de perdre l'équilibre. Il fit de nouvelles tentatives pour rétablir le dialogue ; en vain. Gardane plongea dans un mutisme dont plus rien ne semblait pouvoir le faire sortir.

Décontenancé par son attitude, les iris de Charles se voilèrent. Il ne pensait plus à rien, le désespoir commençait à l'aspirer. Sébastien s'approcha et lui souffla à l'oreille :

— Il faut partir. Il ne dira rien. Nous trouverons un autre moyen…

En vérité, il doutait que ce moyen existât. Gardane ne cherchait même pas à plaider sa cause, la situation devait être grave. Peut-être était-il coupable, puisqu'il renonçait à se battre ?

En présence de son ami, Charles retint ses larmes, mais Sébastien devinait qu'il ne tiendrait pas longtemps ainsi. Il plaça sa main dans son dos et le poussa vers la sortie.

Lorsqu'ils atteignirent le rez-de-chaussée, une pluie épaisse tombait sur la cour ; on l'avait désertée pour se mettre à l'abri. Le rugissement des trombes d'eau les obligea à élever la voix.

Sébastien croisa les bras contre sa poitrine.

— Nous devrions patienter jusqu'à ce que l'averse se calme. Ma veste est sèche, je n'ai pas envie de…

— Attends, regarde ! Le commissaire vient juste d'arriver.

Charles parcourut la distance qui les séparait du commissaire d'un pas vif.

Engoncé dans sa robe, Parisot s'essuyait le front pour y chasser les gouttes et la sueur qui s'y mêlaient. Ses cheveux clairsemés étaient plaqués contre son crâne. Quand il les reconnut, il sourit de toutes ses dents ; toujours ce sourire répugnant et inapproprié, pensa Sébastien. De son point de vue, ce n'était pas le genre de sourire qu'on aurait dû afficher dans une prison où croupissaient tant d'hommes.

— Vous ici, quel plaisir ! Je commence à m'habituer à vous.

Malgré ses paroles amicales, le commissaire les dépassa sans s'arrêter. Le botaniste trottina après lui.

— Pour Alexandre, y a-t-il du nouveau ? Est-ce que vous avez réuni d'autres témoignages ? Quand allez-vous le relâcher ?

— Pour le relâcher, il faudrait qu'il soit innocent, rappela Parisot en levant l'index.

— C'est ce que vous pensez ? Que dit Alexandre ?

Le commissaire s'arrêta, prit Charles par l'épaule et feignit la compassion.

— Alexandre Gardane refuse de parler.

— Il refuse ? intervint Sébastien, surpris.

— Nous lui avons demandé ce qu'il faisait dehors la nuit du meurtre de Jussieu, il n'a rien voulu dire. Nous l'avons chatouillé un peu, mais ça n'a rien donné. Une vraie tombe. Rien n'en sort ! Pour l'assassinat du tapissier, il a desserré les dents. Tout ça pour nous raconter qu'il était chez lui la nuit des faits et qu'il n'avait pas quitté sa chambre. Bien entendu, personne ne peut confirmer. L'une des locataires affirme l'avoir vu rentrer. Mais cela ne prouve rien ! Il a pu ressortir quelque temps après. Son silence est un aveu plus que suffisant, je le crains.

Sébastien serra les mâchoires. Depuis le début, le commissaire se moquait d'eux. Derrière ses tirades grotesques et son air débonnaire, il se réjouissait du spectacle, insensible à leur détresse, et n'avait jamais eu la moindre intention de les écouter.

— Que va-t-il lui arriver ? murmura Charles, dont la figure s'était décomposée.

La peau de Parisot luisait malgré l'obscurité qui tombait autour d'eux. Après un silence interminable, il éluda la question par un laconique :

— Messieurs, j'ai du travail. Je dois vous laisser.

Il remit aussitôt en mouvement son énorme corps, oscillant comme un pendule à chaque enjambée. Au-dessus des tours, la noirceur du ciel plongeait la ville dans une nuit artificielle. Sébastien regarda le commissaire s'éloigner. La colère sourde qui tonnait dans sa poitrine faisait écho au grondement du déluge.

Il proposa à Charles de le raccompagner chez lui, mais le botaniste, consumé par la tristesse, refusa tout net. Devant le juge, Alexandre Gardane avait peu de chances de s'en tirer. Pour Parisot, son exécution n'était qu'une formalité administrative, un moment pénible dans une journée déjà bien remplie.

Troisième démonstration

L'exomphale[1]

« Toutes les exomphales ne sont pas d'un égal volume ;
il y en a d'aussi petites qu'un œuf, on en voit de moyennes,
grosses comme le poing, et l'on en observe quelquefois
de plus grosses que la forme d'un chapeau[2]*. »*

.X. FIG. DE L'EXOMPHALE.

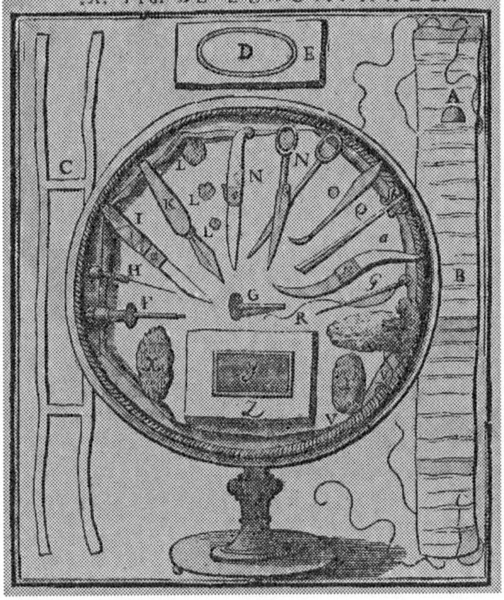

1. Terme de chirurgie pour désigner une hernie ombilicale.
2. Pierre Dionis, *Cours d'opérations de chirurgie…*, *op. cit.*, p. 97.

1.

Une étrange sensation de pesanteur le clouait sur sa couche. Il remua les doigts l'un après l'autre, pour s'assurer que sa main fonctionnait correctement. Son souffle rapide l'empêchait de réfléchir. Il ne se souvenait plus de s'être allongé ; c'est à peine s'il reconnaissait la chambre défraîchie qui tournait autour de lui.

Des bruits habituels lui agressaient les tympans. Les voisins prenaient leur repas en discutant, parfois ils élevaient la voix lorsque leur fille laissait tomber de la nourriture sur le sol. Le ballet d'équidés du pont Notre-Dame battait son plein ; le martèlement des fers grimpait sur les façades avant de se perdre à l'intérieur des maisons, où l'on ne l'entendait plus depuis longtemps. Il n'y avait qu'un garçon comme Sébastien, qui vivait loin de la ville, pour le percevoir. Une question d'adaptation, d'après Brisseau, qui estimait à trente jours le temps nécessaire pour qu'une oreille humaine décide d'occulter l'information sonore. Toujours d'après lui, l'odeur du sang des boucheries s'adoucissait, elle aussi. L'affaire de sept à huit mois, prétendait-il.

Sébastien avait beau chercher à se rassurer, l'impression que quelque chose clochait ne le lâchait pas. Pourquoi ne parvenait-il pas à se redresser, à lever la tête ? La veille, il n'avait ni bu ni mangé, il avait passé une partie de la soirée à deviser avec Brisseau des effets de la bourrache et de la reine-des-prés. Cette dernière, il en était persuadé, permettait de lutter contre la douleur en général, ce que son voisin réfutait, préférant l'employer pour soulager les articulations. Quant à la bourrache, ils étaient rapidement tombés d'accord sur un point : appliquée sur la peau, elle faisait des merveilles et accélérait la cicatrisation. Un moment agréable. Le chirurgien, d'excellente compagnie, lui avait fait oublier ses préoccupations.

Ses membres frigorifiés lui arrachèrent une grimace. Sous son nombril, sa peau picotait. Il mordit dans sa couverture sans même s'en rendre compte. Les voix de ses voisins s'éloignèrent, les bruits de la chaussée moururent d'un seul coup. Paniqué, Sébastien voulut regarder autour de lui, mais les muscles de son cou, plongés dans une étrange léthargie, ne répondaient pas. La nausée le guettait. Ses pensées tourbillonnaient, incohérentes ; rien qui pût l'aider à analyser la situation ou à se tirer de ce mauvais pas. Prisonnier d'une bulle hermétique, il luttait pour rester conscient. Pour ne pas se laisser aller. Que se passerait-il s'il s'endormait ? Pourtant, une part de lui avait envie de fermer les yeux. Ce qu'il voyait le terrifiait. Les quatre murs de la chambre penchaient dangereusement vers lui, menaçant de l'ensevelir. Il cria à s'en déchirer les cordes vocales. Mais si lui n'entendait pas, y avait-il la moindre chance que quelqu'un vienne à son secours ?

Au prix d'un terrible effort, il finit par relever les épaules et par prendre appui sur ses coudes. Autour, personne. Brisseau dormait-il dans la pièce du dessous ? La couverture glissa sur sa poitrine, le frottement sur sa peau l'irrita. Il mobilisa toute l'énergie dont il disposait pour repousser le morceau de laine hors de la couche. Quand il y parvint, il constata qu'il était nu, et, surtout, que ses jambes avaient cédé la place à deux piquets noircis, sans pieds ni orteils, qui se terminaient par un moignon putride. La gangrène. Sur le drap, le pus s'écoulait, formant un lac jaunâtre qui s'élargissait à vue d'œil. Il poussa un hurlement qui, cette fois, se décomposa en un millier d'échos effrayants.

Sébastien ouvrit les yeux, le front trempé de sueur. Il se leva d'un bond, jeta sa couverture à ses pieds. Ses jambes étaient glacées, d'une pâleur spectrale, mais elles étaient là. Intactes. Il demeura assis de longues minutes pour laisser à sa respiration le temps de ralentir.

Le jour, la disparition du journal d'Aymar le tourmentait. À présent, elle perturbait son sommeil. Il prit une grande inspiration, ce cauchemar l'avait épuisé. Il s'allongea à nouveau, las de Parisot, de Charles, de la chirurgie et de ses adeptes, las de ses propres inquiétudes, et se rendormit avec appréhension.

Peu après, le plancher du palier se mit à trembler sous le poids d'une démarche lourde et décidée. Le cœur de Sébastien cessa de battre. Rêvait-il, ou la menace était-elle bien réelle ? Il se redressa en sursaut et découvrit le sourire corrompu de Parisot qui croisait les bras devant lui, le sourcil droit légèrement plus haut que le gauche, signe que le tableau qu'il lui offrait le divertissait. Comme souvent, face à une parfaite incongruité, Sébastien perdit l'usage de la parole. Il se contenta de tirer la couverture pour cacher sa nudité.

— J'espère que vous pardonnerez cette entrée en matière un peu brusque. Je suis un homme de patience, voyez-vous, mais il m'arrive d'expérimenter de nouvelles méthodes. Dans ma fonction, se renouveler est essentiel. Un bon enquêteur ne doit-il pas cultiver une part d'imprévisibilité ? J'aurais tendance à penser que oui. Mais je serais curieux d'avoir votre opinion sur la question.

Sébastien se frotta les yeux, ferma les paupières, les rouvrit. Tout cela avait l'air vrai, il commençait même à frissonner. C'était presque aussi terrifiant que le cauchemar qui l'avait réveillé pendant la nuit.

— Allons, reprenez vos esprits. Vous semblez avoir mal dormi. Pour ma part, je ne connais pas ce genre de problème. Mais soit, je ne suis pas venu pour vous parler de moi. Je vais relâcher Alexandre Gardane.

— Vous relâchez Gardane ? répéta Sébastien.

Il lui fallut plusieurs secondes pour saisir l'information et plus encore pour l'analyser. Prise en étau, sa tête pesait douloureusement sur ses épaules.

— Comment est-ce possible ? Je croyais que son silence l'accablait. Hier, vous avez ôté à Charles tout espoir.

Une toux grasse secoua Parisot. Sébastien ressentait un vif dégoût à se voir envahi de la sorte. Dans sa chambre, son espace vital.

— Il y a eu un nouvel assassinat. Cela change la donne. Je ne peux pas l'imputer à votre ami, il est toujours en cellule, et plongé dans cet insupportable mutisme. Les preuves contre lui ne sont pas suffisantes.

Sébastien se massa les tempes.

— Le lien avec les autres meurtres est-il si évident ?

— Vous comprenez vite. En effet, et je dois admettre que vous aviez raison. Nous avons affaire à une nouvelle opération chirurgicale, si tant est que l'on puisse la qualifier de la sorte, au vu des conditions dans lesquelles elle a été pratiquée : sous la contrainte, c'est évident, sans assistants, avec un matériel rudimentaire et usagé. Le malheureux n'y a guère survécu. Notre expert pense que c'est l'œuvre du même individu.

— Est-on certain que toutes ces opérations ont bien eu lieu sous la contrainte ? Admettons que les victimes n'aient pas eu les moyens de se payer les services d'un bon professionnel ou d'un barbier, elles…

— Pour une fois, coupa le commissaire, notre chirurgien est catégorique, les pauvres diables ont tiré sur leurs liens. Ils se sont débattus. Ce qui signifie qu'ils étaient vivants au moment de l'opération, et qu'ils n'avaient sûrement rien demandé à personne. En tout cas, ils empestaient l'alcool. Soit leur agresseur les a fait boire pour leur tendre un piège, soit il choisit ses cobayes parmi une population déjà saoule, ce qui doit grandement lui faciliter la tâche.

— De quelle opération s'agit-il cette fois ?

Parisot cala son menton entre le pouce et l'index.

— La victime était un marchand de vin, habitué au port de lourdes charges. Il avait une hernie dans la région du nombril.

— L'exomphale, murmura Sébastien, pris d'incontrôlables tremblements. Dionis nous en a parlé lors de sa dernière dissection. On dirait que le meurtrier s'essaye à toutes les opérations démontrées au Jardin du Roi. C'est monstrueux !

Le commissaire le dévisagea longuement. La tête entre les mains, Sébastien ne remarqua rien ; la nouvelle le remuait. Il aurait dû se réjouir. La libération de Gardane allait permettre à Charles d'aller mieux, assez pour qu'il oublie ces histoires d'enquêtes clandestines et honore sa promesse de l'introduire auprès de Denis Dodart. D'un autre côté, la présence d'un chirurgien dérangé, parcourant les rues et écumant les tavernes à la recherche de patients condamnés à de terribles souffrances, le glaçait d'effroi. Lorsque cela s'ébruiterait, plus personne n'oserait mettre le nez dehors.

— Je vais devoir vous arrêter, disait Parisot. Le dernier du trio. Il ne reste plus que vous.

Sébastien s'arracha à ses pensées, écarquilla les yeux. Avait-il bien entendu ?

Moqueur, le commissaire précisa :

— Vous étiez dans la même pièce que Gaspard de Jussieu lorsqu'il a succombé à cette curieuse expérience, appelons-la comme ça.

— Vous n'insinuez tout de même pas que je… moi…

La gorge de Sébastien se noua. Les larmes montaient ; il dut employer tout ce qu'il lui restait de dignité pour les refouler. Les images du Châtelet déferlaient dans son esprit, sombres, terrifiantes, remplies d'âmes qui, loin de la lumière, dépérissaient. Il songea au regard absent de Gardane. À sa résignation. Elle ne lui ressemblait pas.

Combien de temps Sébastien tiendrait-il, plongé dans cette attente infernale, soumis à la question, redoutant la roue pour un crime qu'il n'avait pas commis ? Il y avait de quoi perdre la tête.

Puis, soudain, sans prévenir, Parisot éclata de rire.

— Je plaisante, s'esclaffa-t-il. Admettez que je vous ai bien eu ! Vous êtes plus blanc que ce pauvre marchand de vin, que Dieu ait pitié de lui.

C'était la deuxième fois qu'il lui faisait le coup. L'estomac complètement révulsé, Sébastien bouillonnait de rage. Il aurait voulu trouver une repartie cinglante, clouer le bec à cet incompétent – tout le monde le disait, il y avait bien une part de vrai là-dedans –, mais rien ne vint.

Le commissaire passa une main dans les trois mèches grasses qui serpentaient au sommet de son crâne, puis leva le petit doigt pour ajouter :

— Monsieur de Noilat, j'ai confiance en votre discernement. J'aimerais que vous me rapportiez ce que vous verrez lors des prochaines démonstrations d'anatomie et de chirurgie. Je peux me fier à vous, n'est-ce pas ?

Les lèvres de Sébastien s'entrouvrirent. Parisot était-il encore en train de se moquer de lui ? Étonnamment, il avait l'air sérieux.

— Je l'ai su au premier coup d'œil, reprit le commissaire. Vous êtes la fiabilité incarnée. Mon instinct ne m'a point trompé.

— Je ne comprends pas. Vous désirez que je… (Sébastien plissa le front.) Pourquoi ne pas demander à l'une de vos mouches ?

Parisot fit un pas en avant, posa une main sur l'épaule du jeune homme et lui décocha un sourire mielleux.

— Voyez-vous, la rumeur de ces meurtres inspirés des démonstrations de Dionis s'est ébruitée. Tous les regards vont se tourner vers le Jardin du Roi. En outre, il est probable que le tueur que nous cherchons soit dans l'amphithéâtre. Si je charge l'un de mes hommes d'y assister, je crains qu'il ne soit rapidement démasqué. C'est pour cette raison que j'ai pensé à vous. Vous êtes le candidat idéal. Vous étiez aux dernières démonstrations, votre visage est connu dans l'assistance. Personne ne soupçonnera un herboriste de province de me rendre des comptes. Allons, c'est entendu !

Parisot sortit un morceau de papier plié en quatre et le déposa sur la couche de Sébastien.

— En cas de besoin, venez au Châtelet. Si je n'y suis pas, voici mon adresse. Surtout, frappez fort. Ma femme est un peu dure d'oreille.

Le commissaire s'apprêtait à prendre congé, sous le regard ahuri de Sébastien qui le retint de justesse avant qu'il ne quittât la chambre.

— Attendez ! Vous ne m'avez rien dit. Que dois-je faire ?

— Oh, où avais-je la tête ? Eh bien, vous n'avez qu'à assister aux démonstrations et à observer. Si quelque chose vous paraît anormal, rapportez-le-moi. Voyez, c'est aussi simple que ça !

— Et la dernière victime ? Que sait-on sur elle ?

— Pour l'instant, peu de choses, l'homme était en ville depuis trois ou quatre jours. Pierre Gardinier, on l'a retrouvé dans la cour d'une auberge dont il était un habitué. Un marchand de vin qui, lorsqu'il était à Paris, voyait ses clients et, le reste du temps, fréquentait Le Dé Vengeur. Un tripot.

Parisot haussa les épaules comme s'il s'agissait d'un détail sans importance.

— Un tripot ? Vous voulez dire qu'il avait des dettes ? Comme le tapissier ?

— Allons, monsieur de Noilat, ne vous emballez pas ! Loin de moi l'idée de dénigrer vos talents ; vous m'avez tout l'air d'avoir une remarquable capacité de déduction, j'en conviens. Cela dit, je ne vous ai pas demandé d'enquêter. Cette tâche m'incombe, et sachez que j'y emploie beaucoup d'énergie.

— A-t-on dérobé à la victime des objets personnels ? insista Sébastien, dont l'esprit revenait malgré lui au journal d'Aymar.

Parisot le regarda avec commisération.

— Je crois que vous avez perdu un livre auquel vous teniez beaucoup, mais ce n'est…

— On me l'a volé, protesta Sébastien, hors de lui.

Pensif, le commissaire se caressa le menton.

— Peut-être. Parfois, vous savez, les choses finissent par réapparaître. Bon… je n'ai que trop tardé. Monsieur de Noilat, je vous souhaite une belle journée.

Il se retourna d'un mouvement étonnamment vif pour sa corpulence. Sonné, Sébastien entendit ses pas résonner dans l'escalier. Il se tenait toujours sur sa couche, en proie à une drôle d'agitation dont l'intensité lui secouait l'estomac. Dans ce cataclysme, une seule certitude : Parisot ne lui inspirait aucune confiance.

2.

Après le départ de Parisot, Sébastien plongea dans une longue apathie. Submergé par le cours des événements, il ne cessait de ruminer. La demande du commissaire lui paraissait tour à tour incongrue, suspecte, ambiguë, confuse, déplacée. Qu'attendait-il réellement de lui ?

Maintenant que Gardane était libre, Charles serait plus enclin à l'introduire auprès de Denis Dodart. Si près du but, Sébastien n'avait pas la moindre envie de jouer aux apprentis espions. Pourquoi devrait-il s'impliquer dans une enquête de police ? Tout cela ne le concernait pas.

Un instant, il songea à ignorer la requête de Parisot, à continuer sa vie comme si de rien n'était ; après tout, qu'avait-il à se reprocher ? Puis le doute l'assaillit. Quel risque encourait-il en faisant la sourde oreille ? Ce commissaire, avec ses sourires accusateurs, ses boutades qui sonnaient comme des menaces, était une énigme à lui seul. En repensant à leur conversation, Sébastien fut traversé par un frisson désagréable ; son instinct lui soufflait de lui obéir.

Il achevait d'enfiler ses vêtements quand le profil de Gabrielle apparut sur le palier. Elle devait venir de l'extérieur, car son nez et ses pommettes avaient pris une teinte légèrement rosée, qui rappelait l'ourlet de ses lèvres. Elle s'introduisit dans sa chambre et le dévisagea avec cette intensité dont chacune de ses actions, même la plus anodine, semblait imprégnée.

— J'ai vu le commissaire sortir de la maison, annonça-t-elle. Que voulait-il ?

Sébastien avait la gorge nouée, tout à coup. Même s'il était malvenu de lui confier la teneur de leur conversation, l'aplomb de la jeune femme l'incita à répondre honnêtement.

— Il a besoin de mon aide pour une affaire en cours.

L'explication lui avait échappé avec une facilité déconcertante. En colère contre lui-même, il s'assit sur sa couche, le visage à moitié dissimulé par la tenture. Mais c'était sans compter la persévérance de Gabrielle, qui fit un pas de côté pour l'observer à sa guise.

— Ça n'a pas l'air de t'enchanter, pas vrai ? Tu sais, Parisot n'est pas aussi mauvais qu'on le dit. Ne te laisse pas influencer par ce que les gens racontent. Il faut s'habituer à ses manières, c'est tout. Tu t'y feras !

Une moue dubitative tordit la bouche de Sébastien.

— Je ne suis pas certain d'être capable de répondre à ses attentes.

Amusée, Gabrielle vint s'asseoir près de lui, ce qui le plongea dans un état de confusion. En présence de l'autre sexe, Sébastien se sentait toujours un peu gêné. Il n'avait connu qu'une fille, Lorette, une gamine de douze ans qui lui courait après quand il en avait quatorze. Elle l'avait embrassé, puis, comme il ne réagissait pas, elle avait jeté son dévolu sur un autre. Depuis, il n'avait pas beaucoup évolué. Lorsqu'une femme lui plaisait, il baissait la tête ; pas de quoi inciter à la conversation.

Le regard d'ambre de Gabrielle glissa sur lui.

— Tu devrais te faire confiance. S'il se fie à toi, c'est qu'il t'en croit capable.

— Je suis herboriste, objecta Sébastien.

L'expression de la jeune femme se chargea de perplexité, comme si l'argument n'avait aucun sens à ses yeux.

— Et alors ? Nous ne sommes pas déterminés par notre profession. Je suis certaine que nous pouvons devenir ce que nous avons envie d'être. Tu ne crois pas ?

— Le rôle qu'il me demande de jouer ne m'intéresse pas. Je n'ai jamais souhaité d'autre occupation que celle qui est déjà mienne.

Sébastien s'était exprimé d'un ton plus sec qu'il ne l'aurait voulu. Gabrielle cherchait sans doute à l'encourager, mais il ne se sentait pas d'humeur à converser et, de son point de vue, elle ne le connaissait pas assez pour lui faire la morale. Une personnalité obstinée comme la sienne n'aurait eu aucun mal à contenter Parisot. Peut-être était-il aussi un peu vexé de le constater.

Il trouva une excuse pour s'éclipser.

3.

Paris étouffait sous un couvercle. Sur les hauteurs de Notre-Dame, victime des assauts répétés de la pluie, pesait une grisaille épaisse. Partout, on ne croisait que couvre-chefs détrempés, jupons dégoulinants, traînant sur le pavé, et devantures embuées, fermées par des rideaux de gouttelettes. La ville entière ruisselait à l'image du fleuve qui la traversait.

Sébastien avançait à grandes enjambées, la tête inclinée vers le sol. Ses yeux n'éprouvaient plus le besoin de balayer chaque recoin de la chaussée. Il se fiait davantage à son ouïe, et avait appris à reconnaître les sons, même lointains, dont il devait se méfier. Les roues cahotantes, le sifflement des cochers, le trot des chevaux. Dès qu'un attelage approchait, il se plaquait contre la façade la plus proche. À force, son oreille parvenait à estimer la vitesse de l'équipage. Brisseau ne lui avait pas menti ; on s'habituait.

Cette ville était en train de le changer. Pas foncièrement – dans les grandes lignes, Sébastien restait fidèle à lui-même –, mais il notait de petites transformations, des attitudes dont il n'était pas coutumier et qu'il avait sans doute absorbées par mimétisme, à force de voir les gens courir ou se houspiller. La contagiosité de cette effervescence l'effrayait. Il l'avait encore constaté, tout à l'heure, en bousculant un gamin qui portait du pain. Sébastien, le Solognot, aurait ralenti pour l'éviter. Celui d'aujourd'hui, exaspéré de le croiser sur sa route, avait manifesté sa contrariété. Pressé de s'entretenir avec Charles, il en avait oublié ses manières. Après s'être longuement fustigé, il s'était promis de demeurer attentif aux autres, même si ceux-ci prenaient la forme d'une foule remuante ; ce n'était pas une excuse.

Charles et Alexandre vivaient dans une ruelle coudée, à proximité de la place Maubert. En arrivant devant la maison, Sébastien s'engagea directement dans l'allée qui conduisait à la cour intérieure. On entendait les cris des rongeurs qui s'agitaient derrière les tas de bois, quittant parfois leur abri en quête de nourriture.

Les deux amis louaient le bâtiment du fond. Il se composait, au rez-de-chaussée, d'une ancienne écurie dont ils n'avaient pas l'utilité, et, à l'étage, d'une pièce longitudinale, leur chambre, où Alexandre avait aménagé une cuisine rudimentaire.

De prime abord, rien de très confortable. Personne ne leur enviait ces pans de bois vieillissants, et cette écurie en piteux état, inutile, qui pesait sur le loyer. Mais l'endroit, à l'écart de la maison, était d'une incroyable tranquillité. Aucun bruit venant du dessus ou du dessous, pas de voisins obligés d'entrer chez eux pour accéder à leur propre logement. Combien de Parisiens pouvaient en dire autant ?

Deux fois par jour, Sébastien passait devant la chambre de Brisseau. Malgré les précautions qu'il prenait, il lui arrivait de le réveiller ou de le surprendre avec une fille aux cheveux noisette qui travaillait dans une grande maison. Cette violation de leur intimité n'indignait pas les deux amants, qui composaient aussi avec les intrusions régulières, et moins fortuites, de Mme Godart, réputée sur le pont Notre-Dame et au-delà pour sa curiosité. Sébastien, lui, se sentait toujours un peu gêné de les voir l'un sur l'autre. Il faut dire que, dans ce domaine, il manquait d'expérience.

Sébastien sursauta. Une silhouette gracile, auréolée de jolies boucles, avait fait irruption dans son champ de vision. C'était peut-être elle, cette voisine dont se languissait Charles, celle qui avait accordé ses faveurs à Gaspard de Jussieu. Sébastien, coiffé comme un épouvantail ayant pris l'eau, la regarda d'un air hébété. Elle lui décocha un sourire malicieux, avant de lever un doigt devant elle. Il la remercia en rougissant et prit la direction qu'elle lui indiquait.

Dans l'écurie, une lumière pâle comme la lune se frayait un chemin sous la porte en bois. Sébastien venait tout juste d'y pénétrer quand Gardane se dressa devant lui, l'écrasant de toute sa hauteur. Sa barbe de prisonnier avait disparu au profit d'une peau rugueuse et d'une petite coupure qui accentuait la sévérité de son menton.

— Je suis content qu'ils t'aient laissé sortir.

Sébastien avait balbutié, troublé par le regard acéré du chirurgien.

— Quelqu'un est mort, répondit Alexandre, d'un ton laconique.

Il se tenait immobile, les sourcils froncés à l'extrême, les muscles faciaux contractés comme s'il ne parvenait plus à les détendre.

— Charles est ici ?

Gardane acquiesça. En silence, il se dirigea vers l'échelle de meunier qui donnait accès à l'étage. Sébastien grimpa derrière lui, priant pour qu'il ne se soit pas mépris, et espérant qu'il s'agissait bien d'une invitation.

Le mot « désordre » ne suffirait pas pour décrire la chambre des deux Bretons, où des objets divers s'accumulaient sur le sol et sur tout support doté de quatre pieds, sans logique apparente. Les feuilles de papier, certaines chargées de dessins, de schémas, d'autres remplies d'une écriture serrée, s'amoncelaient sur une table, où l'on trouvait aussi deux encriers, du pain, un gobelet de vin et des os de poulet. Les trois chaises de la pièce, inutilisables, servaient à suspendre les vêtements mouillés. Pour atteindre la cuisine, qui se résumait à une poignée d'ustensiles et à une grande bassine, il fallait ployer l'échine, se faufiler sous le linge, tout en prenant soin d'éviter les ouvrages de chirurgie ou de botanique qui jonchaient le plancher.

Sébastien aperçut les couches de Charles et de Gardane, deux paillasses posées par terre, sans matelas ni garniture confortables. Ils auraient très bien pu les avoir fabriquées eux-mêmes avec ce qui traînait dans l'écurie. Instinctivement, l'herboriste se massa le bas du dos. Jamais il ne pourrait fermer l'œil dans de telles conditions.

Les cernes grisâtres que portaient les deux amis laissaient supposer qu'ils ne dormaient pas beaucoup. Ils avaient sans doute mieux à faire. Après tout, Charles n'aidait-il pas Dodart, lequel travaillait sur le projet de catalogue exhaustif des espèces végétales de l'Académie royale des sciences[1] ? Ils ne devaient pas en voir le bout.

Sébastien jetait un regard curieux vers les notes laissées sur la table quand les mèches blondes du botaniste émergèrent sans prévenir d'une pile de documents.

— Sébastien, ta visite me réjouit ! Pour une fois, nous nous rencontrons dans de plaisantes circonstances. Parisot a entendu raison. Tu imagines mon soulagement quand Alexandre est revenu à la maison. J'ai mis quelques minutes à me rendre compte qu'il se tenait bien là, devant moi.

La bonne humeur de Charles n'avait aucune incidence sur Gardane, qui promena son pas morose jusqu'à la

1. Créée en 1666 par le ministre Colbert pour encourager la recherche et le progrès des sciences, elle ambitionne d'écrire une *Histoire des plantes*, un catalogue de toutes les espèces végétales connues. Denis Dodart présente ce projet de grande ampleur dans ses *Mémoires pour servir à l'histoire des plantes*, publiées en 1676.

table. Il attrapa un morceau de pain dans lequel il mordit sans grand enthousiasme. Le décalage abyssal entre les deux amis continuait d'étonner Sébastien. Qu'avaient-ils en commun ? En omettant leur goût manifeste pour les études et le désordre, ils n'étaient pas très assortis. Comment la joie de vivre de Charles parvenait-elle à s'accorder avec l'austérité d'Alexandre ? Le mystère restait entier.

— Parisot m'a rendu visite ce matin, déclara-t-il sur le ton de la conversation.

Gardane cessa aussitôt de mâcher, ses sourcils s'arcboutèrent un peu plus. Charles lui jeta un coup d'œil en biais et lança joyeusement :

— J'imagine qu'il voulait t'annoncer que nous avions eu raison. Nous n'avions aucun doute sur l'innocence d'Alexandre. J'espère qu'il t'a présenté des excuses, ajouta-t-il à l'intention de son ami breton.

Sébastien songea soudain à l'escapade de Gardane, toujours inexpliquée, la nuit de la mort de Jussieu, et préféra se taire, craignant de trahir le fond de sa pensée. Un instant, il crut qu'Alexandre l'avait percé à jour. Il braquait sur lui cette expression métallique qui lui ôtait tous ses moyens.

— Que voulait Parisot ?

Sa voix était glaciale.

Un nœud se forma dans la gorge de Sébastien. Il décida d'être honnête, priant pour que sa franchise ne se retourne pas contre lui.

— Il m'a demandé de continuer à assister aux démonstrations du Jardin du Roi. Il souhaite que je lui rende compte de ce que je vois. Comme la précédente, la dernière victime a subi une opération chirurgicale, pour une exomphale cette fois. Le lien avec le cours de Dionis est évident. Parisot ne peut plus le nier. C'est la quatrième fois que l'on retrouve un malheureux, découpé par un amateur qui s'emploie à reproduire les démonstrations du

Jardin. On peut supposer qu'il recommencera s'il n'est pas arrêté. Rien que d'y penser, j'en ai froid dans le dos.

Charles passa une main dans ses cheveux blonds, puis les secoua, la tête en arrière.

— Pourquoi te demander ça à toi ? Sans vouloir t'offenser, tu n'es pas la personne à laquelle je songerais s'il me fallait recourir aux services d'un mouchard. Tu viens d'arriver, tu ne connais pas la ville. Tu es à deux doigts de t'évanouir lorsque tu assistes à un cours de chirurgie (il rit joyeusement). Je ne comprends pas, conclut-il.

— Il pense que ma présence n'éveillera pas les soupçons. Mais tu as raison, je me suis posé des questions. On dirait qu'il ne souhaite pas que l'enquête soit résolue. À sa place, j'aurais confié cette mission à quelqu'un de compétent. Cette histoire ne me plaît pas. J'ai l'impression qu'un élément important est en train de m'échapper. Parisot n'est pas net. Il cache quelque chose.

Gardane n'avait encore rien dit. Aux crispations qui le défiguraient, Sébastien comprit que cette conversation n'était pas du tout à son goût. Il semblait en proie à un conciliabule intérieur, interminable, qui, a priori, ne lui donnait pas satisfaction ; il se tendait à vue d'œil. Son haut front, barré de rides d'expression, grimaçait à n'en plus finir.

— Parisot est un idiot, lâcha-t-il enfin.

Charles le couva du regard, comme si les sautes d'humeur de son ami l'attendrissaient. En tout cas, il ne semblait pas inquiet de le voir parcourir rageusement la pièce de ses martiales enjambées. Quelques feuilles s'envolèrent, propulsées par le courant d'air créé sur son passage. Quand il s'immobilisa soudain, ses yeux affûtés transpercèrent Sébastien. Osant à peine respirer, l'herboriste regretta d'avoir abordé ce sujet devant lui. Il aurait mieux fait de s'entretenir avec Charles en privé. Pour un homme réfléchi, songea-t-il, tu ne réfléchis pas beaucoup ces temps-ci.

— Tu as bien fait de refuser, lança froidement Gardane.

Sébastien hésita avant de répondre. Son embarras n'échappa pas au chirurgien, qui plissa tellement les yeux qu'il n'en resta bientôt plus que deux fentes, minces et brunes. Sébastien déglutit – il aurait juré qu'elles venaient encore de s'assombrir. Elles lui rappelaient ces venelles obscures, loin des lanternes, qu'on parcourait en retenant son souffle de peur qu'elles abritent une bête enragée ou quelques bandits déterminés à vous vider les poches.

— Il ne m'a pas vraiment laissé le choix, se justifia-t-il. Et puis il est seulement question de le renseigner sur le déroulé des dissections, sur ce qui s'y passe. Je n'aurai pas grand-chose à lui rapporter.

Charles opina.

— J'irai avec toi. Il y a peu de chances pour que nous assistions à un événement inhabituel au Jardin du Roi. Les démonstrations obéissent à un rituel précis. À moins qu'une personne dans l'assemblée ne s'évanouisse. (Amusé, le botaniste adressa un clin d'œil à Sébastien.) Il ne se produit rien qui ne soit prévu. Que pourrais-tu noter de suspect dans une foule aussi dense ?

Sébastien soupira. Il n'avait aucune idée de ce que Parisot attendait de lui. Fallait-il se contenter d'observer ? Devait-il au contraire poser des questions ? Que lui réservait le commissaire s'il ne se montrait pas digne de la tâche qu'il lui avait imposée ? L'incertitude, en plus de mettre ses nerfs à rude épreuve, lui donnait des aigreurs d'estomac.

— Tu te souviens de ce que nous avons appris sur le tapissier, celui qui est mort faubourg Saint-Antoine ? Il avait des dettes de jeu. Il ne pouvait plus payer l'aubergiste.

Charles acquiesça.

— Parisot m'a dit que la nouvelle victime était un marchand de vin qui fréquentait un tripot nommé Le Dé Vengeur. La coïncidence est troublante, tu ne trouves pas ?

— Tu penses que ce marchand de vin avait des dettes, lui aussi ?

— En tout cas, ils se rendaient tous les deux dans des salles de jeux. Ils auraient pu y rencontrer le chirurgien tueur ?

En entendant ces mots, Gardane laissa échapper un rire carnassier. Il s'apprêtait à répliquer, mais Charles lui coupa la parole.

— C'est même évident ! Soit notre homme est un joueur, soit il a développé une sérieuse animosité contre ceux qui parient leur argent. Peut-être a-t-il perdu sa fortune aux cartes ou aux dés ? Sans le sou, il n'est pas près de devenir chirurgien. Rien d'étonnant à ce qu'il ait opté pour une pratique clandestine ! Parisot enquête-t-il là-dessus ?

— J'imagine que oui. Mais, pour l'instant, on ne me l'a pas dépeint comme quelqu'un de consciencieux. Pendant un moment, j'ai cru qu'il me soupçonnait. En fait, je ne parviens pas à savoir ce qu'il pense. J'ai l'impression qu'il vous a libérés, Alexandre et toi, parce qu'il ne pouvait faire autrement, mais il a des doutes.

— Nous nous sommes réveillés à côté du corps de Jussieu : il ne nous lâchera pas tant qu'il n'aura pas arrêté le vrai coupable.

— Et c'est précisément pour cela que nous devons nous tenir loin de cette enquête, intervint Gardane. Ce n'est pas une histoire divertissante dont on peut causer à table et à propos de laquelle on s'amuse à formuler des hypothèses. Quatre personnes sont mortes. Celui qui a fait ça sera roué. (Il se tourna vers Sébastien.) Tu ferais mieux de ne rien dire à Parisot. Ne cherche pas à le voir.

S'il te demande des comptes, contente-toi de lui répondre que tu n'as rien noté d'anormal.

— Nous n'avons rien à nous reprocher, protesta Charles. Je pense au contraire que nous devrions collaborer avec Parisot. Ainsi, il comprendra que nous sommes innocents et que notre présence dans la chambre de Jussieu n'était qu'un effroyable concours de circonstances dont chacun de nous se serait volontiers passé. Pourquoi ne pas aller au Dé Vengeur ? Juste pour poser quelques questions sur le tapissier et sur le marchand de vin. Qui sait, peut-être que Jussieu s'y rendait aussi ?

Gardane serra les poings, ses oreilles viraient à l'écarlate.

— Tout cela est absurde. Tu vas au-devant des ennuis en t'en mêlant.

Charles s'extirpa de ses ouvrages de botanique, se leva et posa une main sur l'épaule de son ami.

— Alexandre, tu vois le mal partout ! Je sais que tu essayes de me protéger, mais là, je t'assure, tu dramatises. Le pire est derrière nous. Nous étions en cellule lorsque les meurtres ont été commis. Même si j'aurais préféré ne jamais connaître l'intérieur du Châtelet, cet épisode aura au moins servi à nous disculper. De quoi veux-tu qu'on nous accuse ?

D'un geste rageur, Gardane se dégagea, contourna la table, fit de nouveau tomber quelques feuillets, et se posta à l'autre bout de la pièce. Sébastien songea que les trois chaises étaient si encombrées qu'il n'y avait aucun endroit où s'asseoir. Une légère odeur de savon s'échappait du linge encore humide. Le reste sentait la poussière. Les particules volaient à travers le faisceau de jour qui traversait la chambre en oblique.

Sébastien lorgnait du côté des montants de l'échelle, deux piquets parallèles qui sortaient du plancher. Il ne songeait plus qu'à redescendre, tête basse, et à mettre une distance raisonnable entre lui et Gardane. L'attitude du chirurgien ne lui disait rien qui vaille. S'il avait été plus courageux, plus sûr de lui, plus grand, mieux bâti – sur ces deux derniers points, il n'avait aucune chance de s'améliorer, cela lui donnait une excuse pour se dérober –, il aurait interpellé Alexandre. Que faisais-tu, la nuit de la mort de Jussieu ? Pourquoi être parti en pleine nuit quand tout le monde dormait ? Pourquoi cherches-tu à éviter que Charles s'intéresse à l'enquête de Parisot ? N'est-ce pas le comportement de quelqu'un qui a des choses à cacher ? Évidemment, il ne dit rien de tout ça.

À la place, il se contenta d'ouvrir la bouche, comme les poissons aux yeux vitreux alignés sur les étals du marché, et la referma quand Charles, conscient de sa gêne, lui proposa de prendre l'air. Derrière eux, ils laissèrent un Gardane furieux, prêt à tordre le cou du premier quidam venu.

Lettre à Charles

Le 24 avril 1661

Je t'écris les yeux mi-clos avec la lassitude d'un insomniaque qui peine à tenir sa plume. Lorsque je me suis réveillé tout à l'heure, j'étais glacé de la tête aux pieds et je baignais dans une sueur malodorante. Je ne me souviens pas de mon cauchemar, seulement de la terreur que j'ai ressentie et de la pression impitoyable qu'elle exerçait sur mon thorax, tel un serpent enroulé autour de sa proie, resserrant son étreinte jusqu'à lui faire perdre connaissance. Depuis, je ne parviens pas à me rendormir. Je n'en ai d'ailleurs pas la moindre envie. Même harassé par la fatigue, je préfère de loin ta compagnie à celle des monstres qui hantent mon sommeil. Tu dois te demander pourquoi je te raconte toutes ces choses, jour après jour, ou, devrais-je dire, nuit après nuit. Ce n'est pas pour me plaindre, sois-en sûr. Je ne veux pas de ta compassion. Il m'est déjà pénible de tolérer celle qui assombrit le regard d'Alexandre chaque matin. Si je ressens le besoin de coucher tout ça sur le papier, c'est pour ancrer cette souffrance dans la réalité, matérialiser son existence. Qu'il me paraît étrange de vivre ce quotidien ordinaire ; étudier, rencontrer nos amis, me rendre en ville, comme si de rien n'était. Comme un imposteur au milieu d'une foule aveugle. Si seulement je pouvais crier au monde entier qui je suis et ce que j'ai fait. Mais j'ai promis, et je ne suis pas certain d'avoir le droit de me libérer de ce fardeau.

4.

Dans une nuit sinistre, quatre gaillards, négligemment appuyés contre la façade, dévisageaient les passants et gratifiaient d'un œil mauvais les inconnus qui s'approchaient de la porte du tripot, espérant sans doute les décourager d'envahir leur repaire. Ce stratagème aurait fonctionné sur Sébastien qui, sans la présence de Charles derrière lui, aurait déguerpi, cédant à toutes les cellules de lui-même qui lui criaient de rebrousser chemin.

Au moment de s'engouffrer sous le linteau, le brouhaha ambiant se répandit dans sa boîte crânienne, et une pénombre vibrante l'enveloppa, soulignée par les halos des chandelles. Les clients riaient quand ils avaient l'avantage, protestaient lorsqu'ils perdaient la partie, les gobelets s'entrechoquaient sans cesse et le vin coulait de pot en pot. Dans cet espace réduit, où on avait entassé plus de tables qu'il n'en pouvait contenir, on peinait à circuler sans donner des coups involontaires aux joueurs, attroupés par quatre ou cinq, parfois plus, certains tenant les cartes, d'autres lançant les dés.

Oppressé par la foule et la chaleur de la salle, Sébastien sentit ses jambes flageoler. Sa volonté aussi était sur le point de flancher. On le bouscula une fois, deux fois. Il ne savait plus où se mettre. Ses yeux tourbillonnaient sans se poser plus d'une seconde. Qu'étaient-ils venus faire ici ? Charles, au caractère pourtant plus assuré, hésitait.

Il prononça quelques mots qui, dilués dans la cacophonie, moururent avant d'atteindre les oreilles de Sébastien. Le botaniste se plaqua derrière lui.

— Au fond, regarde ! Il y a moins de monde.

— Ont-ils l'autorisation de miser leur argent ?

— Non, c'est une salle de jeux clandestine. Officiellement, nous sommes dans une taverne.

— Mais Parisot est au courant ? objecta Sébastien.

— Parisot..., ricana Charles. De toute façon, le lieutenant de police a trop à faire. Il ne peut pas lutter contre tous les endroits comme celui-ci, tu imagines ? S'il le fermait, un autre verrait le jour la nuit suivante. Autant tenter d'empêcher la mer de monter !

Pressé par Charles, Sébastien fut contraint de s'enfoncer dans les méandres de la salle, dans laquelle flottait un fort relent d'alcool. Pris d'une soudaine nausée, il porta sa manche devant sa bouche. Rien qu'à l'idée de passer toute une soirée dans un lieu clos aussi assourdissant, un vertige le traversa. Il tira sur son col, cherchant désespérément à remplir ses poumons. Dans son esprit, le souvenir de l'amphithéâtre d'anatomie s'adoucissait ; à choisir, il aurait préféré se tenir au milieu des gradins plutôt que dans ce repaire de crapules. Au moins, l'air y circulait, chassant l'odeur des cadavres.

— Là-bas ! s'écria Charles. L'un des joueurs s'en va.

Le botaniste se précipita vers une table installée dans un renfoncement. Le groupe, composé de cinq participants, venait de perdre l'un des leurs et se consolait en commandant du vin. En voyant Charles se planter devant eux, mains sur les hanches, le cœur de Sébastien accéléra. Le coup qu'il avait pris, faubourg Saint-Antoine, ne lui avait-il pas suffi ?

Les hommes assis autour d'un paquet de cartes le dévisagèrent, puis celui du fond, qui se tenait dos au mur, s'essuya les mains sur sa veste et éclata de rire. Aussitôt, les autres l'imitèrent. Charles ne se laissa pas démonter, il demanda à rejoindre la partie, sous le regard atterré de Sébastien qui tentait de le persuader de renoncer.

— Messieurs, pourquoi ne pas intégrer un nouveau joueur ? J'ai de quoi miser. À quoi jouez-vous ?

— Au lansquenet, siffla celui du fond, qui conservait une paupière fermée, sûrement à cause d'une vieille blessure.

— Charles, nous devrions nous en aller, intervint Sébastien.

— Tu devrais écouter ton ami. Fiche le camp ! Ici, c'est pas pour les marmots dans ton genre.

Malgré les railleries, Charles passa une jambe au-dessus du banc et prit place à la table. Celui à la paupière fermée sourit, puis il commença à distribuer. Sébastien assistait à la scène, impuissant. S'il avait su que son ami avait l'intention de jouer, jamais il ne l'aurait entraîné dans un endroit pareil. Au milieu des peaux burinées, de ces hommes qui, pour la plupart, arboraient des cicatrices, Charles ressemblait à un nouveau-né. La tuméfaction, un peu bleutée, qui subsistait autour de son nez ne le rendait pas plus effrayant.

Le joueur du fond acheva sa distribution, puis chacun plaça un peu d'argent sur la carte qu'il venait de recevoir. Sébastien déglutit en voyant Charles s'emparer de sa bourse. Quelques pièces tintèrent avant de glisser sur sa paume. Comme les autres, il les disposa sur sa carte. Un valet. Sébastien ne savait pas si c'était de bon augure. Les règles lui échappaient. Il en avait vaguement entendu parler, mais il s'était toujours tenu loin des cercles de jeux. Il ne possédait pas assez d'argent pour le laisser entre les mains du hasard. Les autres avaient visiblement moins de scrupules. Avec leurs manches élimées et leurs vêtements tachés, les participants ne semblaient pas plus fortunés. Alors pourquoi prenaient-ils autant de risques ? Avaient-ils la moindre chance de s'enrichir en commandant du vin toute la soirée ? Sébastien ne comprenait pas. Sans doute était-il trop sage. Ses amis le lui avaient souvent répété. Dans leur bouche, cela sonnait comme un reproche.

L'homme à la paupière fermée, après avoir scruté Sébastien de son œil valide, commença à dévoiler les cartes du paquet. L'un des joueurs pesta en reconnaissant la sienne, plaça sa mise au centre de la table et engloutit le reste de son gobelet d'un geste rageur.

Dans le groupe voisin, une dispute éclata entre deux hommes qui s'accusaient mutuellement de truquer la partie. Le plus sanguin se leva, une spirale violacée pulsant furieusement en travers de sa tempe. Les autres tentaient de les apaiser en réinventant de nouvelles règles. Sébastien fit trois pas de côté. Toutes ces faces de brigands, rougies par l'alcool et l'appât du gain, l'inquiétaient. Quant à celle de Charles, elle montrait une intense concentration, qui lui paraissait quelque peu exagérée pour un jeu de hasard.

Sébastien pivota sur sa gauche, espérant échapper à la scène sur laquelle il avait perdu tout contrôle, et buta contre une femme à la chevelure brune et bouclée, aux yeux charbonneux. Elle se tenait si près qu'il sentit son haleine épicée et son souffle chaud lui caresser la figure. Il s'excusa maladroitement. Elle ne chercha pas à fuir leur proximité. À la place, elle agrippa son avant-bras, plongea son regard ombrageux dans le sien, son cou se tordit légèrement, tandis qu'elle ouvrait la bouche et professait d'une voix caverneuse :

— Quelqu'un t'a privé d'une partie de toi-même. Tu n'es pas celui que tu aurais dû être. Il te faut rétablir le cours naturel des choses. Tel est le chemin que tu dois emprunter. Je te guiderai, n'aie pas peur. Supprime celui qui t'a fait du mal, et tout rentrera dans l'ordre.

Un soubresaut lui dévissa la mâchoire et la propulsa vers l'avant dans une étrange contorsion. Un instant, Sébastien crut qu'elle s'apprêtait à lui mordre le nez. Il retira son bras des griffes de la femme, recula.

— Laisse-le tranquille, vieille sorcière ! Tu bloques le passage.

Un client ventru, les joues criblées de taches de rousseur, la repoussa sur le côté, se faufila entre les joueurs et éclata de rire en voyant l'expression terrorisée de Sébastien.

— Eh, mon petit ! N'écoute pas cette vieille folle, elle raconte la même chose à tout le monde. Ensuite, elle te tire les cartes, soi-disant pour t'aider à résoudre tes problèmes. Crois-moi, tout ce qui l'intéresse, c'est ta bourse.

La femme l'assassina du regard, puis poursuivit son chemin à travers la pièce, ses hanches oscillant entre les joueurs. « Vieille » n'était pas le qualificatif le plus approprié, songea Sébastien. Il ne lui aurait pas donné plus de trente-cinq ans et, malgré ses manières effrayantes, il la trouvait plutôt désirable. Une image en entraînant une autre, il balaya mentalement le visage de la pétillante Gabrielle, avant de revenir à la partie qui se poursuivait en silence.

L'homme à la paupière fermée finit par retourner un valet et empocha la mise. Charles leva les deux mains en souriant.

— Mes amis, je suis battu ! Il semble que la chance ne soit pas de mon côté, ce soir.

Sébastien espérait le voir quitter l'établissement, pas sortir de nouvelles pièces et réclamer une seconde partie. Les autres, décidant d'un commun accord qu'il était digne de confiance, approuvèrent, avides de découvrir ce que le sort leur réserverait.

Une heure plus tard, Charles avait perdu beaucoup d'argent, mais il avait réussi à s'intégrer dans la bande. Les participants le taquinaient et lui donnèrent quelques bourrades comme s'il était l'un des leurs. Sébastien, qui n'avait aucun moyen de s'asseoir, avait des fourmis dans les jambes. Il avait avalé un peu de vin, pour s'occuper. De fait, ses gestes étaient moins assurés et le tapage environnant rebondissait à l'intérieur de sa tête. En plus de ça, il avait chaud. Il se cramponna aux épaules de Charles, priant pour que celui-ci comprît qu'il désirait s'éclipser.

— Est-ce que vous avez des nouvelles de Pierre Gardinier ? J'aimerais lui passer commande. Un ami me l'a chaleureusement recommandé.

Sébastien sortit soudain de sa torpeur en entendant le botaniste prononcer le nom du marchand de vin assassiné.

— Le gros Pierrot, tout le monde le connaît. D'ailleurs, c'est étonnant qu'il soit pas là ce soir ! Il est en ville, à ce qu'on dit. Et quand il est dans les parages, il vient toujours ici, expliqua le joueur à la droite de Charles.

— Je finirai par le trouver, j'imagine. C'est Bertrand, lequel est tapissier et habite faubourg Saint-Antoine, qui m'a parlé de lui, précisa Charles.

— Connais pas, fit l'autre en avalant une gorgée.

Sébastien ne voyait que le dos du botaniste, mais il pouvait presque sentir sa déception.

— Il passe ses soirées à boire et à miser. Je suis étonné qu'il ne fréquente pas Le Dé Vengeur.

Le joueur dévoila un sourire gâté.

— C'est que des endroits comme celui-ci, ça manque pas à Paris ! Pourquoi est-ce qu'il viendrait jusqu'ici ?

— C'est vrai, admit Charles en misant. En réalité, ce sont plutôt mes amis chirurgiens que vous devez voir défiler. Nous ne sommes pas très loin du Jardin du Roi.

L'homme à la paupière fermée fit la moue.

— Des chirurgiens, ici ? C'est pas le genre de la maison !

Sébastien n'avait aucun mal à le croire. Pourquoi mettre les pieds dans ce repaire de truands quand on détenait une profession honorable ?

— Tu oublies Brisseau, protesta le voisin de Charles. Il est chirurgien. Enfin, c'est ce qu'il prétend. On a pas vérifié !

Dans le cerveau de Sébastien, les effets de l'alcool se dissipèrent instantanément. Brisseau ? Le garçon débonnaire qui dormait dans la chambre du dessous ? Un habitué du Dé Vengeur ? Il ne parvenait pas à l'imaginer en train de dilapider son argent dans ce bouge mal famé. Pas son genre, aurait dit l'homme à la paupière fermée.

La poitrine de Sébastien tambourinait. Mathieu Brisseau connaissait Gaspard de Jussieu. S'il se rendait aussi dans les salles de jeux, il avait très bien pu rencontrer le tapissier et le marchand de vin. Les avait-il tués en voulant pratiquer clandestinement la chirurgie ? Avait-il cherché à les secourir ? La hernie ombilicale nécessitait-elle toujours une opération ? Dionis ne disait-il pas qu'il ne fallait la tenter qu'en dernier recours ? Dans l'esprit de Sébastien, les hypothèses tombaient comme des grêlons, recouvrant tous les autres sons de leur vrombissement. Pourtant, la porte du tripot, propulsée par les rafales extérieures, claquait à chaque nouvelle entrée et la clameur festive de l'établissement ne s'émoussait pas.

— Sébastien, tout va bien ? Tu es très pâle.

La voix de Charles résonnait, lointaine. Il voulut porter une main à son front, mais il réalisa qu'il l'avait placée sur l'épaule du botaniste et s'y cramponnait déjà de toutes ses forces pour ne pas tomber. L'homme à la paupière fermée remua les lèvres. Sébastien, vidé de ses forces, ne comprenait plus un traître mot de ce qui se disait autour de lui.

— Va prendre l'air, tu te sentiras mieux.

Après avoir adressé un coup d'œil navré à ses compagnons de jeu, Charles accompagna Sébastien vers la sortie. L'herboriste se laissa guider à travers la foule.

Dehors, un souffle furieux le gifla. Une lanterne malmenée par le vent vivotait à l'entrée du tripot. Ailleurs, les contours de la ruelle disparaissaient, absorbés par l'obscurité. Privé de visibilité, Sébastien ne savait plus s'il devait prendre à droite ou à gauche. Il n'eut guère le temps d'y réfléchir, car déjà Charles le tirait par le bras.

5.

À l'abri d'une porte cochère, Sébastien et Charles échangèrent leurs premières impressions. La poitrine de Sébastien se soulevait et redescendait à un rythme effréné.

— Pas… pas question que je rentre chez moi, cracha-t-il.

Charles repoussa les boucles emmêlées qui tombaient devant ses yeux.

— Tu n'es pas sérieux ? Il faut absolument que tu y retournes !

— L'homme qui dort à l'étage du dessous a peut-être découpé quatre personnes sans leur consentement. Tu crois vraiment que je vais rentrer chez moi et faire comme si tout allait bien ? Comment veux-tu que je puisse fermer l'œil ? Je t'en prie ! Laisse-moi m'installer chez toi le temps que je trouve un autre logement.

— Attends, rien ne prouve que Brisseau soit coupable. Nous savons seulement qu'il se rend parfois au Dé Vengeur. Ce n'est pas suffisant pour incriminer qui que ce soit. Tu pourrais l'interroger ? Il ne se méfiera pas de toi.

— Et s'il me découpe en petits morceaux pendant mon sommeil ? Tu y as pensé ? Autant me jeter dans la gueule du loup.

— Admettons que ce soit lui le meurtrier. Il commettrait une grave imprudence en s'en prenant à son voisin direct. Si tu veux mon avis, ce fou choisit ses victimes au hasard dans les tavernes, sans doute parmi les clients les plus saouls. Après, c'est plus facile de leur tomber dessus.

— Tu oublies que Brisseau connaissait Jussieu, ils fréquentaient les mêmes cours.

L'intonation de Charles changea. On eût dit qu'il réfléchissait à voix haute.

— Cette nuit-là, Jussieu était complètement ivre...

— Comme nous tous, soupira Sébastien. (Il marqua une pause avant de reprendre.) J'ai du mal à croire que le meurtrier choisisse ses victimes au hasard. Il y a ces dettes de jeu... Et puis, pour retirer une exomphale, encore faut-il la dénicher. Comment procède-t-il ? Qui pouvait savoir que le marchand souffrait d'une hernie ? Le meurtrier est forcément chirurgien.

— Je n'en suis pas si sûr. Les étudiants apprennent aux côtés d'un maître, ils voient défiler de nombreux patients. Au Jardin du Roi, ils échangent sur ce qu'ils ont observé. Alexandre me raconte parfois les interventions qui l'ont marqué. Les autres chirurgiens doivent en faire autant. On peut facilement se procurer ce genre d'informations. Sans parler des barbiers qui, tous les jours, saignent et font de la petite chirurgie. Quand on n'a pas les moyens, c'est vers eux qu'on se tourne.

— Un barbier désireux de pratiquer de grandes opérations ? Cela pourrait expliquer que la main du chirurgien tueur ne soit pas toujours très habile.

Sébastien se mit à claquer des dents. Le souffle du vent s'insinuait à travers la maille humide de ses vêtements, sa chemise lui collait à la peau.

— Brisseau n'est pas un débutant. J'imagine que son geste est sûr, mais je devrais peut-être parler de lui à

Parisot. Il est troublant qu'il fréquente Le Dé Vengeur, murmura-t-il.

— Il ne l'arrêtera pas, la piste est trop maigre. Et si c'est notre coupable, il pourrait prendre peur. Non, il faut lui poser des questions et tâcher d'en apprendre davantage sur ses habitudes.

Le regard de Charles pétillait d'excitation, ce qui insuffla une vague crainte dans le ventre déjà noué de Sébastien.

— Je reste avec toi cette nuit, décida-t-il. Alexandre et moi, nous nous sommes quittés en mauvais termes. Je préfère lui laisser le temps de se calmer avant de remettre les pieds chez moi.

Valait-il mieux s'endormir près de Gardane, le chirurgien austère qui avait des secrets, ou près de Brisseau, le chirurgien débonnaire qui, malgré ses airs de gentil garçon, fréquentait un repaire de crapules ? Sébastien avait la désagréable impression de choisir entre Charybde et Scylla. Charles, jamais à court d'arguments lorsqu'il avait une idée en tête, finit par le persuader de retourner sur le pont Notre-Dame.

— Aie une attitude naturelle, lui conseilla-t-il. Il ne doit pas remarquer que nous le soupçonnons.

Le botaniste paraissait survolté. Sébastien, qui ne comprenait pas le soudain intérêt de son ami pour cette enquête, suait à grosses gouttes. Par chance, dans la pénombre, cela passait inaperçu.

— Mon Dieu, que vous est-il arrivé ? s'exclama Brisseau. On dirait que vous avez vu un fantôme. On vous a détroussés ? Si c'est le cas, j'ai de quoi vous requinquer.

Ses hanches épaisses se frayèrent un chemin jusqu'à un recoin, où il se pencha pour ramasser quelque chose. Sébastien, qui se tenait prêt à prendre la fuite, se sentit soulagé en apercevant le pichet de vin de Montmartre.

— C'est pas le meilleur, mais il désaltère, commenta Brisseau. Allez, buvez mes amis, tout ira mieux après !

Pour appuyer ses dires, il laissa tomber sa tête en arrière. Sa pomme d'Adam effectua trois allers-retours, après quoi il rota. Songeant au mode opératoire du tueur, Sébastien saisit la bouteille avec appréhension, avala une gorgée à son tour, puis s'empressa de la passer au botaniste. Après tout, c'était lui qui avait insisté pour venir ici.

Les trois hommes s'assirent sur le sol de la chambre de Brisseau, recouvert d'un tapis fatigué dont le rouge avait perdu de son éclat depuis longtemps. Sébastien nota que deux autres pichets attendaient près de la couche du chirurgien. Ne pas trop boire, se répéta-t-il mentalement, pendant que Brisseau gesticulait pour trouver une position confortable. Il n'était pas assez souple pour s'asseoir en tailleur. Sébastien, lui, avec ses jambes maigrichonnes, ressemblait à une marionnette dépitée.

— Vous faites peine à voir, commenta le chirurgien. Que se passe-t-il ? C'est le meurtre du marchand de vin qui vous met dans cet état ?

— Tu es au courant ? s'étonna Charles. Parisot en a parlé à Sébastien, mais je pensais que l'information ne s'était pas ébruitée.

— Tu plaisantes ! Tout le monde n'a que ça à la bouche. Il paraît qu'un fou s'amuse à reproduire les opérations publiques de Dionis. Certains réclament même l'arrêt des leçons pour qu'il n'y ait pas de nouvelle victime. En tout cas, le doyen de la faculté de médecine fait tout son possible pour obliger Dionis et Daquin à fermer l'amphithéâtre. Ça l'arrange bien, cette histoire ! Depuis le début, la Faculté voit les cours du Jardin du Roi d'un mauvais œil. Au Jardin, c'est Louis XIV qui fixe les règles. Grâce à lui, Dionis peut enseigner les nouvelles découvertes, celles dont la Faculté ne veut pas entendre parler. Le doyen passe son temps à pleurnicher dans les jupons du parlement pour tenter de mettre fin aux leçons. (Brisseau releva le menton fièrement.) Nous ne sommes pas près de les laisser gagner, parole de chirurgien ! Au diable les Anciens ! Il est grand temps qu'on donne aux Modernes[1] la possibilité de s'exprimer.

Brisseau leva le pichet au-dessus de sa tête. Il avait beau être assis, son buste tituba et il manqua de perdre l'équilibre. À le voir dans cet état, Sébastien commençait à douter qu'il eût l'étoffe d'un assassin. Se faufiler à l'intérieur d'une auberge, se laisser tomber d'une fenêtre, tout cela réclamait une certaine agilité dont Brisseau, à l'évidence, était entièrement dépourvu. D'un autre côté, son discours revanchard montrait qu'il attachait une grande importance à l'enseignement donné par Dionis. Jusqu'où était-il prêt à aller pour que triomphent les nouvelles théories ? Aurait-il pu se livrer à des expérimentations douteuses ?

La tête douloureuse, Sébastien songea aux attelages dont les chevaux piétinaient parfois les passants imprudents. Sans doute cela faisait-il cet effet-là. Le vin de Brisseau n'arrangeait rien à l'histoire. Épuisé, il n'avait plus la force de décliner lorsque le chirurgien lui intimait l'ordre de boire. Il est en plus piteux état que moi, se disait-il pour se rassurer. Sa pupille luisait presque autant que le crâne de Parisot.

— Pierre Gardinier, as-tu déjà entendu parler de lui ? demanda Charles entre deux gorgées.

— Ah ça, oui, un bon fournisseur. Il connaît son affaire. Pas le genre à te vendre de la pisse d'âne à un prix exorbitant ! Avec lui, t'en as toujours pour ton argent. Pourquoi ?

---

1. La querelle entre les Anciens et les Modernes n'est pas propre à la médecine. Dans la seconde moitié du XVIIe siècle, elle agite le monde littéraire et artistique. Deux visions s'opposent : la volonté de respecter l'héritage de l'Antiquité, considéré comme un idéal à atteindre, et celle de s'en affranchir afin de créer de nouveaux modèles. L'enseignement du Jardin du Roi, donné en français et non en latin, qui défendait de nouvelles théories, est une illustration de ces dissensions.

— Nous sommes allés au Dé Vengeur. Certains disent que tu es un habitué.

Charles s'en voulut d'avoir employé ce ton accusateur, mais c'était trop tard. L'amabilité de Brisseau se mua en surprise, puis en méfiance, après quoi son cou se tassa entre ses épaules.

— Écoutez, je sais ce que vous pensez. Ce n'est pas un lieu très fréquentable... mais je ne suis pas vraiment un habitué. C'est simplement là que Pierre me donne rendez-vous lorsqu'il est dans les parages. Je ne joue pas ; enfin, ça m'est arrivé, je l'admets. Mais deux-trois fois, tout au plus !

— Tu le rencontres régulièrement ? Quand l'as-tu vu pour la dernière fois ?

L'interrogatoire de Charles surprit Sébastien. Le botaniste cherchait-il à prendre la place de Parisot ?

— Je l'ai vu le mois dernier. Je ne fais rien de mal. Il me donne du vin. En contrepartie, je m'occupe de sa hernie, je lui fais ses saignées. Il s'agit simplement d'un échange de bons procédés. Je vous conjure de ne rien dire à personne, je pourrais avoir des ennuis...

— Tu soignes sa hernie ? coupa le botaniste.

Brisseau laissa tomber ses mains au sol.

— Elle a beaucoup grossi, il se plaignait de douleurs intolérables. Je lui applique un bandage pour éviter que la tumeur n'augmente encore. Hélas, c'est tout ce que nous pouvons tenter pour atténuer ses souffrances.

— Donc tu étais au courant pour sa hernie.

Charles avait murmuré ces mots pour lui-même.

— Je ne vois pas pourquoi vous en faites toute une histoire ! Il est en ville à ce qu'il paraît. Vous n'avez qu'à lui poser la question. Il a toujours été satisfait de mes remèdes, il vous le confirmera.

Sébastien échangea un regard avec le botaniste. La chandelle, installée juste devant lui, dessinait un halo timide au fond de ses pupilles. Le reflet de la flamme orangée s'étiolait, minuscule étincelle en perdition, avalée par la nuit.

— Attends... tu as dit que tu savais. Pour sa mort, précisa Charles qui, soudain, avait renoncé à se donner des airs d'enquêteur.

Brisseau se décomposa. Les marques de jovialité, d'ordinaire très présentes autour de ses paupières, avaient toutes disparu. Il n'en restait que des plis figés, comme gravés dans la cire.

— Le marchand de vin, ne me dis pas... Pierre Gardinier.

Sébastien eut de la peine pour Brisseau en le voyant s'inquiéter des répercussions de cette fréquentation. Il confirma d'un signe de tête.

— Quelqu'un l'a opéré, expliqua-t-il. À l'évidence, son bourreau ne s'est pas contenté de la méthode palliative. Il a tenté de remettre le boyau à sa place, mais l'intervention a échoué. Comme toutes les autres.

Brisseau attrapa la bouteille de vin. Sa main tremblait, il ne parvint même pas à porter le goulot jusqu'à ses lèvres.

— Quand ils auront fait le lien entre lui et moi... oh mon Dieu ! Sans parler du fait que je sois chirurgien. C'est moi qu'ils accuseront ! Parisot me fera enfermer, il me soumettra à la question. J'avouerai tout. Je n'aurai pas la force d'endurer ça.

Le cœur de Sébastien se chargea d'une sincère compassion. Brisseau avait l'air désemparé, prêt à pleurer à chaudes larmes. S'il était coupable, le numéro qu'il leur servait était digne de la troupe du regretté Molière. Charles devait penser la même chose, car il se tenait moins sur ses gardes. Fallait-il parler de tout ça à Parisot ? Ce dernier prendrait-il le temps d'enquêter ? Ou, comme pour Charles et Alexandre, sauterait-il sur ce coupable tout trouvé avant de retourner à des activités plus rentables ? Lui raconter les faits ne revenait-il pas à condamner Brisseau ? Sébastien aurait voulu chasser ce cas de conscience, ne plus y penser. Il avait l'impression malgré lui de revêtir la robe d'un juge. Qui était-il pour décider de la culpabilité d'un homme ?

Il s'entendit prononcer des paroles réconfortantes, sans être vraiment certain que c'étaient bien ses cordes vocales qui émettaient de telles vibrations.

— Ne t'inquiète pas. Personne n'est au courant à part nous. Quant aux habitués du Dé Vengeur, ce sont des joueurs clandestins. Ils n'ont aucun intérêt à parler. Jamais ils n'iront au Châtelet pour te dénoncer.

Charles, plongé dans une brusque apathie, acquiesça.

— Nous devrions dormir un peu, soupira-t-il.

Brisseau renifla et se mit debout, imité par ses deux compagnons qui gagnèrent la chambre du dessus en traînant des pieds. Sébastien ne songeait plus qu'à laisser la nuit l'envelopper – tant pis pour toute cette histoire –, et même les punaises ne l'en auraient pas dissuadé. Ses membres courbaturés par les heures passées à marcher, à arpenter les rues de cette ville, d'une rive à l'autre, du Jardin du Roi au Châtelet, réclamaient un repos bien mérité.

Le botaniste alluma une chandelle. Les murs tachés par l'humidité de son refuge se dévoilèrent dans l'ombre. Les ondulations de ses cheveux projetèrent sur la paroi une mer serpentine, peuplée de couleuvres.

Alors qu'il s'apprêtait à se jeter sur sa couche, Sébastien interrompit son geste.

— Que t'arrive-t-il ? demanda Charles qui regardait, sans comprendre, dans la même direction que lui.

L'étau autour du crâne de Sébastien se resserra. Sa poitrine se comprimait.

— La malle… elle était fermée quand je suis sorti.

Le botaniste laissa échapper un rire nerveux.

— Quoi, ce n'est que ça ? Tu m'as fichu la frousse ! Parfois, on réalise certains gestes machinaux sans s'en rendre compte. Tu ne te souviens plus l'avoir ouverte, nous sommes tous passés par là !

Sébastien secoua la tête.

— Non, je suis certain de ne pas y avoir touché.

Il avança vers le porte-plume.

— On l'a déplacée. Quelqu'un est venu ici !

— C'est peut-être Mme Godart ou Brisseau, suggéra Charles en retenant un bâillement.

— Ils n'ont aucune raison de monter jusqu'ici, ce n'est pas une pièce passante.

— Sébastien, tu es fatigué. Je suis certain que tu te fais du souci pour rien. Dans une maison comme celle-là, avec plusieurs locataires, il y a du passage. C'est normal. Rien ne manque à l'appel ?

— Non. Tout est là. Je n'ai pas apporté beaucoup d'affaires personnelles, dit Sébastien en jetant un coup d'œil à sa malle.

Il était persuadé que quelqu'un y avait touché. Les meurtres, le Jardin du Roi, Parisot... ce cauchemar était-il en train de le rendre fou ? En croisant l'expression navrée du botaniste, il douta de ses propres souvenirs. Charles avait sûrement raison. L'épuisement ouvrait la porte à toutes sortes d'égarements. Pourquoi se donnerait-on la peine d'entrer chez lui et de fouiller dans son maigre bagage ? L'idée saugrenue qu'il existât un rapport avec le journal d'Aymar de Noilat s'insinua dans son esprit, mais il s'efforça de la chasser. Personne n'avait eu vent de l'existence de ces pages. Seul Sébastien leur accordait une telle importance, fasciné par la plume d'un médecin qui avait mis son art au service de sa vengeance, et dont il avait retrouvé la prose funèbre, par hasard, dans l'arrière-boutique d'un apothicaire qui lui avait cédé le journal sans savoir de quoi il retournait.

En découvrant ce qu'Aymar avait fait, son talent, ses crimes, Sébastien avait longtemps oscillé entre admiration et culpabilité. Son obsession pour cette histoire vieille de cent ans l'avait poursuivi toute une année, jusqu'à ce qu'il décide, quelques semaines plus tôt, de se rendre à Paris pour s'entretenir avec Denis Dodart. Grâce à lui, les connaissances d'Aymar serviraient à soigner, ce qu'elles n'auraient jamais dû cesser de faire. Pour Sébastien, c'était une manière de rétablir le cours naturel des choses, de se débarrasser de l'inconfort dans lequel sa lecture l'avait plongé.

Rétablir le cours naturel des choses. Les paroles de la sorcière du Dé Vengeur résonnèrent dans sa mémoire.

Aymar n'était même pas son aïeul ; il n'avait pas eu d'enfant. Si Sébastien avait hérité de son nom, c'est parce qu'il descendait de la famille d'un cousin du côté de son père.

Il se frictionna les épaules pour se réchauffer, puis ôta ses vêtements avant de se coucher. Charles s'installa sur le matelas à son tour, les traits tirés par la soirée qu'il venait de vivre.

— Demain, je retournerai voir Alexandre. Je n'aime pas quand nous nous disputons, souffla-t-il pour lui-même.

— Vous semblez très proches.

— C'est vrai. Avant la mort de Jussieu, cela faisait plus de cinq ans que nous dormions tous les soirs dans la même chambre. Nous n'avons jamais été séparés. Quand j'étais jeune, je faisais des cauchemars. La présence d'Alexandre me rassurait. Ensuite, l'habitude est restée. Lorsque nous avons obtenu le droit d'exercer, nous avons pris un logement ensemble. Il est comme un frère pour moi.

Sébastien, lui, n'avait eu ni frère ni sœur. Ses parents étaient morts six ans plus tôt. Plus personne ne veillait sur lui depuis longtemps. Pour apaiser ses angoisses, il s'était muré dans ses habitudes. Elles l'aidaient à ne pas flancher, à appréhender l'avenir sans faillir, à avancer quand il se demandait quel était son rôle, ou à quoi rimait sa présence sur terre.

Cette nuit-là, à plusieurs reprises, il se réveilla en sursaut sans se souvenir du contenu de ses rêves. Charles aussi avait le sommeil agité. Il bougeait beaucoup, tressaillait. Parfois, il appelait à l'aide ou murmurait des mots incompréhensibles qui, dans ses songes, devaient avoir un sens, mais qui, dans la réalité, sonnaient comme une série d'incantations cabalistiques.

Quatrième démonstration

La lithotomie[1]

« Une des plus grandes et des plus difficiles opérations
de la chirurgie est celle de tirer une pierre de la vessie :
Hippocrate la trouvoit si pénible et si dangereuse qu'il avoit résolu
de ne la plus entreprendre ; et la plupart des chirurgiens d'aujourd'hui
à l'exemple des Anciens se défendent comme eux de la faire,
laissant exécuter cette opération à ceux qui en font leur capital,
et qui apportent tous leurs soins pour s'y rendre habiles[2]. »

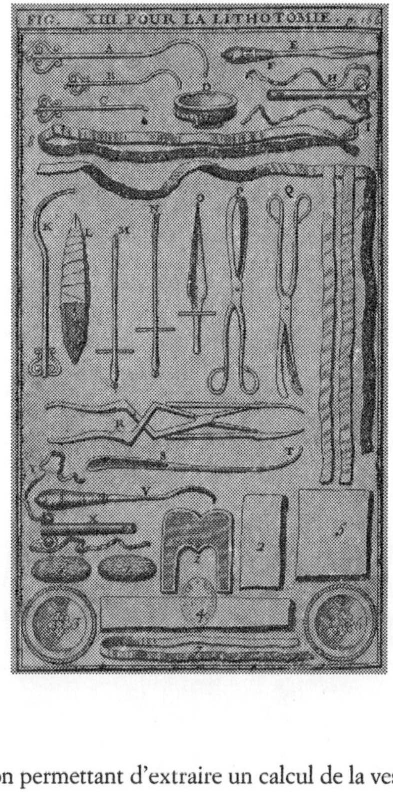

1. Opération permettant d'extraire un calcul de la vessie.
2. Pierre Dionis, *Cours d'opérations de chirurgie…*, *op. cit.*, p. 156.

1.

Sébastien accueillit le lever du jour sans enthousiasme, la tête encore gorgée des horreurs de la veille. Au cours de la nuit, il avait entendu résonner les paroles de la sorcière du Dé Vengeur. Poursuivi par leur écho funeste, il ne s'était pas reposé autant qu'il l'aurait voulu. Deux grosses traînées grises creusaient son visage blafard. Trouverait-il la force de se rendre au Jardin du Roi pour assister aux cours de Dionis comme Parisot le lui demandait ? L'assassin s'empresserait-il d'imiter la démonstration de chirurgie, condamnant un malheureux à une mort douloureuse et cruelle ? Combien y aurait-il de ces opérations sans espoir ? Et, parmi toutes les questions qu'il se posait, l'une d'entre elles le terrifiait plus que les autres. Le coupable avait-il lu le journal d'Aymar de Noilat ?

Grâce à ce texte, Sébastien se sentait investi d'une mission ; dépositaire d'un secret de famille, gardien de la mémoire de cet ancêtre qu'il méprisait et, en même temps, qu'il respectait, il en condamnait les agissements sans regretter qu'ils aient eu lieu. Il en tirait de la fierté, tout en déplorant sa propre fascination pour des faits aussi abominables. Le massacre d'un village. Un empoisonnement à grande échelle.

Hypnotisé par la blancheur lumineuse de la fenêtre, bercé par la chaleur qui irradiait de Charles, Sébastien laissa son esprit le conduire là où il avait envie d'aller, porté par une mélancolie, diffuse et inexplicable. Quelle différence y avait-il entre Aymar et le chirurgien tueur ? Aymar de Noilat n'avait pas toujours été un assassin. Sans doute aurait-il accompli de grandes choses si la vie ne l'avait pas malmené, s'il avait réussi à pardonner, aux autres, à lui-même ; s'il était parvenu à s'affranchir de son passé. Il avait éprouvé des remords. Ce n'était pas quelqu'un de mauvais.

Pour le chirurgien tueur, c'était autre chose. On ne pouvait pas excuser de telles atrocités. Des expérimentations sur des êtres humains, vivants, dans le but… De quoi ? De s'entraîner ? Les deux situations n'étaient pas comparables. Malgré tout, Sébastien ne parvenait pas à se débarrasser de l'idée désagréable que le chirurgien tueur et Aymar pussent avoir un point commun.

Charles se retourna à deux reprises, avant de se redresser et d'ouvrir les yeux. Il lui fallut une bonne minute pour se souvenir de l'endroit où il se trouvait.

— Tu as crié pendant ton sommeil, l'informa Sébastien. Tu étais très agité.

— Cela ne m'étonne pas. En ce moment, même la nuit, mon cerveau continue à penser à ces meurtres. Excuse-moi si cela t'a empêché de dormir.

— Tu n'as pas à t'excuser. Cela me pèse à moi aussi. Tu vas au Jardin du Roi aujourd'hui ?

Charles chuchota :

— Bien sûr. J'imagine qu'Alexandre y sera et je ne vais pas te laisser t'y rendre seul avec Brisseau, même si je doute qu'il soit notre coupable.

— Je partage ton sentiment, soupira Sébastien. Notre escapade au Dé Vengeur aura surtout servi à nourrir nos cauchemars. Peut-être devrions-nous nous contenter d'observer les participants, dans l'amphithéâtre, comme nous l'a demandé Parisot.

— Bien dit !

Le botaniste se leva d'un bond, gratta son ventre constellé de piqûres, puis se vêtit à la hâte, imité par Sébastien.

Brisseau apparut dans l'embrasure, la tête basse et les paupières gonflées. Il fixait le sol comme s'il craignait de se brûler la rétine en regardant droit devant lui. Foudroyé par la compassion, Sébastien regretta de l'avoir interrogé à leur retour du tripot. La peur avait pris le pas sur la raison. À présent, il se sentait idiot.

Il avança vers le chirurgien en s'efforçant de sourire.

— Nous savons que ce n'est pas toi. Nous pardonneras-tu ?

2.

Une lueur rosée perçait la brume qui, portée par un souffle froid, descendait de la butte Coypeau, emplissait la rue, caressant le bas des murs de l'abbaye Saint-Victor et de l'hôpital de la Pitié. Mais l'amas de couvre-chefs belliqueux qui grouillait à l'entrée du Jardin tirait les lieux de leur quiétude, perturbait le passage des attelages et attirait une flopée de lève-tôt, alertés par le bruit des altercations.

De prime abord, Sébastien ne nota rien de surprenant en apercevant cette foule masculine massée devant les bâtiments de bon matin. Puis, en s'approchant, il la jugea plus compacte, plus remuante, plus échauffée que d'habitude. Deux groupes se faisaient face. Le premier, constitué d'apprentis chirurgiens, de praticiens provinciaux et de curieux venus assister à la leçon d'anatomie ne parvenait pas à atteindre la grille pour pénétrer dans la cour intérieure. Des jeunes gens – âgés de vingt-cinq à trente-trois ans, estima Sébastien – leur bloquaient le passage. Ceux des premiers rangs, défigurés par la haine et par l'envie de se battre, les repoussaient, bras levés, poings serrés, déversant sur eux une pluie d'injures et de quolibets.

Sébastien n'osa pas empêcher Brisseau de s'approcher, mais il aurait préféré demeurer à bonne distance de toute cette agitation. Tout cela ne lui disait rien qui vaille. Il se faufila malgré lui à la suite de ses compagnons et se trouva bientôt au milieu des chirurgiens. Poussé de tous les côtés, Sébastien dut écarter les pieds pour rester stable. Un vent de révolte se mêlait à la brise matinale.

— Fichez le camp d'ici, vociférait un garçon à sa droite.

Derrière la grille, Sébastien reconnut Étienne, le jardinier, qui demeurait immobile et haussa les épaules en les apercevant.

— Il n'ouvrira pas tant que les émeutiers resteront agglutinés devant la porte. Tu imagines les dégâts qu'ils pourraient faire s'ils pénétraient dans le château ?

— Qui sont ces gens ? demanda Sébastien en désignant du menton la troupe qui bloquait le passage.

— Ceux-là, ils ne perdent rien pour attendre. Laissez-nous entrer, bande d'ignorants sans cervelle !

Brisseau rugissait et s'empourprait à vue d'œil.

— Ce sont des étudiants de la faculté de médecine, cracha-t-il. Ah, ça les arrangerait bien que Dionis ne puisse plus donner ses leçons ! Bande de chiens…

Sébastien n'écouta pas la kyrielle de jurons qui se perdit au milieu du tonnerre de protestations. Son attention se reporta sur les fauteurs de troubles. Brisseau n'avait pas tort, ils ressemblaient à une meute de chiens enragés, sans crocs ni bave, mais diablement effrayants. L'un deux, qui dominait les autres d'une tête au moins, parvenait aussi à couvrir la voix de ses camarades.

— Cet enseignement aberrant n'a pas lieu d'être ! À cause de vous, un illuminé découpe des innocents dans tout Paris en pensant les soigner ! Vous prétendez toujours qu'il faille ouvrir les démonstrations de chirurgie au plus grand nombre, donner des cours en français ? Rien de tout ça ne serait arrivé si la Faculté avait eu son mot à dire ! Dionis ferait mieux de rentrer chez lui. S'il ne le fait pas, vous aurez un autre cadavre sur les bras d'ici quelques heures !

— Poussez-vous, maintenant ! hurla le chirurgien le plus proche. La Faculté ne peut pas enseigner un art qu'elle ne maîtrise pas ! Retournez lire vos auteurs anciens et laissez-nous apprendre notre métier !

Brisseau tapa dans ses mains pour manifester son approbation. Ses paumes claquèrent si fort l'une contre l'autre que Sébastien put presque sentir les siennes s'échauffer.

— Nous devrions nous en aller, suggéra-t-il. Le cours d'anatomie n'aura pas lieu. Et si nous revenions cet après-midi pour la démonstration de chirurgie ? Avec de la chance, ils ne resteront pas devant la grille toute la journée.

Sa voix suppliante, tel le bruissement d'un insecte de petite taille écrasé par mégarde, ne récolta que de l'indifférence. Ni Charles ni Brisseau ne lui prêtèrent attention. Sébastien rentra les épaules, il commençait à craindre que la situation ne dégénérât. Il n'avait pas la moindre envie de se battre et se sentait trop faible pour encaisser les coups. Pourquoi les hommes aimaient-ils autant se cogner les uns les autres ? Ses camarades n'esquissaient aucun mouvement pour faire demi-tour. Comme galvanisés par toute cette folie, ils se dressaient sur la pointe des pieds pour ne pas perdre une miette du spectacle, dans lequel ils jouaient un rôle malgré eux.

Seuls les visages des employés du Jardin, à bonne distance de la porte, manifestaient quelque appréhension. Peut-être craignaient-ils que la colère des médecins ne rejaillît sur eux ? Une boule se logea dans la gorge de Sébastien, l'empêchant de déglutir. Il se força à respirer calmement et à chasser les idées catastrophistes que lui envoyait son cerveau.

À l'orée de la foule, un médecin se rua sur un chirurgien, ses mains se refermèrent autour de son cou. L'autre émit plusieurs gargouillis gutturaux avant de lui asséner son genou dans le bas-ventre. Une limite venait d'être franchie. Dès lors, on s'empoigna pour de bon. Des arcades sourcilières s'ouvrirent, un nez cassa, des dents se déchaussèrent, le sang perla, les coutures des vêtements se déchirèrent. Un torrent de contusions, de râles et de rugissements s'abattit. Le temps de la rhétorique, des insultes déguisées, des opinions déclamées avec ferveur, avait cédé la place à de la sauvagerie pure et simple, où chacun passait ses nerfs sur son voisin. Dans ce chaos insensé, certains frappaient leurs camarades par inadvertance, d'autres tombaient et personne ne songeait à les aider. Sébastien fut projeté contre Charles, la violence du choc lui coupa la respiration.

Cette hystérie se poursuivit jusqu'à ce que Pierre Dionis, reconnaissable à une perruque encombrante dont les boucles noisette cascadaient devant ses clavicules, surgît, poings sur les hanches, tête haute, derrière la grille du Jardin sans manifester la moindre contrariété. Trois médecins le huèrent, mais le calme du maître chirurgien leur passa l'envie de recommencer. La rue retrouva peu à peu sa quiétude.

— Messieurs, clama-t-il d'une voix forte qui résonna comme si elle n'avait jamais quitté l'amphithéâtre. Ce jour, les cours d'anatomie et de chirurgie n'auront pas lieu. Je vous demande de vous disperser et de retourner chez vous.

Des cris de joie éclatèrent parmi les médecins. Mécontents, les chirurgiens les dévisageaient férocement, mais ils n'osèrent pas répliquer devant Dionis, et se contentèrent de les raccompagner du regard en serrant les dents. Les attelages, désireux d'atteindre la ville – jusque-là, ils avaient préféré patienter en retrait pour ne pas mettre leur cargaison en péril –, se remirent en mouvement.

La gorge de Sébastien se dénoua à mesure que le cortège de belligérants disparaissait. Sans doute filait-il vers la rue de la Bûcherie, où se tenait la faculté de médecine.

L'herboriste poussa un soupir de soulagement, avant de découvrir le teint cramoisi et les phalanges ensanglantées de Brisseau, qui lui inspirèrent un mouvement de recul. La colère avait métamorphosé le chirurgien. Où était le jeune homme qui l'avait accueilli avec gentillesse lors de son arrivée à Paris ? Celui qui buvait trop de vin en chantant des chansons grivoises ? Qui, hier soir, s'était effondré par crainte d'être accusé de meurtre ? Mais en s'attardant sur l'éclat furibond qui éclairait son regard, Sébastien comprit qu'il n'avait pas changé. Cette facette de sa personnalité avait toujours été là ; jusqu'à présent, il ne l'avait entrevue que partiellement, lorsque Brisseau défendait les intérêts de sa communauté. Dans ces moments-là, sa voix se durcissait, ses phrases s'allongeaient. Il ne les terminait plus en riant. Au lieu de ça, il regardait son interlocuteur droit dans les yeux, comme s'il le mettait au défi de le contredire.

Les chirurgiens, privés de leçon, imitèrent bientôt les médecins et regagnèrent la ville en pestant contre la Faculté. Sébastien n'avait pas bougé. Ce remue-ménage lui avait donné le tournis. Il songea à Parisot. Devait-il le prévenir ? Il y avait fort à parier que l'annulation des cours parviendrait à ses oreilles avec ou sans lui. Les chirurgiens n'allaient pas tarder à se plaindre publiquement. En s'en prenant ouvertement à Dionis, les médecins contestaient une décision royale. Une nouvelle fois, le roi aurait à intervenir pour protéger son Jardin.

Brisseau s'approcha de la grille pour apostropher Étienne, le jardinier.

— Ils sont partis, tu nous ouvres ?

L'autre acquiesça et tira un trousseau circulaire de sa ceinture. La porte gronda en pivotant sur ses gonds. Brisseau se tourna vers eux.

— Vous venez ?

Après un coup d'œil à Sébastien, Charles haussa les épaules.

— Après tout, pourquoi pas ? C'est l'occasion de questionner Dionis, dit-il en pénétrant dans la cour du Jardin du Roi.

3.

Sébastien suivit ses compagnons au petit trot jusqu'au perron du château. Il leva la tête. Un oiseau moqueur se tenait sur le fronton triangulaire qui surmontait les deux lourds battants de l'entrée.

À l'intérieur, il conserva le menton en l'air, impressionné par la hauteur du plafond. De fait, il manqua de trébucher et se retint de justesse à une étagère pleine de substances dont certaines lui étaient inconnues. Lui qui pensait tout savoir sur les plantes et leurs effets, il ne connaissait pas la moitié des variétés entreposées dans ces salles.

Ils ne croisèrent personne avant de parvenir dans l'amphithéâtre. Dionis, debout devant la table d'opération, rangeait son matériel avec sa minutie habituelle. Ses gestes attestaient à la fois de sa force et de sa délicatesse et ses mains ne tremblaient pas. En les voyant œuvrer au-dessus d'un cadavre, avec une fluidité remarquable, tout semblait facile.

Il se retourna en entendant leur pas claquer sur le dallage.

— Mathieu, lança-t-il à l'intention de Brisseau sans s'arrêter de ranger. Je suis navré d'avoir dû annuler les démonstrations d'aujourd'hui. Il m'a paru plus sage de les remettre à plus tard pour éviter les débordements de violence inutile. J'en parlerai à Daquin, le Premier médecin de Sa Majesté. Nous verrons ce qu'il convient de faire.

Dionis salua brièvement Sébastien et Charles, puis demanda :

— Que puis-je pour vous ?

De plus près, Sébastien fut frappé par la jeunesse de ses traits. Quel âge avait-il au juste ? Vingt-huit ? Trente ans ? Plus ? Devant la table d'opération, son éloquence, sa dextérité, sa prestance le vieillissaient. L'herboriste ressentit une pointe de jalousie en contemplant un tel spectacle de réussite et d'assurance ; il n'avait aucune chance de l'égaler un jour. Puis son attention se porta sur les membres humains, déposés sur la table en vue du cours d'anatomie. Il y avait deux pieds et une jambe ainsi qu'une main et son avant-bras. Tous les morceaux appartenaient-ils à un seul individu ? Sébastien serra les dents. Le blanc de la mort lui donnait la chair de poule.

— Avez-vous l'intention d'annuler les cours jusqu'à ce que le meurtrier soit arrêté ? s'enquit Charles.

Il eut un silence. Le mot « meurtrier » flotta autour d'eux pendant quelques secondes. Dionis prit un air fataliste.

— Nous verrons. La Faculté l'exige. Elle estime que les leçons du Jardin sont responsables des atrocités commises ces derniers jours. Un fou se serait mis en tête de reproduire mes démonstrations de chirurgie, non pas sur des cadavres, mais sur des patients bien vivants. J'imagine que vous êtes déjà au courant. Tout le monde ne parle plus que de ça. Quand on ne m'aborde pas directement pour me demander de commenter cette triste affaire, on me dévisage comme si je les avais moi-même tués.

— Avez-vous pu examiner les corps ? s'enquit Brisseau.

Dionis soupira.

— Non. C'est le chirurgien du Châtelet qui s'est occupé de l'expertise et de la rédaction du rapport. Parisot m'en a résumé les grandes lignes. Les incisions manquent de précision. Les opérations sont l'œuvre d'un débutant. Un fanatique qui pense réussir, sans assistants, des interventions qui, jusqu'à présent, se sont toujours soldées par la mort du patient.

— Peut-être avez-vous une hypothèse quant à son identité ? risqua Charles.

— Pas le moins du monde, cher monsieur ! Il peut s'agir d'un garçon chirurgien qui entame son apprentissage, d'un barbier ou d'un curieux qui voudrait s'essayer à la chirurgie, qu'en sais-je ? Je ne connais pas tous les étudiants qui viennent m'écouter dans l'amphithéâtre. Certains, oui, mais pas la majorité. Leur nombre ne cesse d'augmenter. Nous serons vite trop à l'étroit dans cette salle.

Le maître chirurgien caressa le plafond d'un regard tendre. Au même moment, la porte s'ouvrit sur un personnage à la mine sombre, vêtu de noir, qui avança d'un pas conquérant. Son visage, aux joues tombantes, marqué par deux sourcils broussailleux et par des rides d'expression, était l'incarnation de la contrariété. Sans saluer Sébastien et ses compagnons, l'homme interpella Dionis. Sa voix siffla, sèche et accusatrice.

— J'ai ouï dire que vous avez cédé aux revendications d'un groupe de jeunes sots qui braillait des absurdités devant votre porte. Pourquoi diable avez-vous annulé vos démonstrations ? Et Cressé ? Où est-il ? Ne devait-il pas donner le cours d'anatomie ? Que se passe-t-il ? Avez-vous tous perdu l'esprit ? Les leçons doivent reprendre. Je suis l'intendant de ce Jardin et il n'est pas question que je les laisse s'en tirer ainsi, vous m'entendez ?

L'intendant du Jardin, âgé d'une quarantaine d'années – le Premier médecin du roi, comprit Sébastien – s'exprimait avec l'assurance de ceux qui sont parvenus à une charge prestigieuse et qui estiment, sans le dire ouvertement, que les autres leur sont inférieurs. Tandis qu'il attendait une réponse du maître chirurgien, il releva le menton. Ses doigts pianotèrent sur sa cuisse.

— Nous avons jugé préférable d'annuler les démonstrations, expliqua calmement Dionis. Certains jeunes médecins commençaient à se montrer violents. Les chirurgiens ont répliqué. La situation risquait de s'envenimer. Et puis, nous ne pouvions prendre le risque d'ouvrir la grille. Qui sait les dégâts qu'ils auraient causés si nous les avions autorisés à entrer ? Dans ces conditions, nous n'aurions pas pu donner la leçon d'anatomie.

— Il fallait appeler les soldats, bon sang ! s'emporta Antoine Daquin. En cédant, vous venez de donner raison à la Faculté qui cherche par tous les moyens à ce que nous lui laissions superviser l'enseignement de chirurgie. Le doyen ne perd rien pour attendre.

— Les étudiants ont pu venir de leur propre chef, conjectura Dionis. Rien n'indique que le doyen les ait poussés à agir dans ce sens.

Daquin ricana.

— Mon cher, votre naïveté me surprend. Vous savez comme moi que le doyen et les docteurs régents de la Faculté n'ont qu'une idée en tête : nous discréditer. Tous les moyens sont bons. Y compris les plus méprisables. Ce Jardin, où vous pouvez enseigner les nouvelles théories sous ma protection et celle du roi, ils en ont une sainte horreur. Votre succès les affole. Le contrôle qu'ils exerçaient sur la chirurgie se réduit chaque jour un peu plus, à mesure que les étudiants affluent pour vous écouter. Quel odieux complot, en vérité !

— Que voulez-vous dire ?

Daquin ouvrit les bras, incluant soudain Sébastien, Brisseau et Charles dans la conversation comme s'il cherchait à les prendre à témoin.

— À votre avis, à qui profite cette série de crimes effroyables ? N'arrivent-ils pas à point nommé pour décrédibiliser l'enseignement du Jardin du Roi ? Pensez-vous vraiment que tout cela ne soit qu'un heureux hasard ?

Pour la première fois, la sérénité de Dionis disparut, remplacée par une stupeur qui lui tira les sourcils vers le haut. Il laissa passer un instant, le temps d'encaisser l'information, puis répondit d'un ton neutre :

— Ce sont là de graves accusations. Que le doyen manœuvre pour nous obliger à renoncer aux démonstrations de chirurgie, cela ne me surprend guère. Mais je ne l'imagine pas commanditer de tels assassinats.

— Nous verrons bien, maugréa Daquin. S'il croit que je vais rester les bras croisés sans rien faire, il se trompe. Je compte bien montrer au roi de quoi la Faculté est capable pour arriver à ses fins. Toute cette ignominie, mon cher, se retournera contre elle avant qu'elle n'ait le temps d'en prendre conscience.

Dionis réprima un sourire. Le mouvement de ses lèvres était à peine perceptible, mais il n'échappa pas à Sébastien, fin observateur, qui ne perdait pas une miette de cet échange.

— Et comment envisagez-vous de procéder ? Il me semble que l'enquête dépend du commissaire Parisot.

— Parisot ! s'exclama Daquin. Cet incapable ? Pourquoi fallait-il que vous m'appreniez une nouvelle aussi regrettable ? Eh bien, soit ! Je demanderai une audience avec le lieutenant de police.

Le maître chirurgien opina sans répondre, puis, comme s'il désirait clore la conversation, jeta un drap blanc sur la table d'opération. Sébastien n'était pas mécontent que les membres découpés disparaissent de son champ de vision.

La porte de l'amphithéâtre émit un nouveau grincement plaintif. Sébastien et Charles se retournèrent et aperçurent la silhouette longiligne de Gardane dans l'embrasure. Il avança vers Daquin sans même leur accorder un regard, mais Sébastien devina à son expression, tendue à l'extrême, qu'il était fort mécontent de les trouver là.

— Ah, Alexandre ! l'accueillit Daquin. Ponctuel, comme toujours. Je vous propose que nous nous entretenions à l'étage. Nous serons plus tranquilles pour discuter.

Il l'entraîna aussitôt par le bras hors de la pièce en allongeant le pas. Charles les regarda s'éloigner avec étonnement. Pendant que Brisseau profitait de la présence de Dionis pour poser des questions sur la chirurgie, Sébastien s'approcha du botaniste.

— Savais-tu qu'Alexandre fréquentait le Premier médecin ?

— Je n'en avais aucune idée. Cela me surprend. Je ne vois pas comment ils ont pu se connaître. Pour ma part, c'est la première fois que je rencontre Daquin.

Sébastien aurait bien médité sur la question, mais Dionis souhaitait fermer l'amphithéâtre et les pressa de sortir. Avant de partir, Brisseau demanda :

— Quelle était la démonstration de chirurgie prévue aujourd'hui ?

— La lithotomie.

Lettre à Charles

Le 23 mai 1661

Alexandre a décidé qu'il était temps pour nous de quitter la Bretagne. Nous avons obtenu l'accord de nos parents respectifs. J'aurais préféré rester, mais je n'ai pas voulu le contrarier. Lorsqu'il me l'a annoncé, il avait déjà pensé à tout. Je n'ai plus qu'à préparer ma malle. Je sais que tu ne l'as jamais apprécié. Vous étiez trop différents. À présent, je suis convaincu que si tu apprenais à le connaître, tu changerais d'avis à son sujet. Il ne parle pas beaucoup, je te l'accorde, mais il a du cœur, plus qu'il n'y paraît. C'est un être loyal, dévoué. Pour le bien de ceux qu'il aime, il est prêt à tout sacrifier. J'ai beaucoup de chance de l'avoir à mes côtés. Sans lui, j'aurais été désemparé si souvent.

Ne t'en fais pas pour moi, je suis entre de bonnes mains. Parfois, il me fait penser à toi. Il ne rit pas beaucoup, il n'a pas ta joie de vivre, mais son visage s'illumine dès qu'il est question d'anatomie. Dans ton regard, il y avait cette même étincelle quand tu me parlais de botanique et de toutes ces espèces de plantes auxquelles je n'entendais rien du tout. Finalement, vous n'êtes pas si différents, lui et toi. Vous avez la même détermination, le même courage. Je vous envie.

Alexandre s'est mis en tête de devenir chirurgien. Je sais qu'il fera tout pour y parvenir. Tu le connais, rien ne l'arrête, et il vaut mieux ne pas se mettre en travers de son chemin.

4.

La lumière douce qui traversait les nuages s'évanouit lorsque Sébastien atteignit les maisons hautes. Tout en marchant, il saisit les mèches de cheveux qui tombaient devant ses yeux et les glissa dans le nœud derrière sa nuque. Il connaissait maintenant par cœur l'itinéraire qui permettait de rejoindre le pont Notre-Dame et avançait, le nez bas, empêtré dans ses pensées. Celles-ci sautillaient joyeusement de Brisseau à Daquin, de Daquin à Gardane, de Gardane à la faculté de médecine. La liste des suspects s'allongeait de jour en jour. Il y avait de quoi devenir fou. Ah, rien que pour ça, il n'enviait pas Parisot !

Alors pourquoi songer à toute cette histoire ? Pourquoi son esprit cogitait-il jour et nuit pour résoudre ce mystère ? Dodart, l'ergot de seigle… Était-il certain de vouloir perdre de vue son objectif au profit d'une série de meurtres ? C'était insensé, imprudent, stupide… Lui, l'homme de raison, pourquoi accourait-il au Jardin du Roi dès qu'une démonstration devait avoir lieu ?

Parisot le lui avait demandé. Mais en se bornant à cette explication, Sébastien savait qu'il n'était pas honnête envers lui-même. L'inquiétante vérité, c'est qu'il ne pouvait pas s'en empêcher. Le spectacle l'horrifiait autant qu'il le fascinait. Peut-être ne valait-il pas mieux que tous ces voyeurs ; ceux qui assistaient aux dissections lorsque le cadavre était celui d'une femme. Selon Brisseau, quand Dionis parlait du cancer de la mamelle, l'affluence était sans commune mesure. Pénétrer dans l'amphithéâtre devenait pratiquement impossible.

Sébastien s'obligea à chasser cette idée ; elle le mettait mal à l'aise. Par inadvertance, il bouscula un porteur d'eau. Il s'excusa. Le garçon poursuivit sa route comme si de rien n'était. L'herboriste haussa les épaules et fit de même. Très vite, les accusations de Daquin lui revinrent en tête. Ce personnage lui laissait une curieuse impression. Il semblait convaincu de l'implication de la Faculté, prêt à tout pour le prouver, et désireux de la discréditer autant que celle-ci cherchait à accuser le Jardin du Roi. Sébastien ne savait rien de ce bras de fer, mais le conflit ne devait pas être nouveau.

Pourquoi Daquin devait-il s'entretenir avec Gardane ?

Alexandre Gardane... Sa silhouette de rapace surgissait sans arrêt, même quand on ne l'attendait pas. Quel rôle jouait-il dans toute cette affaire ? Il en jouait un, Sébastien n'imaginait pas qu'il en fût autrement, même si Charles, aveuglé par sa loyauté, était convaincu du contraire. Depuis le début, il refusait de voir que son ami se comportait de façon étrange.

Tout à ses élucubrations, Sébastien atteignit la place Maubert. C'est à cet endroit qu'une sensation inquiétante le traversa. Celle qu'une menace imminente le guettait, tapie dans l'ombre. Il prit soudain conscience de la sueur qui coulait dans son dos, des bruits de la rue qui résonnaient dans son esprit comme dans une bouteille. Les sens en alerte, il disséqua ce qu'il entendait : les discussions, le martèlement des sabots, les clochettes suspendues sur les portes des boutiques. Dans la clameur ambiante se détachait le son d'une paire de talons qui frappaient la chaussée, juste derrière lui, calquant son rythme sur le sien.

Clac. Clac.

Il accéléra la cadence. Dans son dos, les pas se pressèrent. Son cœur commença à tambouriner. Son esprit lui jouait-il de mauvais tours ? Autour de lui, pourtant, la vie continuait, les passants parvenaient à sa hauteur, le dépassaient, aucun d'eux ne releva la tête ou ne signala quelque chose d'inhabituel. Tout était normal. Il se faisait sûrement des idées. Mais plus il tentait de s'en convaincre, plus cette impression s'amplifiait.

Tétanisé, il n'osa pas se retourner pour vérifier son hypothèse. Quelle était la réaction appropriée ? En plein jour, personne ne se risquerait à s'en prendre à lui. Le chirurgien tueur agissait la nuit, il ne laissait aucun témoin derrière lui. Pour la première fois, Sébastien découvrit une forme de réconfort dans la foule qui fourmillait autour de lui ; la jeune fille qui portait un panier et qui, de l'autre, tenait son jupon ; le gamin qui courait entre les promeneurs ; le négociant qui tirait sur la bride de son cheval en croquant dans un quignon de pain ; le rôtissier qui servait son client… Des morceaux de vie ordinaire. Pourquoi en serait-il autrement pour lui ? Il n'était qu'un garçon banal, un herboriste de passage qui regagnait sa maison. Pourquoi s'emploierait-on à le suivre ? Lui ? Cela n'avait aucun sens. Combien de fois avait-il perçu du danger là où il n'y en avait pas ? Combien de fois ses pensées lui instillaient-elles des peurs injustifiées ?

Il sourit de sa propre bêtise et remonta son col pour chasser l'air frais qui s'y insinuait. Une sensation de brûlure irradiait dans sa gorge. Encore un peu, et il lui faudrait se rendre chez un apothicaire.

L'esprit plus léger, il poursuivit sa route et traversa le Petit-Pont, puis l'île de la Cité, en songeant qu'il prendrait le temps de se réchauffer dans la cuisine de Mme Godart avant de monter dans sa chambre.

Arrivé devant chez sa logeuse, il croisa le regard d'un marchand qui tenait une échoppe un peu plus haut, le salua. Personne d'autre ne prêta attention à lui. Au lieu d'emprunter l'escalier, il s'engouffra dans la boutique et la traversa jusqu'à la cuisine, anticipant les flammes réconfortantes et l'odeur de la fumée.

Sébastien ne vit pas la silhouette drapée d'un manteau marron qui, au même moment, se retourna vers la devanture d'une boutique et mima de s'intéresser à son contenu.

5.

Depuis son arrivée à Paris, Sébastien n'avait jamais reçu de courrier. Ses amis, en Sologne, ne connaissaient pas son adresse, et il n'avait pas pris le temps de leur écrire pour la leur donner. En s'emparant du billet que lui tendait Mme Godart, une soudaine méfiance le secoua. C'était un morceau de papier ordinaire, plié en quatre, sans cachet. L'expéditeur y avait simplement inscrit l'identité du destinataire. *Sébastien de Noilat.*

— C'est un jeune garçon qui l'a déposé sous la porte de la cuisine. Je l'ai entraperçu par la fenêtre. Quand j'ai ouvert pour demander de qui provenait le message, il avait déjà filé. Vous savez comment sont les enfants… ils courent si vite. Je peine à rattraper les miens ! J'ose pourtant espérer avoir encore de beaux jours devant moi.

De la viande de lapin mijotait doucement dans une marmite, des effluves épicés s'en échappaient, au milieu des volutes de fumée qui ondoyaient au-dessus du récipient.

Mme Godart, chez qui la curiosité l'emportait souvent sur les activités domestiques, laissa tomber son ragoût et se pencha par-dessus l'épaule de Sébastien, comme si elle pensait lire le contenu de la missive en même temps que lui. Un pli de déception se forma à la commissure de ses lèvres quand il plaça jalousement le papier contre sa poitrine et quitta la chaleur de la cuisine pour regagner sa chambre.

À l'abri des regards, il déplia le billet et lut les lignes tracées à l'encre noire à trois reprises, la bouche entrouverte, avant de pouvoir esquisser le moindre geste. Pourquoi lui envoyait-on ça à lui ? Sa deuxième pensée fut pour Charles. Le botaniste avait prévu de passer la journée au Jardin du Roi. Il devait encore s'y trouver. Après s'être massé les mollets, il se remit debout.

Il s'apprêtait à quitter la chambre quand Gabrielle Godart apparut et lui barra le passage. Elle portait une robe d'une remarquable simplicité qui n'enlevait rien à son charme, bien au contraire. Un minuscule grain de beauté venait rappeler la couleur du vêtement, formant un îlot solitaire, perdu au milieu de l'étendue nacrée de sa gorge.

— Je tombe mal, on dirait.

— J'allais sortir.

Elle esquissa une moue malicieuse qui semblait dire « Tant pis pour toi ».

— Maman m'envoie. Je suis porteuse d'une invitation pour le souper. Si tu souhaites te joindre à nous, tu es le bienvenu.

Sébastien se détendit.

— C'est très aimable à elle. Je me fais une joie d'accepter.

La jeune femme opina, montrant par ce geste qu'elle avait bien pris note de sa réponse, mais elle ne fit rien pour s'écarter de son chemin.

— Tu parais en meilleure forme, lança-t-elle d'un ton moqueur. As-tu finalement réussi à t'acquitter de la mission que Parisot t'a confiée ? La dernière fois, tu pensais ne pas être à la hauteur…

Les épaules de Sébastien retombèrent.

— Oh, non. Je crains toujours de ne pas être l'homme de la situation. Mais je m'emploie à contenter le commissaire en lui obéissant. C'est déjà un bon début, pas vrai ? Et puis, qui sait ? Peut-être qu'une chose importante finira par me sauter aux yeux ?

— Voilà qui est plus optimiste. Toutes mes félicitations pour ces progrès ! D'ailleurs, tu as sans doute raison. Les garçons dans ton genre sont souvent de fins observateurs. Rien ne leur échappe.

Sébastien se demanda ce qu'elle sous-entendait par un « garçon dans son genre », mais il n'osa pas l'interroger à ce sujet, d'autant qu'une chaleur embarrassante envahissait son visage. À son grand soulagement, Gabrielle ne lui fit aucune remarque sur la rougeur de ses joues.

— Tu allais quelque part ?

La question de la jeune femme lui remémora la missive qu'il venait de recevoir.

— Je me rends au Jardin du Roi. C'est urgent ! Remercie ta mère pour le souper !

Cette fois, il se faufila dans l'escalier, obligeant Gabrielle à se serrer contre le mur.

6.

Une demi-heure plus tard, il pénétrait hors d'haleine dans les bâtiments du Jardin du Roi, où une pesanteur sinistre répandait sa mélancolie dans les salles. L'effervescence des derniers jours, la fébrilité scientifique… tout cela avait disparu au profit de ce moment suspendu. Tout le monde attendait. Dans les couloirs quasi déserts, les messieurs n'osaient plus parler à voix haute. Ils chuchotaient. Quelle décision le roi allait-il prendre ? Interdire les prochaines démonstrations de chirurgie ? L'opprobre risquait-il de rejaillir sur les autres disciplines – la botanique, la chimie ? L'avenir du Jardin des plantes paraissait compromis.

Sébastien trouva Charles au fond d'une petite bibliothèque, le nez dans un ouvrage épais, sur lequel il prenait des notes. Absorbé par sa lecture, le botaniste ne le vit pas approcher et sursauta lorsque son ami se planta devant son pupitre. Un autre étudiant travaillait un peu plus loin, mais il ne releva pas la tête quand Charles s'écria :

— Sébastien, tu m'as fait une de ces peurs ! Avec ce tueur dans les parages, je préfère quand la pièce est comble.

Il jeta un bref regard en direction de l'étudiant, puis fixa son attention sur l'expression préoccupée de Sébastien. Celui-ci tira le billet de sa poche et porta son index devant sa bouche.

— J'ai reçu ça tout à l'heure, murmura-t-il.

Charles se saisit du morceau de papier, le parcourut en tapotant nerveusement son pupitre.

— Et tu n'as aucune idée de qui a déposé ça devant chez toi ?

— Non, pas la moindre. Je ne comprends pas. Si l'expéditeur connaît l'identité du tueur comme il le prétend, pourquoi n'a-t-il pas envoyé l'information au commissaire Parisot ?

Le botaniste réfléchit, le menton calé dans la paume de sa main gauche. Les fenêtres, découpées en deux rangées de carrés verticaux, laissaient entrer une lumière jaune.

— Et s'il craignait de ne pas être pris au sérieux ? suggéra-t-il. Imagine qu'il n'ait pas assez de preuves en sa possession ? Parisot pourrait juger suspect qu'on lui présente un coupable sur un plateau d'argent. Ou peut-être a-t-il simplement peur des représailles ?

Sébastien sourit faiblement.

— En somme, il préfère me laisser le sale boulot. Mais enfin, qu'est-ce qu'il imagine ? Que je vais aller dénoncer ce Thomas Chalvron à sa place ? Ce nom te dit quelque chose ?

Charles secoua la tête.

— Non, jamais entendu parler. Mais nous devrions demander à Étienne. Il connaît tout le monde. Si ce Thomas Chalvron fréquente le Jardin du Roi, il nous le dira.

Ignorant la perplexité de Sébastien, le botaniste se leva d'un bond et rassembla ses notes à la hâte. La dernière ligne, transformée en une longue traînée noire, devint illisible, mais c'est à peine s'il le remarqua. Charles avait les pupilles dilatées et une énergie, proche de la fébrilité, étonnante chez quelqu'un qui arborait d'énormes sillons bleuâtres sous les yeux.

— Charles, est-ce que ça va ? On dirait que tu n'as pas trouvé le sommeil depuis des jours. Tu devrais peut-être mettre de côté cette histoire de catalogue universel, le temps de prendre du repos.

Le botaniste s'immobilisa.

— Le catalogue n'a rien à voir là-dedans, soupira-t-il. Je n'ai jamais beaucoup dormi. En vérité, je ne suis même pas certain d'être d'une quelconque utilité à Dodart. Ce projet est si ambitieux… Je peine à avancer. Parfois, quand je songe à ce qu'il me reste à faire, je contemple mes notes pendant des heures sans parvenir à écrire une seule ligne. Alors je saisis le moindre prétexte pour reporter mes séances de travail. C'est pour cette raison que je ne rate aucun cours de chirurgie, que je nous ai entraînés au Dé Vengeur. Je préfère réfléchir à ces meurtres plutôt que de me heurter à ce projet titanesque. J'étais pourtant si fier d'y participer… Quel idiot je fais !

La fragilité de Charles émut Sébastien. Au fond, n'était-il pas en train de suivre le même chemin ? Fuir ses véritables ambitions parce que celles-ci l'effrayaient ? Se concentrer sur le chirurgien tueur pour repousser sa rencontre avec Dodart ? Par peur de l'échec. Avait-il vraiment besoin du journal d'Aymar de Noilat pour lui exposer sa théorie ? Il avait compilé assez de témoignages pour étayer ses propos. Il avait la connaissance du terrain, ses expérimentations donnaient de bons résultats. Il l'avait lu tellement de fois qu'il pouvait relire des passages les yeux fermés. Il ne lui manquait que le courage.

— Dodart est un homme brillant. Tu crains de le décevoir, dit-il sans savoir s'il parlait au botaniste ou s'adressait à lui-même.

Charles opina tristement.

— Allons voir Étienne, tu veux bien ?

Sébastien acquiesça et trottina derrière son ami à travers les couloirs et les escaliers du château jusqu'au rez-de-chaussée, les talons criblés de cloques. Quand il passait devant une porte, il jetait un coup d'œil dans la salle correspondante, comme si la clé du mystère avait une chance de s'y trouver. Il n'aurait pas été étonné de voir la longue silhouette de Gardane surgir de l'une d'entre elles pour leur reprocher d'être là. Et lui alors, quand aurait-il à rendre des comptes ?

Une fine brume traînait sur les pavés de la cour et flottait sur le Jardin dont les bosquets verdoyants disparaissaient dans la grisaille. Étienne rangeait de l'outillage dans une dépendance lorsqu'ils le rencontrèrent après quelques minutes de recherches infructueuses.

Étienne parut surpris de les voir. Ses cheveux roux, plaqués sur son crâne, lui allongeaient le visage, mettant en évidence un menton triangulaire, légèrement proéminent, que son duvet – quelques poils épars aux reflets dorés – peinait à coloniser.

— Les cours ont été annulés. Je pensais que tout le monde était parti.

— J'aime travailler ici, répondit Charles, je parviens mieux à me concentrer. Lorsque je suis chez moi, les allées et venues d'Alexandre finissent par m'irriter. Nous te cherchions, car nous avons grand besoin de tes lumières.

Étienne haussa un sourcil.

— Connais-tu un certain Thomas Chalvron ?

Le jeune homme secoua la tête.

— Nous ne nous sommes jamais parlé, mais je vois bien de qui il s'agit. C'est un étudiant en médecine. Je crois qu'il a obtenu sa licence et qu'il prépare son doctorat. Depuis quelque temps, il suit les démonstrations d'anatomie et de chirurgie. Vous avez déjà dû l'apercevoir dans l'amphithéâtre sans le savoir.

Charles donna une tape sur l'épaule de Sébastien.

— Il assiste aux cours de Dionis ! Tu vois, je te l'avais bien dit.

— Cela ne veut pas dire qu'il est coupable. Je te rappelle que ce sont des accusations anonymes, glissées sous ma porte. Qui utilise un tel procédé ? Il faut faire attention avant de tirer des conclusions. Peut-être que quelqu'un cherche à lui faire porter le chapeau ?

Sur le front blanc d'Étienne, un trait sinueux apparut.

— Vous voulez dire que quelqu'un l'accuse de tous ces meurtres ? Thomas Chalvron ? Un médecin ?

Sébastien acquiesça.

— Je n'imaginais pas non plus que le tueur puisse être un médecin. Je ne sais quoi en penser.

D'abord surpris, puis songeur, le jardinier paraissait maintenant hésiter à en dire plus. Il serra le manche de sa bêche entre ses doigts noueux et lâcha d'une voix blanche :

— Ce n'est peut-être qu'un détail sans importance, mais j'ai remarqué qu'il s'entretenait parfois avec Dionis à la fin des cours. Il pose toujours beaucoup de questions. Il est très assidu et je crois qu'il lit des ouvrages sur l'art opératoire.

Charles s'illumina.

— Un détail sans importance, tu plaisantes ? Pourquoi suivrait-il les démonstrations avec autant d'assiduité ? Réfléchissez, tout s'explique ! S'il est étudiant en médecine, je doute que sa main soit habile.

— Nous devrions rester prudents, soupira Sébastien.

— Fort bien, tu as raison ! Comme nous ne pouvons pas l'accuser sans preuve, je propose que nous nous rendions chez lui pour voir de quoi il retourne. Étienne sait peut-être où il habite.

Le botaniste sautillait sur place, les yeux brillants, comme un enfant devant une récompense. Étienne ouvrit la bouche pour répondre à la question, mais Sébastien l'en empêcha, atterré par la réaction de son ami :

— Ne me dis pas que tu envisages sérieusement de frapper à sa porte ou de t'introduire chez lui ? C'est de la folie ! Je comprends que tu cherches à fuir tes engagements ou tes retrouvailles avec Alexandre, mais tu vas trop loin. S'il est bien coupable, cela pourrait être dangereux. Et dans le cas contraire, nous allons également au-devant de sérieux ennuis.

— Que mes projets aillent au diable, il ne s'agit pas de ça ! Je te parle d'envie. Ne vois-tu pas que nous pourrions à nous deux résoudre cette énigme là où Parisot a échoué ? Pour ma part, je n'ai jamais rien ressenti d'aussi grisant ! Et si tu as besoin d'un argument plus rationnel, considère que nous serions définitivement hors de cause en arrêtant le véritable assassin.

Sébastien se mordit la langue. L'espace d'un instant, il songea que Charles était atteint d'une affection, un cas de démence passagère qui expliquerait son comportement des plus étranges. Pourquoi fallait-il que son seul ami à Paris eût à ce point le goût du risque ? Pour quelqu'un de prudent comme lui, cela dépassait l'entendement.

— Je sais où il habite, intervient Étienne. Il reçoit régulièrement des étudiants chez lui pour travailler. Si vous prétendez être de jeunes médecins, personne ne fera attention à vous.

— C'est grotesque, commença Sébastien.

Charles l'ignora et s'adressa à Étienne :

— S'il y a toujours du monde chez lui, nous ne pourrons guère nous y introduire sans nous faire remarquer.

— Pas forcément. Vous pouvez vous y rendre pendant qu'un cours est donné à la Faculté. En revanche, vous devez agir promptement. Chalvron loge rue de Bièvre, non loin de la rue de la Bûcherie. Il ne lui faudra pas longtemps pour rentrer chez lui une fois la séance terminée.

Un sourire dément se dessina sur le visage du botaniste. En croisant son regard, Sébastien comprit qu'il ne plaisantait pas.

7.

Sébastien éternua à trois reprises. À cause du mauvais temps, il avait fini par tomber malade. Sa respiration sifflait ; parfois, elle évoquait le grondement d'un animal sauvage. En plus de ça, un poids invisible pesait au milieu de son front et l'empêchait de réfléchir.

C'était sans doute pour cette raison qu'il se tenait derrière Charles, rue de Bièvre, à attendre dans un recoin humide que les étudiants en médecine désertent leur repaire pour se rendre à la Faculté. Aujourd'hui, on y parlait de la lymphe – Sébastien n'avait pas mémorisé l'intitulé du cours. Il n'avait retenu qu'une seule information : ils avaient environ deux heures devant eux.

« Nous avons plus de temps qu'il n'en faut », avait déclaré Charles, toujours enthousiaste à l'idée de s'introduire chez le médecin parisien. Plus réticent, Sébastien ne cessait de tergiverser. Devait-il laisser le botaniste y aller seul ? Ou le suivre pour lui apporter son soutien si jamais les choses tournaient mal ? C'est précisément parce qu'il avait été incapable de prendre une décision – trancher était toujours une terrible épreuve – qu'il se tenait devant le domicile dudit Thomas Chalvron, les pieds dans une flaque nauséabonde.

Le rythme cardiaque de Sébastien s'accéléra. Depuis deux jours, l'attitude de Charles l'inquiétait. Il lui avait rapidement accordé sa confiance, mais avait-il eu raison ? Avec ses yeux rougis, ses cernes plus profonds que la veille, le botaniste débordait d'énergie malgré tout, comme si la fatigue n'était pour lui qu'un bandeau qui ceignait son visage d'une oreille à l'autre. Le regard tendu vers la maison dans laquelle résidait Thomas Chalvron, il ne cessait de remuer. Ses semelles dessinaient des cercles imaginaires sur les pavés boueux où elles donnaient naissance à de petits éventails éphémères.

Cinq minutes plus tard, Charles se raidit. Par-dessus son épaule, Sébastien vit un groupe de quatre jeunes hommes qui sortaient de la maison en discutant. Celui qui prit la tête du cortège avait belle allure ; il portait un justaucorps de velours dont s'échappaient des manches garnies de dentelle, ainsi qu'un chapeau en feutre, surmonté d'une plume de faisan. Les autres étaient plus sobrement vêtus et marchaient en retrait comme s'ils se laissaient mener.

— C'est lui ? demanda Sébastien.

— Il ressemble à la description que m'en a faite Étienne. Son visage me dit quelque chose. À présent, je suis certain de l'avoir déjà vu au Jardin du Roi. Les trois autres, en revanche, ne m'évoquent aucun souvenir. Je ne crois pas les avoir déjà rencontrés. Patientons encore quelques minutes. Je veux m'assurer qu'ils ne reviendront pas.

Sébastien opina et s'enroula dans les pans de son manteau. Des picotements lui titillaient l'intérieur des narines, néanmoins, il se retint d'éternuer. De plus en plus mal à l'aise, il espérait encore que Charles revînt à la raison.

— Nous avons de la chance, l'escalier se situe en façade. Il suffit que nous avancions en ayant l'air de connaître les lieux.

Sans laisser à Sébastien le temps de digérer l'information, il sortit de sa cachette et traversa la rue d'un pas nonchalant. La porte de l'escalier, encadrée par deux pilastres en bas-relief, s'ouvrit sans protester. Charles enjambait les premières marches d'un pas gaillard quand une silhouette féminine tenant une boule de linge contre sa hanche se dessina face à lui.

Le botaniste lui adressa un sourire débordant de charme, d'innocence et de gaieté. Sébastien se remémora aussitôt le jeune homme particulièrement chaleureux qui l'avait accueilli lors de son arrivée à Paris. Était-il spontané ? Ou bien était-ce l'expression qui lui permettait de parvenir à ses fins ? Plus il le côtoyait, plus Sébastien était surpris par la complexité de sa personnalité. Ce n'était pas seulement, comme il l'avait d'abord cru, un jeune homme d'excellente humeur qui aimait s'amuser. Derrière cette brillante jovialité se cachaient de l'ambition, des peurs, un profond attachement pour son ami et – Sébastien l'apprenait à ses dépens – une soif d'aventure un peu malsaine.

— Bonjour, chère madame, nous sommes des amis de Thomas. Nous venons consulter un livre qui lui appartient.

— Encore des étudiants en médecine ! Je ne vois défiler que ça toute la journée. Faites-moi le plaisir de taper vos pieds avant d'entrer, vos semelles sont dans un état pitoyable ! C'est pas beau à voir, croyez-moi !

Charles s'inclina, puis il fit marche arrière et décrotta ses souliers devant l'entrée. Satisfaite, la femme regagna son office en sifflotant. Lorsqu'elle fut hors de vue, le botaniste s'élança à nouveau dans l'escalier, s'arrêta au premier, sur un palier d'une extrême sobriété, et se figea devant la porte d'une chambre.

— Et si Thomas Chalvron ne logeait pas ici ? S'il louait plutôt au deuxième étage ? s'inquiéta Sébastien.

— J'ai vu la fenêtre du premier se refermer peu avant qu'ils ne descendent. D'ailleurs, je gage qu'il ne loue pas, mais que cette maison appartient à sa famille.

Charles avait déjà entrebâillé le battant. Personne n'avait songé à verrouiller la porte. Ne détectant aucun signe de vie, il ouvrit la porte en grand, d'un geste triomphal, et pénétra dans l'antre du médecin, tête haute, empli d'une assurance décuplée.

Sébastien, les mains moites, dut réprimer une soudaine envie de s'enfuir avant de suivre son ami à contrecœur. Il était de toute façon trop tard pour faire demi-tour. Ah, si seulement il avait su dire non ! Pourquoi acceptait-il toujours de rendre service, quitte à s'attirer des ennuis et à se fourrer précisément là où il n'avait pas envie d'être ?

Le logement de Chalvron s'articulait en deux espaces distincts. La première pièce, dans laquelle s'engageaient les deux amis, était une chambre avec de beaux volumes, des tableaux sur les murs, des meubles de qualité, dont deux banquettes sur lesquelles devaient s'asseoir les étudiants lorsqu'ils travaillaient ou échangeaient leurs opinions, et une bibliothèque regorgeant d'ouvrages remarquables qui révélaient la richesse de leur propriétaire. Assurément, l'étudiant en médecine venait d'une famille aisée, une caractéristique essentielle pour passer les examens de la Faculté et prétendre un jour au titre de docteur régent. Le second espace, séparé du premier par une tenture pourpre, servait de chambre à coucher.

Charles inspecta la pièce en tournant plusieurs fois sur lui-même. Il souleva un livre par-ci, par-là, puis examina le contenu de la bibliothèque. Ses pieds glissaient sur le sol sans faire de bruit. Sébastien, qui redoutait les craquements du parquet, demeura près de la porte jusqu'à ce que le botaniste lui adresse un regard moqueur.

— Allons, Sébastien, tu as bien vu que notre présence ici n'a pas étonné la demoiselle que nous avons croisée.

Apporte-moi ton concours au lieu de t'enraciner de la sorte. Ainsi, nous repartirons plus vite.

Sébastien, stimulé par ce dernier argument, décida de lutter contre ses peurs et esquissa quelques pas maladroits en direction de la bibliothèque. Ces yeux balayèrent les reliures de gauche à droite, parcoururent les étagères une à une. Que cherchait-il au juste ? Les ouvrages de médecine ne risquaient pas de lui souffler l'identité du chirurgien tueur, et s'ils le faisaient, c'est que Sébastien avait sans doute perdu l'esprit !

Il éternua. De la poussière se souleva et dansa au-dessus des tranches avant de s'y reposer. Derrière lui, Charles prenait de moins en moins de précautions. Son pas devint plus traînant, ses gestes, plus rapides, perdirent en délicatesse. En se retournant, il fit trembler un guéridon qui manqua de rouler sur le sol. Qu'espérait-il découvrir en fouillant les lieux ?

Sébastien n'osa pas lui poser la question et reporta son attention sur les livres du médecin qu'il continua de parcourir, plus pour se donner une contenance que dans l'espoir d'y dénicher un quelconque indice. Ce faisant, un ouvrage retint néanmoins son attention. Sa position, légèrement avancée par rapport aux autres, indiquait qu'on l'avait manipulé récemment. Or, son contenu était plus intrigant encore ; il s'agissait d'un traité de chirurgie.

L'esprit de Sébastien, échauffé par cette découverte, entra en ébullition. Chalvron nourrissait peut-être une appétence pour la discipline. Après tout, n'assistait-il pas aux démonstrations de Dionis ? Et si c'était lui le fameux chirurgien amateur qui s'exerçait sur des victimes avinées au beau milieu de la nuit ? Sébastien ne l'avait entraperçu qu'un instant, ce qui ne l'avait pas empêché de se forger une opinion : il se représentait un homme arrogant et satisfait de sa personne. Galvanisé par tant de confiance en lui, par la reconnaissance de ses pairs,

Chalvron aurait-il pu se croire assez compétent pour pratiquer une série d'interventions chirurgicales ? L'hypothèse était un peu alambiquée.

Sébastien s'empara du livre et avait commencé à le feuilleter quand un objet métallique tomba au sol. Le bruit sourd attira l'attention du botaniste, dont les yeux s'arrondirent. Sébastien baissa la tête à son tour et vit, à côté de ses pieds, une lancette ; l'outil que tout chirurgien utilisait au quotidien pour pratiquer la saignée. Il plia les genoux pour s'en saisir, mais son ami, plus rapide, avait déjà parcouru la distance qui les séparait et le devança.

Charles leva l'instrument et l'examina à la lumière de la fenêtre. Ses lèvres, prises de légers tremblements, s'entrouvrirent :

— C'est… impossible.

— Qu'y a-t-il ? Tu crois à la culpabilité de Chalvron parce qu'il dissimule une lancette dans sa bibliothèque, intervint Sébastien en jetant un regard nerveux du côté de la porte. Il peut s'agir d'une simple manie. Qui n'a jamais caché un billet ou de la menue monnaie entre les pages d'un livre lorsqu'il était enfant ?

En disant cela, l'herboriste était conscient qu'il tentait de se racheter pour avoir jugé le médecin sur sa seule apparence.

Les boucles blondes s'excitèrent, en proie à des virevoltes désordonnées.

— Non, tu ne comprends pas. Sébastien, elle est à moi. C'est ma lancette. Celle que l'on m'a dérobée le soir de la mort de Jussieu.

Le courage de Sébastien éclata en mille morceaux, quitta son corps avant de s'enfuir par les minuscules interstices situés entre les lames du parquet.

— Il faut partir d'ici tout de suite ! explosa-t-il en secouant son ami par le bras.

Mais le botaniste pétrifié contemplait toujours l'instrument d'un air hagard.

— Charles, il faut y aller ! Nous réfléchirons à tout ça plus tard !

Sébastien se retourna. Des pas claquaient dans l'escalier ; un groupe de trois à quatre hommes – pressés à en juger par le raffut qu'ils faisaient.

— Oh non, ils reviennent. Seigneur…

Il eut beau scruter la pièce avec application, Sébastien ne repéra aucun endroit où ils pouvaient se cacher tous les deux. Il attrapa le poignet de Charles, tira le rideau et l'entraîna dans la chambre de Chalvron. Plus fonctionnelle, elle ne comportait qu'une couche et une armoire en noyer. Sébastien porta machinalement son index devant ses lèvres pour intimer à son ami de garder le silence. Lui-même n'osait plus respirer.

Comme il le craignait, la porte du palier s'ouvrit et le petit groupe d'individus entra dans la pièce principale. S'ensuivit un remue-ménage tapageur, digne d'un bataillon de soldats privés de distraction. Sébastien les entendit fouiller les meubles, jeter certains livres au sol. L'un des hommes approchait de leur cachette ; ils n'allaient pas tarder à être découverts. Charles, dont l'aplomb avait dégringolé pour atteindre un niveau proche de zéro, tenait toujours la lancette entre ses mains et la contemplait comme l'objet d'un cabinet de curiosités.

Un grand gaillard armé d'une épée tira sur la tenture. Sébastien se plaqua contre le mur opposé. Il n'avait même pas de quoi protéger sa vie, ni lame ni pistolet. L'envoyer retrouver son créateur était un jeu d'enfant.

Puis une figure familière et grasse se dessina derrière l'épaule du sergent.

— Messieurs de Noilat et Petit, la bonne surprise ! Tout habitué que je suis à vous trouver sur mon chemin, je commençais à croire que vous aviez quitté la ville. Sachez que j'en concevais un profond chagrin. Cependant, je constate que les choses n'ont point changé. Je vous demande un petit service, celui d'assister aux démonstrations de chirurgie, et vous voilà, non contents d'accéder à ma requête, en train d'enquêter sur une affaire qui relève de ma compétence. Me voilà rassuré !

L'ironie du commissaire Parisot décontenança Sébastien.

— Une émeute au Jardin du Roi a obligé Dionis et Daquin à annuler les dernières leçons, balbutia Sébastien comme si cela expliquait qu'il ait pénétré dans le logement de Chalvron sans autorisation.

— Fort heureusement, on m'en a informé. Il semble que nos amis médecins et chirurgiens n'aient pas l'intention de se réconcilier avant longtemps. Maintenant, trêve de bavardages, j'aimerais que vous m'expliquiez les raisons de votre présence ici.

Les dents jaunes de Parisot apparurent, menaçantes. L'herboriste s'empressa de tout avouer.

— J'ai reçu une lettre anonyme. L'auteur accusait Thomas Chalvron d'être à l'origine des meurtres sur lesquels vous enquêtez. Nous avons pensé que, sans preuve, personne ne nous croirait. Alors nous sommes venus ici… c'était une mauvaise idée, j'en conviens…

Sébastien espérait un soutien de Charles – un « C'est exact » ou un hochement de tête qui aurait corroboré ses propos –, mais le botaniste garda le silence.

— Nous avons trouvé une lancette, cachée dans la bibliothèque. Elle appartient à Charles. C'est celle qui a servi à tuer Gaspard de Jussieu. L'homme a pu la réemployer par la suite lors de ses opérations clandestines.

Tout à ses explications, Sébastien comprit qu'il se trouvait en mauvaise posture. Après l'avoir retrouvé près d'un cadavre, on le débusquait à proximité de l'arme du crime. Le commissaire allait-il croire à son histoire ? N'était-il pas plus facile d'imaginer qu'il se soit introduit chez Chalvron pour y déposer la lancette et le faire accuser à sa place ?

Sébastien, le chirurgien tueur. Après tout, n'était-il pas de la famille d'Aymar de Noilat ? La chose n'était pas si saugrenue que ça.

Les yeux de Parisot se rétrécirent, tandis qu'il les observait tour à tour. Enfin, le commissaire ouvrit les bras comme s'il s'apprêtait à les enlacer.

— Nous progressons, mes amis ! C'est admirable !

Il tapota ensuite l'épaule du sergent qui se tenait devant lui et ordonna :

— Je propose que nous nous rendions immédiatement à la Faculté pour arrêter ce Thomas Chalvron. Compte tenu des circonstances, on ne nous en voudra pas de prendre une telle liberté et nous n'aurons aucun mal à obtenir la permission de l'écrouer, qu'en dites-vous ? Vous deux, lança-t-il à l'intention des deux amis, vous venez avec nous.

Lettre à Charles

Le 2 janvier 1662

Aujourd'hui, cela fait deux mois que nous sommes à Paris. Je dois admettre que j'ai toujours un pincement au cœur en songeant à ceux que nous avons quittés. À tout ce que nous avons laissé derrière nous. Ma famille. Nos amis. Nos souvenirs d'enfance. Une enfance révolue.

Cette ville n'est pas la mienne. Au milieu de ce fourmillement d'âmes, je ne suis qu'un être insignifiant, une goutte d'eau minuscule parmi toutes celles qui s'écrasent sur ma fenêtre. Je ne suis rien. Pourtant, et cela va te sembler paradoxal, j'ai souvent l'impression que les yeux sont rivés sur moi depuis que nous sommes ici. Ceux des inconnus, dans la rue. Lorsque je change maladroitement de direction ou que je tente de me frayer un passage au milieu de la foule. C'est comme s'ils me voyaient vraiment. Comme s'ils savaient qui je suis. Je pensais prendre un nouveau départ en me fondant parmi eux. En réalité, ils me renvoient chaque jour ma différence au visage. Où que j'aille, je ne pourrai jamais oublier. Si je veux me reconstruire, je dois apprendre à m'accepter tel que je suis. Mais comment le pourrais-je ?

8.

— Que faisiez-vous au domicile de Chalvron ? risqua Sébastien.

Parisot, qui marchait à ses côtés, s'essuya le front avec le revers de sa manche et se fendit d'un sourire carnassier.

— Mais, la même chose que vous. J'enquêtais. La seule différence entre vous et moi est que, pour ma part, mes attributions m'y autorisent.

Une rougeur se propagea sur les joues pâlichonnes de Sébastien. Il se tut pour ne pas aggraver son cas. Il ne comprenait pas pourquoi le commissaire avait insisté pour que Charles et lui l'accompagnassent, et cette situation l'inquiétait. Parisot avait-il l'intention de les jeter en cellule avec Chalvron ? La seule perspective de retourner dans les cachots humides du Châtelet lui déclencha une quinte de toux.

Quelques instants plus tard, portés par une encourageante éclaircie, ils parvinrent devant les locaux délabrés de la faculté de médecine de Paris, situés à l'angle de la rue de la Bûcherie et de la rue des Rats[1]. Le décalage

1. Actuelle rue de l'Hôtel-Colbert. En 1829, les propriétaires des maisons de la rue des Rats réclamèrent une modification du nom de

entre le prestige dont s'enorgueillissaient les docteurs régents et la vétusté du bâtiment amusa Sébastien.

Parisot, le souffle court, se campa devant la porte principale, encadré par deux archers au visage impassible. L'étudiant qui leur ouvrit, un garçon fluet au teint maladif, se recula pour les laisser entrer. Sébastien, sans savoir ce qu'on attendait de lui, suivit le mouvement tout en questionnant Charles du regard. Celui-ci haussa les épaules avant de pénétrer à son tour dans les locaux de la Faculté.

À l'intérieur, l'état de décrépitude du bâtiment, déjà suggéré par la façade, se confirma. La proximité de la Seine rongeait le bas des murs dont les décorations étaient anéanties par les remontées capillaires. Après le faste du Jardin du Roi, ce spectacle était affligeant. Comment la poignée d'hommes qui travaillaient là, dans cette maison vieillotte qui aurait mérité d'importants travaux de rénovation, pouvait-elle exercer un tel contrôle sur l'ensemble des professions médicales ?

Grâce aux indications du garçon, Parisot et ses archers s'introduisirent dans la salle de cours où un docteur régent discourait devant une assistance studieuse. Sébastien attendit dans le vestibule pour ne point troubler l'arrestation, et parce qu'il n'avait pas la moindre envie d'y prendre part.

Lorsqu'ils réapparurent, les archers tenaient Thomas Chalvron, qui se débattait comme un beau diable, menaçant le commissaire Parisot des représailles auxquelles il s'exposait étant donné la puissance et la réputation de sa famille. À le voir gesticuler de la sorte, Sébastien acquit la conviction qu'il souffrait davantage de l'humiliation qu'il craignait pour son sort.

— Allez-vous me dire ce que vous me reprochez ? vitupéra-t-il. Mais enfin, à quoi rime cet assaut ? Vous

---

cette voie publique. L'ancienne dénomination, elle, est toujours gravée dans la pierre.

auriez pu avoir l'amabilité d'attendre la fin du cours, et je vous aurais suivi sans faire d'histoires, comme un homme qui n'a absolument rien à cacher. Où sont les pièces en vertu desquelles vous m'arrêtez ? Oh, j'oubliais, il s'agit du commissaire Parisot. Votre réputation me revient en mémoire et je sais à présent que je n'ai point à m'étonner de subir ce traitement. Ma foi, le portrait qu'on brosse de vos manières vous rend justice. Voilà un fait indéniable !

Parisot ne répondit pas à la provocation – l'exercice physique, bien que modeste, l'avait rendu grognon ; en tout cas, il était moins prompt à se moquer de son prisonnier, ce qui ne lui ressemblait guère. Il se tourna vers les archers et leur ordonna de le conduire au Châtelet. Thomas Chalvron, après quelques ruades contestataires, fut maîtrisé et tiré vers la sortie.

Après son départ, un nouveau personnage fit son apparition ; il les toisait maintenant de sa mine autoritaire. C'était un homme au nez aplati, légèrement violacé, aux traits bouffis qui tenaient plus de l'ivrogne que du savant. D'une corpulence proche de celle de Parisot, il portait un habit noir qui faisait ressortir les rougeurs de sa peau.

— Je suis Jean-Baptiste Moreau, le doyen de la Faculté. Auriez-vous la bonté de m'expliquer ce qui se passe ? J'apprends que vous avez arrêté l'un de mes étudiants devant une grande partie de ses camarades. J'espère, monsieur, que vous savez ce que vous faites, car je relaterai cet épisode à Nicolas de La Reynie, notre lieutenant de police. Vos méfaits ne resteront pas impunis.

— C'est très aimable de m'offrir vos services ! s'exclama Parisot.

— Mes services ?

— Eh bien, ne me proposiez-vous pas de faire un rapport au lieutenant de police à ma place ? C'est un soulagement, voyez-vous ! Non que la tâche soit déplaisante, mais j'ai quantité de travail ces derniers temps. Il m'est difficile de suivre le rythme, et je pense qu'un homme avisé doit savoir déléguer, d'autant plus lorsqu'il reçoit une offre aussi généreuse que la vôtre.

Le doyen se renfrogna.

— Vous vous moquez de moi ? s'indigna-t-il.

— Allons, je plaisante ! Un peu de sérieux, vous avez raison, où avais-je la tête ? Pourrions-nous nous entretenir dans votre cabinet ?

Jean-Baptiste Moreau chercha l'appui de Sébastien et de Charles qui, gênés, évitèrent de croiser son regard.

— Nous devrions peut-être vous laisser, suggéra l'herboriste.

Parisot, amusé par la situation, refusa :

— Messieurs, ne désiriez-vous pas mener l'enquête comme de vrais policiers ? C'est une occasion unique que je vous donne. Suivons M. Moreau dans son cabinet. Nous discuterons en privé de l'affaire qui nous préoccupe.

Derrière la porte de la salle de cours, les étudiants, qui ne perdaient pas une miette de la conversation, battirent en retraite en chuchotant.

L'étude du doyen, dans laquelle régnait un froid glacial, exhalait un parfum de renfermé. Comme dans le reste du bâtiment, la moisissure, constellation d'étoiles sombres, colonisait les boiseries peintes, à l'origine, dans un beige sable relevé par quelques liserés rouges. Partout, la couleur virait au gris.

Jean-Baptiste Moreau, qui tentait de reprendre le contrôle de la situation en adoptant des gestes d'une lenteur exaspérante, contourna le secrétaire, un meuble aux reflets acajou bien entretenu, et se cala dans son fauteuil sans proposer aux autres de s'asseoir. D'ailleurs, il n'y avait qu'une seule chaise. Sébastien et Charles restèrent debout près de la porte, tandis que Parisot s'y installa, ses hanches dépassant de chaque côté de l'assise.

— Je vous écoute, maugréa le doyen, impatient d'en finir.

Le commissaire joignit les mains sous son menton.

— J'aimerais que vous nous disiez ce que vous savez sur Thomas Chalvron. Quel genre d'homme est-il ?

— C'est un étudiant brillant, un excellent orateur, promis à une belle carrière. Je connais son père de longue date, un homme de qualité, qui a obtenu son titre de docteur dans notre faculté. Son fils suit le même chemin.

— S'intéresse-t-il à la chirurgie ou à l'anatomie ? coupa Parisot.

Sébastien décela de l'embarras dans l'expression du doyen.

— Il possède des connaissances en anatomie, en effet, mais il excelle dans bien d'autres domaines. Je ne crois pas qu'il songe particulièrement à la chirurgie.

Parisot se tut. Sébastien se mordit la langue. Après de longues secondes d'hésitation, il prit sur lui d'intervenir :

— Dans ce cas, comment expliquez-vous qu'il assiste aux démonstrations de Pierre Dionis au Jardin du Roi ? Il ne manque pratiquement aucune de ses leçons.

Le commissaire lui décocha un sourire, il ne semblait pas contrarié par son initiative et avait même l'air de s'en divertir aux dépens du doyen.

— Je n'étais point au courant, prétendit celui-ci. Ce qu'il fait de son temps libre ne me concerne pas. Thomas a le droit d'assister aux démonstrations de Dionis s'il juge qu'elles peuvent lui être d'une quelconque utilité.

Son intonation, chargée de scepticisme, montrait qu'il doutait que la chose fût possible.

— Si on s'en tient à son assiduité, il doit grandement apprécier les cours qu'offre le Jardin du Roi, objecta Parisot.

Le doyen pouffa.

— Dionis enseigne à ses élèves les théories de Harvey. Thomas ne les a jamais approuvées, et il a toujours considéré la circulation du sang comme une sottise. Malheureusement, elle est séduisante pour ces esprits contestataires qui tentent de bouleverser l'ordre établi afin de cacher leur méconnaissance des fondements de notre médecine.

Le commissaire réprima un bâillement.

— Soit. Si je comprends bien, vous ne savez pas expliquer la présence de M. Chalvron au Jardin du Roi. Voilà qui est fâcheux et qui le place dans une situation fort regrettable.

— Que voulez-vous dire ? De quoi l'accuse-t-on ?

— De meurtre, cher monsieur. De meurtre !

Les yeux du doyen s'agrandirent.

— C'est impossible… Thomas n'a tué personne.

— La vérité, c'est qu'il pourrait bien en être à sa quatrième victime. Je m'étonne que vous n'ayez point entendu parler de notre affaire. Le chirurgien tueur a pourtant conduit à l'annulation de la dernière démonstration de M. Dionis. Cela a dû vous réjouir !

— Si, bien sûr. J'ai eu vent de cette histoire. L'homme qui a fait ça est un étudiant écervelé qui assiste aux spectacles de chirurgie donnés au Jardin du Roi avec la bénédiction de Daquin, le Premier médecin de Sa Majesté. Ah, ils sont gratuits et ouverts à tous, pour sûr ! N'importe quel fou peut apprendre à disséquer les corps. Il ne faut pas s'étonner ensuite si les choses tournent mal.

— Pour l'heure, il semblerait que le fou en question soit votre élève, Thomas Chalvron. Plusieurs indices nous mènent à lui, et puisqu'il assistait aux leçons de chirurgie, nous avons de bonnes raisons de croire à sa culpabilité.

Sébastien songea à la lettre anonyme qu'il avait reçue et se demanda de quels autres indices parlait Parisot. Le doyen tira sur son col, il manquait d'air et sa peau prenait une teinte cramoisie.

— Il va avoir des ennuis ? souffla-t-il, d'une voix moins assurée.

Le commissaire opina.

— De gros ennuis. Nous allons l'interroger. Si sa déclaration ne nous permet pas d'y voir plus clair, nous serons forcés de le soumettre à la question. Comprenez, dans mon métier, il y a rarement de fumée sans feu !

Le doyen dut se tenir aux accoudoirs de son fauteuil pour ne pas basculer sur le côté. Ses doigts s'enfonçaient dans la garniture en velours, et une grande détresse se peignit sur son visage, laquelle réveilla l'indulgence de Sébastien, qui lui adressa un sourire compatissant.

Parisot avait commencé à se lever quand Jean-Baptiste Moreau le retint.

— Attendez ! Thomas est innocent, vous devez me croire. C'est moi qui lui ai demandé d'assister aux démonstrations d'anatomie et de chirurgie du Jardin du Roi.

— Ah, je sens que cette conversation prend une tournure intéressante. Je vous écoute. Pourquoi souhaitiez-vous qu'il soit présent ?

Le doyen lissa l'une de ses manches du bout des doigts.

— Rien dont je puisse avoir honte, déclara-t-il. Lorsque j'ai compris que, malgré mes objections et celles de mes prédécesseurs, les démonstrations auraient bien lieu, j'ai préféré garder un œil sur la chose. C'est pour cette raison que j'ai demandé à Thomas de s'y rendre. Son unique mission consistait à me rapporter le fruit de ses observations ; l'ampleur de l'assistance, les personnes présentes… Thomas ne comptait même pas parmi les émeutiers qui ont manifesté leur désapprobation devant les grilles du Jardin, l'autre jour. C'est un étudiant sérieux qui prend ses études très à cœur. Jamais vous ne le verrez dehors à une heure tardive pour festoyer.

Une moue peu convaincue déforma les lèvres de Parisot.

— Ce jeune homme était vos yeux et vos oreilles, admettons. Cela ne l'innocente pas pour autant. Il peut avoir profité de votre requête pour mener à bien ses projets. Nous avons reçu une lettre qui l'accuse d'être le chirurgien tueur. Une telle dénonciation n'est pas à prendre à la légère.

— Calomnie ! Si cette personne avait des preuves contre Thomas, elle n'aurait pas eu besoin d'écrire cette lettre. Elle serait venue vous parler de ses soupçons.

— Vous marquez un point, concéda Parisot. Je n'aime pas quand on me dicte qui je dois suspecter. Mais (le commissaire bomba le torse et prit un air solennel) il ne faut négliger aucune piste, et c'est chez lui, je le crains, que nous avons retrouvé la lancette qui a servi à pratiquer l'une des quatre agressions.

— Non... c'est impossible... Je n'y crois pas. C'est un coup monté ! Que va-t-il advenir de Thomas ?

— Nous allons l'interroger au Châtelet. La procédure habituelle, rien de bien méchant. Ne vous inquiétez pas pour lui. S'il n'a rien à se reprocher, tout ira pour le mieux.

Le doyen, que les mots du commissaire n'avaient pas rassuré, fronça les sourcils. Il n'eut guère le temps de demander des précisions, car Parisot était déjà debout et s'apprêtait à partir.

Un dôme grisâtre recouvrait la ville, mais Sébastien était tout de même heureux de mettre le nez dehors. Contre toute attente, le commissaire les autorisa à rentrer chez eux. L'herboriste s'en étonna. Lui qui s'était préparé à un nouveau séjour dans les cellules du Châtelet prit une profonde inspiration, comme pour apprécier le parfum de sa liberté, même si, dans le cas présent, la liberté avait une odeur de fiente et de viande avariée.

Quand Parisot fut hors de vue, Charles lui demanda :

— Crois-tu à l'innocence de Thomas Chalvron ?

— Je n'en sais rien. Le doyen a pu inventer toute cette histoire pour protéger son élève et le prestige de la Faculté. Une arrestation pour meurtre, en plein cours...

Sans parler du fait que Chalvron s'apprêtait à recevoir son doctorat. C'est un sacré coup dur !

Sébastien marqua une pause avant d'ajouter :

— Soit il est notre tueur, soit quelqu'un tente de lui faire porter le chapeau.

— Nous pourrions interroger ses camarades. Peut-être a-t-il des ennemis ?

— Non. Nous en avons assez fait. Notre présence chez Chalvron aurait pu nous valoir des problèmes. Je te rappelle que nous y avons retrouvé ta lancette ! Parisot pourrait nous soupçonner de l'avoir placée là dans le but de nous disculper. Nous n'avons aucun moyen de prouver qu'elle était dans la bibliothèque à notre arrivée. Pris sur le fait comme de vulgaires criminels… Je ne comprends pas que nous soyons encore libres à l'heure qu'il est.

— Tu devrais t'en réjouir au lieu de ruminer toutes les hypothèses qui te passent par la tête. Tu me donnes la migraine !

Exaspéré par l'insouciance de son ami, Sébastien se mura dans de sombres réflexions et regagna le pont Notre-Dame avec la ferme intention de se tenir à l'écart de l'enquête, le temps que Parisot démasque le coupable.

9.

Trois jours s'écoulèrent pendant lesquels Sébastien s'en tint à sa résolution et n'eut aucun contact avec Charles ou avec l'inquiétant Alexandre Gardane. Dans sa petite chambre du pont Notre-Dame, il avait fini par se souvenir des projets qui l'avaient conduit à Paris, et avait entrepris la rédaction d'un article sur les terribles conséquences de la consommation d'un seigle de piètre qualité. Brûlures, hallucinations, gangrène. On lui avait dérobé le journal d'Aymar, mais il en savait assez sur le sujet pour prendre la plume, ce qu'il aurait fait depuis longtemps si sa pudeur ne l'en avait pas dissuadé.

Il écrivait donc, sans se soucier de la rumeur du pont qui grondait dehors, quand Mme Godart l'interrompit. Sa logeuse lui confia un billet, le regard brillant de curiosité, et attendit. Pour une fois que le Solognot recevait du courrier, elle était impatiente de savoir de quoi il retournait. Mais comme il se tenait là, raide comme un piquet, se refusant à l'ouvrir en sa présence, elle repartit dépitée et s'en alla converser avec Mathieu Brisseau, qui se montrait souvent plus accommodant. Les timides étaient d'un ennui !

Une fois seul, Sébastien fixa un long moment le papier cacheté sans l'ouvrir. Puis, rongé par l'anxiété, il le déplia avec précaution, comme si la nouvelle risquait de lui sauter à la figure.

Parisot. Le commissaire lui demandait de le rejoindre au Châtelet de toute urgence dès la réception du présent billet. À cet instant, un éclair déchira le ciel charbonneux, suivi par un fracas retentissant. Sébastien sursauta. Il avait toujours détesté les orages. En hiver, le phénomène était assez rare ; il lui évoqua d'emblée un funeste présage.

Coiffé du chapeau que lui avait prêté Brisseau, Sébastien se dirigeait vers le Châtelet d'un pas rapide. Contrairement à ce que lui avait affirmé le chirurgien, il ne se trouvait pas plus élégant qu'à l'accoutumée. À dire vrai, il se sentait même un peu ridicule. Tandis qu'il bravait les éléments, le dos voûté par crainte de la foudre, deux cascades jaillissaient de chaque côté de son couvre-chef. Au bout de quelques minutes à peine, l'accessoire était devenu un lac portatif qui se déversait sur ses chaussures au moindre faux pas.

Sébastien commença à courir lorsqu'il aperçut l'ombre de la forteresse. Contrairement à lui, elle ne ployait pas l'échine face à l'orage, et défiait fièrement les éclairs, en dépit de sa pierre ruisselante et de ses soubassements devenus verdâtres.

En s'engouffrant dans l'enceinte du Châtelet, l'herboriste se demanda s'il serait autorisé à en sortir, ou s'il vivait là ses derniers instants de liberté.

Alors qu'il pensait chercher le commissaire Parisot par ses propres moyens, un garçon – huit ans, peut-être dix – l'attendait à l'entrée de l'édifice et, sans dire un mot, plia les doigts vers lui à plusieurs reprises. Sébastien le suivit en s'étonnant du parcours qu'ils empruntaient. D'habitude, Parisot ne le recevait pas dans les geôles.

Le rythme cardiaque de Sébastien s'accéléra à mesure qu'il s'enfonçait dans l'étroit boyau voûté. Au lieu de passer ses journées à écrire, il aurait mieux fait de quitter la ville pendant qu'il était temps. Le garçon le guida jusqu'à une porte massive, l'ouvrit avec une force surprenante pour son âge, puis il le laissa entrer sans le suivre.

La boule au ventre, Sébastien avança à tâtons. Dans cette cave mal éclairée, il distinguait uniquement deux ouvertures, étroites et horizontales qui, selon ses estimations, donnaient côté Seine. Jamais il n'avait visité cette partie de la forteresse.

Avant que ses yeux ne s'habituent à la pénombre, une odeur abominable lui retourna l'estomac. Une nausée fulgurante remonta le long de son œsophage, emplit sa bouche de salive et d'un goût acide. Jamais ses narines n'avaient connu de pareils assauts. Il plaqua sa main contre son visage dans l'espoir de s'en protéger, mais c'était peine perdue.

Dans l'obscurité de la geôle, un halo apparut, puis un second. Sébastien s'approcha de la source lumineuse et reconnut le teint cireux de Parisot, dont les ombres cauchemardesques riaient au-dessus de la flamme d'un falot.

Pétrifié, l'herboriste n'osait pas parcourir du regard la salle qui s'éclairait. Un frisson glacé descendit le long de sa colonne vertébrale. Il savait. Ce lieu, c'était bien le dernier endroit de la capitale qu'il eût envie de visiter. Et même s'il conservait les yeux rivés sur le commissaire, il sentait la présence des corps graviter autour de lui, leurs membres en décomposition s'immisçaient dans son esprit à chaque effluve, au moindre courant d'air vicié. Une crampe d'estomac le plia en deux. Il lutta pour ne pas rendre le déjeuner de Mme Godart ; pas devant Parisot, il ne voulait pas lui donner cette satisfaction.

Le ricanement du commissaire rebondit sous la voûte épaisse.

— Vous verrez, on finit par s'y habituer ! Allons, venez ! J'aimerais vous montrer quelque chose.

Les nausées de Sébastien s'intensifièrent. Il lui avait suffi de se tourner de quelques degrés pour entrevoir la jambe bleuâtre d'un noyé, dont l'épiderme réfléchissait la lumière terne qui filtrait à travers les soupiraux. Malgré son dégoût, il se força à avancer dans la direction de Parisot, espérant ne pas tourner de l'œil.

Le commissaire, comme d'habitude, se délectait de son malaise et de ses peurs. Puis, sans préambule, il lui indiqua une table sur laquelle se trouvait une silhouette recroquevillée. En apercevant le cadavre, figé dans cette position improbable, Sébastien ferma les paupières. Pourquoi Parisot l'obligeait-il à regarder ? Cherchait-il à le punir, ou obéissait-il à une pulsion malsaine ?

Conscient qu'il ne quitterait pas la geôle tant que le commissaire n'aurait pas eu ce qu'il voulait, il rouvrit les yeux.

Le spectacle lui donna un autre haut-le-cœur. Devant lui, un homme nu, jambes repliées, les cuisses plaquées contre l'abdomen, ficelé par une corde épaisse qui lui avait entaillé la peau. Mais le pire était sans doute le trou de trois pouces, incisé entre son anus et ses bourses, ainsi que l'instrument que l'on avait inséré dans sa verge et qui était encore en place.

Sébastien, livide, avait les mains froides et ne sentait plus ses doigts. Il renifla bruyamment.

— C'est… une nouvelle victime ?

— Perspicace, mon cher, comme toujours ! Il semble que notre apprenti chirurgien ait repris du service. Nous avons retrouvé le corps ce matin dans une bâtisse abandonnée, située non loin du Jardin du Roi. L'expert du Châtelet n'a pas encore eu le temps de l'examiner. Il ne devrait plus tarder.

Parisot contourna la table et approcha son visage des parties génitales de la victime.

— On a voulu lui ôter un calcul. Pour cela, notre homme a placé une sonde dans la verge afin de le repérer, puis il a incisé à cet endroit pour sortir la pierre de la vessie.

Étonné par les connaissances du commissaire, Sébastien oublia un temps l'horreur que lui inspirait cette opération ratée.

— On croirait que l'art de la chirurgie n'a aucun secret pour vous, risqua-t-il.

Cette boutade aurait été du plus bel effet si un énième réflexe nauséeux ne l'avait vidé de ses dernières couleurs.

— Que Dieu m'en garde ! Mais j'ai un frère, voyez-vous, qui est chirurgien, il tient une échoppe non loin de La Rochelle, et s'est toujours passionné pour cette opération. J'ai appris deux-trois choses à son contact. (Il soupira.) En tout cas, notre homme n'est pas très talentueux, ses patients ont tous succombé. À moins que certains aient survécu et que l'information ne soit pas parvenue jusqu'à nous. Alors, monsieur de Noilat, que devrais-je faire selon vous ?

Redoutant un piège, Sébastien pesa ses mots.

— Je serais bien mal avisé de vous donner des conseils. Avez-vous interrogé le médecin, Thomas Chalvron ?

— Nous l'avons fait. Il a tout avoué.

— Avoué ? Les crimes ?

— En effet. Il a admis être à l'origine de cette série d'opérations meurtrières, orchestrées dans le seul but de s'exercer.

Dans la poitrine de Sébastien, un poids s'envola. L'histoire résolue, il pouvait reprendre le cours de sa vie et laisser tout cela derrière lui.

— Je suis heureux que tout ceci prenne fin, murmura-t-il.

Après un long silence, le commissaire s'approcha de Sébastien, si près que ce dernier put sentir les relents de son haleine, et les jugea assortis à la putréfaction ambiante.

— Il y a toutefois un détail fâcheux que je me dois de souligner. Même si le chirurgien du Châtelet n'a pas encore examiné le corps, le dernier meurtre a été commis après que Chalvron est passé aux aveux. C'est une certitude ! Autrement dit, il n'a pas pu ouvrir la vessie de ce pauvre diable.

— Mais… dans quelles circonstances a-t-il avoué ? Vous l'avez torturé !

— Ce sont les risques du procédé. Certains préfèrent avouer pour que la douleur cesse. Je me garderai bien d'émettre le moindre jugement. Je ne sais pas comment je réagirais moi-même dans une telle situation. Et vous ? Seriez-vous de ceux qui avouent pour ne plus souffrir ? Ou la souffrance vous semble-t-elle préférable plutôt que de salir votre honneur ?

Le sourire de Parisot s'étira.

Sébastien recula. Le commissaire l'avait fait venir pour le forcer à parler. Les cadavres, cet ignoble endroit, il voulait l'effrayer, et – il fallait bien l'admettre – son manège fonctionnait à merveille. Son cœur battait la chamade, de la sueur lui inondait le dos, tandis qu'à l'intérieur de ses jambes flageolantes, il lui semblait que ses os avaient ramolli.

— Cet homme, souffla-t-il. Avait-il des dettes ?

— Nous ne l'avons pas identifié, mais si j'en crois les vêtements élimés que nous avons retrouvés à proximité du corps, la fortune ne lui avait pas encore souri.

Parisot marqua une pause.

— J'imagine que vous savez comment on nomme cette opération, reprit-il en désignant le cadavre de l'index. La lithotomie.

Sébastien manqua s'étouffer. Pourquoi ne le voyait-il que maintenant ? La lithotomie était la démonstration que Dionis projetait de réaliser. Il l'avait annulée à la dernière minute pour apaiser les tensions entre médecins et chirurgiens.

L'herboriste disséqua les confins de sa mémoire. S'il savait pour la lithotomie, c'est parce qu'il avait assisté aux échanges entre Dionis et Daquin, parce que Mathieu Brisseau, avant de partir, avait demandé au maître chirurgien quel devait être le contenu de la leçon. Ses mâchoires se contractèrent. Brisseau. Encore lui ! Même si Sébastien voulait croire à son innocence, la coïncidence était troublante.

À ce moment-là, ils étaient trois, Charles, Brisseau et lui.

Le commissaire, lassé des réflexions silencieuses de l'herboriste, réprima un bâillement. Il avança ensuite de quelques pouces et demanda d'une voix douceâtre :

— Qui était au courant du contenu de la démonstration ? Vous le savez, n'est-ce pas ?

Sébastien songea à Brisseau. Que se passerait-il s'il disait la vérité ? Il l'imaginait sans peine. Parisot allait arrêter le chirurgien, le rudoyer jusqu'à recueillir ses aveux, qu'il obtiendrait probablement ; Brisseau n'était pas un téméraire. S'il était innocent, on l'accuserait à tort, comme Chalvron, puis on l'exécuterait dans la foulée, à moins que le véritable meurtrier ne récidive à temps.

— Je n'en sais rien, affirma-t-il. Mais je pourrais poser la question à M. Dionis.

— Faites attention, Noilat. Jusqu'à présent, je me suis montré d'une grande courtoisie à votre égard. Si j'apprends que vous me cachez des choses, vous irez moisir dans l'une de nos cellules spéciales, celles que l'on réserve aux invités de marque. J'espère que je me suis bien fait comprendre.

Sébastien, terrifié, secoua la tête.

— Bien, reprit le commissaire. Allez retrouver vos petits camarades, continuez à poser des questions et rapportez-moi tout ce que vous apprenez. J'ai la conviction que l'assassin évolue dans votre entourage direct. Il est probablement l'auteur du billet qui dénonçait Thomas Chalvron. Pour une raison que j'ignore, c'est à vous qu'il a choisi d'adresser ce message. Mais n'ayez crainte, il ne vous voit pas comme une menace. Je gage que vous feriez déjà partie de ses patients si c'était le cas ! Je vous enverrai une copie de mon rapport quand je connaîtrai l'identité de la victime.

En songeant qu'il côtoyait le tueur, peut-être tous les jours ou presque, Sébastien sentit la peur se ficher dans son ventre comme une épée chauffée à blanc.

— Et Chalvron ? Qu'en avez-vous fait ?

— Oh, nous allons le libérer. Il faudra probablement le dédommager ; autrement, sa famille aura tôt fait de se plaindre du traitement que nous lui avons réservé.

Parisot recula d'un pas et prit soudain un air sérieux, empli d'une certaine gravité, ce qui, chez ce drôle de personnage, était assez rare pour être souligné.

— Je compte sur vous, Noilat. Ne me décevez pas.

Avant de partir, il promena son falot à travers la salle, projetant sur les parois de pierre des ombres sépulcrales.

Cinquième démonstration

La trépanation

« On doit avoir préparé ces instruments dans une chambre voisine en les arrangeant dans un bassin, ou dans un plat sur lequel on aura étendu une serviette ployée, et les recouvrant d'une autre serviette avant que de les apporter dans la chambre du blessé, afin qu'il ne soit point effrayé à leur aspect[1]. »

FIGURE XXXI. POUR LE TREPAN.

1. Pierre Dionis, *Cours d'opérations de chirurgie…*, *op. cit.*, p. 431.

1.

Dans la pénombre de sa chambre, Sébastien examinait les notes succinctes que lui avait adressées Parisot. Le rapport, d'une pauvreté affligeante, écrit à la hâte, donnait raison aux détracteurs du commissaire, ceux qui le disaient incompétent, et arracha de nombreux soupirs de frustration à l'herboriste solognot. Qu'attendait-on de lui ? Il n'en avait pas la moindre idée. Trouver des témoins, les interroger ? Ce ne pouvait tout de même pas être de son ressort. Il n'était ni policier ni magistrat, n'avait aucune connaissance à Paris, hormis les quelques personnes qu'il avait rencontrées depuis son arrivée.

Après son entrevue dans les geôles du Châtelet, dans la salle où l'on entreposait les cadavres, ses nuits avaient cessé d'être un refuge. Peuplées de silhouettes inquiétantes, de fantômes – ceux des noyés que l'on repêchait dans la Seine – et de tout l'appareil du chirurgien – pinces, crochets, tenailles, lames affûtées –, elles le tourmentaient plus qu'autre chose.

La journée, il redoutait de croiser Mathieu Brisseau. Le doute s'était insinué dans son esprit, et il n'était pas certain de savoir le cacher en sa présence. Il lui arrivait d'attendre en haut de l'escalier, l'oreille tendue, avant de se décider à passer devant sa chambre.

Sébastien feuilleta une dernière fois les notes du commissaire pour s'assurer qu'aucun détail ne lui avait échappé. La victime souffrait d'une pierre dans la vessie. Le chirurgien tueur la lui avait ôtée grâce à la méthode dite « du grand appareil », ainsi nommée parce qu'elle nécessitait quantité d'instruments et de matériel. Pour être réalisée convenablement, elle exigeait aussi l'aide de plusieurs assistants, ce qui semblait ne pas avoir été le cas. L'expert du Châtelet attribuait l'échec de l'opération à la maladresse de son exécutant, ainsi qu'aux conditions précaires dans lesquelles on l'avait réalisée.

Quant à la victime, l'homme était limonadier de profession, il laissait derrière lui une femme et trois enfants à qui il n'avait pas donné signe de vie depuis six mois. D'après la veuve, il n'avait plus d'argent pour nourrir sa famille et avait préféré prendre la fuite plutôt que d'assumer ses responsabilités, lâche et bon à rien qu'il était ! Cette soudaine difficulté financière, même si rien ne permettait de l'affirmer avec certitude, pouvait être le résultat d'une passion déraisonnée pour le jeu. En tout cas, la veuve avait l'air de le penser, sans pouvoir nommer les établissements de débauche où son mari avait l'habitude de se rendre.

Sébastien, n'ayant pas la moindre envie de retourner jouer les apprentis limiers dans un repaire de crapules, n'était pas mécontent du peu d'éléments dont disposait Parisot. À dire vrai, il réfléchissait à une manière de le satisfaire ; remplir sa mission en apparence, sans risquer de s'attirer des ennuis. Interroger Dionis à la vue de tous, cela suffirait-il à convaincre le commissaire de sa coopération ?

L'herboriste se laissa tomber contre le dossier de sa chaise. Le meurtrier s'en prenait à des endettés. Parfois il s'agissait de véritables malades : le limonadier et le marchand de vin entraient dans cette dernière catégorie. Pensait-il faire preuve de charité en s'exerçant sur eux ?

Était-ce au contraire une façon de les punir ? Ou tout cela n'était-il que le produit du hasard ? Pour Gaspard de Jussieu, issu d'un milieu aisé et en parfaite santé selon ses amis, cela ne collait pas. En outre, si le meurtrier était joueur lui-même, il repérait sûrement ses victimes sur les lieux qu'il fréquentait.

Las d'échafauder des théories incertaines, sans preuves ni indices pour les étayer, Sébastien se leva, dissimula le rapport de Parisot sous son matelas et replongea dans son papier sur l'ergot de seigle. Après plusieurs nuits de travail, auxquelles il s'était astreint pour échapper aux cauchemars et aux punaises, il avait bien avancé. Le résultat était à la hauteur de ses espérances. Concis, argumenté, intelligible. Avec un peu de chance, il retiendrait l'attention de Denis Dodart.

Un mélange de peur et d'excitation se répandit dans ses veines. Que penserait le botaniste en recevant sa missive ? Trouverait-il la démarche déplacée ? Grotesque ? Le cas échéant, Sébastien n'aurait plus qu'à retourner se cacher dans sa Sologne natale, le temps d'oublier l'humiliation. Après tout, n'était-ce pas ce qu'il souhaitait depuis son arrivée ? Rentrer chez lui.

Non. En vérité, il n'était pas prêt à renoncer ; ce qu'il voulait, c'était travailler la botanique aux côtés de savants qui partageaient sa passion. Comme Charles. Son village ne lui suffisait plus et, s'il y retournait maintenant, il conserverait ce goût d'inachevé jusqu'à sa mort.

Déterminé à ne plus baisser les bras, Sébastien se leva et prépara le pli pour Denis Dodart. Quand il eut terminé, il glissa à pas feutrés jusqu'à la cage d'escalier. Ne détectant aucun bruit, il descendit les marches avec la prudence de l'appréhension. Par chance, le chirurgien était absent.

Il s'apprêtait à poursuivre sa route quand, traversé par une idée, il se figea. Dans la chambre de Brisseau, les livres, la correspondance, les vêtements, tout gisait çà et là, souvent à même le sol. Il lui suffisait de jeter un coup d'œil. Fouiller n'était même pas nécessaire, tout était déjà étalé, offert à sa vue.

Tenté une fraction de seconde, Sébastien se ressaisit. Il avait la ferme intention de ne plus prendre aucun risque ; or, celui que Brisseau le surprît lui semblait trop important. En outre, le chirurgien éparpillerait-il ses affaires de la sorte si elles abritaient quelque chose de compromettant ?

En colère contre lui-même, il se hâta de sortir.

Lettre à Charles

Le 12 août 1662

Je ne pensais pas que la botanique me plairait autant. L'apothicaire chez qui j'effectue mon apprentissage est un excellent professeur. Il me traite bien. C'est un homme passionné dont l'étendue des connaissances ne cesse de me surprendre. Je doute de pouvoir l'égaler un jour. Il me faudrait plus d'une vie pour acquérir tout ce savoir. Il me tarde cependant de terminer ma formation. Pour l'instant, je n'ai pas pour ambition de tenir boutique. Même si je suis heureux d'apporter mon aide aux habitants de cette ville, j'aimerais être capable d'enseigner et de publier mes propres ouvrages de botanique. J'ai commencé à constituer un herbier. Je dois également t'annoncer que mon père est mort. C'était il y a trois semaines. Je sais qu'il n'était guère favorable à ce que je suive cette voie. Il aurait préféré que j'embrasse une carrière ecclésiastique. Mais il m'appartient désormais de décider.

Tu dois me trouver bien changé.

Alexandre poursuit son apprentissage. Il s'en sort fort bien. Le chirurgien qui l'a pris sous son aile ne tarit pas d'éloges à son égard. Nul doute qu'il finira par obtenir la maîtrise.

2.

Sébastien avait promis à Charles de le retrouver à l'heure du déjeuner avant d'assister à la prochaine démonstration de chirurgie au Jardin du Roi. Il se sentait aussi anxieux qu'impatient. Depuis leur escapade chez Chalvron, ils ne s'étaient pas revus et, malgré leurs différends au sujet de l'enquête de Parisot, son ami lui manquait.

En arrivant chez le botaniste, il constata non sans amertume que Gardane était présent, lui aussi, et que son regard noir corbeau n'avait rien perdu de son âpreté.

Tôt ce matin, Charles avait acheté de la viande au marché, puis il l'avait confiée à un rôtisseur afin qu'il leur prépare de quoi se sustenter. Sébastien remercia son ami d'un signe de tête et commença à manger, gêné par le silence pesant qui s'installait. Heureusement, Charles se chargea de le rompre.

— Je suis étonné que tu aies accepté mon invitation. Je pensais que tu ne souhaitais plus retourner au Jardin du Roi pour ne pas te mêler, de près ou de loin, à l'enquête en cours.

Le ton accusateur ébranla Sébastien.

— Je suis navré, dit-il. Après l'irruption de Parisot chez Chalvron, j'ai pris peur.

Charles, comme s'il était incapable d'être désagréable plus d'une seconde, se radoucit aussitôt.

— Allons, n'en parlons plus ! Et puis tu n'avais pas tort. Nous avons eu de la chance de ne pas avoir d'ennuis après ça. Une chose est sûre : si c'était à refaire, je ne recommencerais point. D'autant que le commissaire est arrivé après nous. Il aurait certainement fouillé la bibliothèque et trouvé la lancette. Nous avons fait cela pour rien !

— Une chance que Chalvron soit coupable. Nous allons pouvoir oublier cette histoire, intervint Gardane. Tu devrais te concentrer sur ton travail au lieu de courir après toutes les distractions qui passent.

Sébastien manqua s'étrangler. Il n'avait nulle envie de contredire un homme comme Gardane, mais ses valeurs lui intimaient de rétablir la vérité.

— En réalité, il ne l'est pas.

— Pardon ?

L'herboriste se racla la gorge.

— Chalvron n'est pas coupable. Il a avoué les meurtres sous la torture, cela ne signifie rien. De plus, le véritable assassin a récidivé. Parisot n'a pas eu d'autre choix que de le relâcher.

La nouvelle ne parut pas étonner Gardane, qui s'enferma dans ses réflexions, le regard perdu dans le contenu de son repas auquel il n'avait pas touché. Charles, en revanche, avait l'air stupéfait.

— Un nouveau meurtre ? Mais la dernière leçon de Dionis n'a pas eu lieu ! Si c'est un imitateur, de quoi a-t-il pu s'inspirer ?

— C'est justement ça, le problème. Il s'est bel et bien inspiré du cours annulé. Il a pratiqué une lithotomie. Précisément ce que Dionis avait prévu de nous montrer ce jour-là. Il l'a mentionné devant nous.

Sébastien préféra taire ses soupçons au sujet de Brisseau, mais il vit à l'expression du botaniste que ses pensées avaient pris le même chemin.

— Il nous faudrait découvrir qui était au courant, soupira Charles. C'est forcément quelqu'un qui évolue dans l'entourage de Dionis.

En entendant ces mots, Gardane entra dans une de ces colères dont il avait le secret et qui, si elles restaient impressionnantes, ne surprenaient plus personne.

— Quand vas-tu faire preuve d'un peu de bon sens ? On t'a retrouvé chez Chalvron ! En flagrant délit ! Cela ne te suffit pas ? Ne vois-tu pas qu'il faut te faire oublier ? Quant au commissaire Parisot, il se joue de vous. Pourquoi confierait-il ses découvertes à Sébastien ?

Même s'il partageait son opinion, Sébastien ressentit un pincement au cœur. Il n'était peut-être qu'un vulgaire herboriste de province, mais il avait sa fierté. Feignant d'ignorer la condescendance du chirurgien, il expliqua sur un ton détaché :

— Parisot a insisté pour que je lui transmette toutes les informations en ma possession et que je m'efforce d'en réunir. Ses menaces étaient à peine déguisées. Je n'ai pas le choix. C'est pour cette raison que je compte assister aux démonstrations à venir et garder l'œil ouvert, jusqu'à ce que le coupable soit arrêté.

— Parisot est un imbécile, maugréa Gardane. Je te souhaite bien du courage.

Comme à son habitude, il se leva, descendit en toute hâte et claqua la porte de l'écurie. Après son départ, Charles s'empressa de tempérer la réaction de son ami et de brosser de lui un portrait flatteur qui, selon Sébastien, n'avait pas grand-chose à voir avec la réalité.

— Ne le prends pas mal, ce n'est pas contre toi. Alexandre s'inquiète des répercussions de ces horribles meurtres sur le Jardin du Roi. La faculté de médecine s'est emparée de ce prétexte et tente par tous les moyens de mettre fin aux démonstrations de chirurgie. Une leçon doit avoir lieu tout à l'heure, mais nous ne sommes pas certains que Dionis recevra l'autorisation de disséquer.

— C'est pour cette raison qu'Alexandre rencontre le Premier médecin du roi ?

Charles haussa les épaules.

— Je lui ai demandé ce qu'il faisait aux côtés d'Antoine Daquin, mais il n'a rien voulu me dire. Alexandre a toujours été très secret, même pour ses amis. Il parle peu, prend ses décisions sans consulter personne. C'est un solitaire. Ne le juge pas trop sévèrement. Nous avons tendance à valoriser les personnalités démonstratives, et nous demandons aux taciturnes de changer afin qu'ils nous ressemblent. Pourquoi ne pas simplement accepter nos différences ? Malgré nos caractères opposés, Alexandre et moi partageons des valeurs communes.

Pour ne pas blesser le botaniste, Sébastien se contenta d'acquiescer. Au fond, la réserve et les silences du chirurgien ne le dérangeaient pas. Lui-même n'était pas un grand expansif. La vérité ? Il ne parvenait pas à lui accorder sa confiance et, chaque fois qu'il croisait son chemin, il frissonnait des pieds à la tête, parcouru par un mauvais pressentiment.

3.

Alors qu'ils marchaient d'un bon pas, rue Saint-Victor, Sébastien se retourna à trois reprises, jetant un œil fiévreux derrière lui. Depuis quelque temps, il avait constamment l'impression d'être suivi. Il n'avait pas osé s'en ouvrir à Charles, car il redoutait ses moqueries et manquait de certitudes. Il commençait même à accuser son cerveau de se jouer de lui, d'amplifier ses peurs pour le forcer à rentrer chez lui, en Sologne.

Charles ne semblait rien noter d'anormal. Il avançait, tout sourire, abordant les sujets qui lui passaient par la tête. Ses cheveux blonds repoussaient le brouillard persistant du début d'après-midi comme une intarissable et joyeuse lanterne.

— Crois-tu que Brisseau sera présent ? demanda-t-il, sans se défaire de sa bonne humeur.

Celle de Sébastien s'assombrit d'un coup.

— Je suppose.

Retourner au Jardin du Roi exigeait de lui un sang-froid qu'il ne pensait pas détenir. S'il avait accepté d'accompagner le botaniste, c'était uniquement pour contenter le commissaire Parisot qui, derrière ses sourires gâtés, semblait capable du pire et, comme si ce n'était pas suffisant, paraissait faire une fixation sur sa personne. Que lui voulait-il à la fin ? Ne voyait-il pas qu'il n'était qu'un herboriste avec peu de fortune et une ambition trop lourde à porter ? Comment pourrait-il découper un être humain, alors que la seule vue d'un cadavre lui mettait le cœur au bord des lèvres ? Mais peut-être était-ce cela que Parisot avait voulu vérifier.

Lorsqu'ils approchèrent de leur destination, une clameur particulière agitait le faubourg. Des jeunes hommes décidés, par centaines, menton levé, étaient venus défendre leur profession contre celle qui la menaçait. S'ils suivaient des préceptes différents, les étudiants de Saint-Côme[1] et ceux de la rue de la Bûcherie[2] partageaient un même objectif : faire plier la partie adverse. Des disputes éclataient déjà parmi la foule compacte qui, une fois encore, empêchait les chariots de se frayer un passage.

Charles, étonné par ce spectacle, se tourna vers son ami.

— Fichtre ! Tout ce petit monde ne tiendra jamais à l'intérieur de l'amphithéâtre ! Avec un tueur dans les parages, je redoutais une baisse de fréquentation. Mais on dirait qu'il n'en est rien. Regarde ! Tous ceux-là attendent dans l'espoir de pouvoir entrer.

Sébastien fronça les sourcils.

— Tu as raison. Les émeutiers ne sont pas plus nombreux ; les spectateurs en revanche se sont multipliés. N'ont-ils pas conscience qu'un meurtrier se cache parmi eux ? Ce n'est pourtant un secret pour personne. Toute la ville est au courant. Même Mme Godart ne parle que de ça.

— Bien sûr qu'ils le savent. Sébastien, es-tu donc si naïf ? Ils sont ici pour ça ! C'est la curiosité qui les pousse

1. À Paris, la communauté des chirurgiens était placée sous la protection de saint Côme et de saint Damien.

2. Le siège de la faculté de médecine se trouvait rue de la Bûcherie.

à venir assister aux démonstrations. Ils veulent voir par eux-mêmes et, demain, affirmer qu'ils y étaient. Nous aurons du mal à trouver une place et la situation n'est pas près de s'arranger.

Sébastien fixait la chaussée noire de monde avec perplexité. Pourquoi ses semblables aimaient-ils aller au-devant du danger ? Au vu des récents événements, la logique aurait plutôt commandé de s'éloigner de cet endroit. Or, dans le cas présent, la logique n'avait que peu de succès face à la perspective, ô combien plus excitante, de rencontrer sans le savoir le chirurgien tueur. À croire que tous les amateurs de théâtre, lassés par la fiction, s'étaient donné rendez-vous là afin de prendre part au vaste drame qui était en train de se jouer.

— Si le coupable est un médecin qui souhaite jeter l'opprobre sur le Jardin du Roi, il ne s'avisera pas de recommencer. Je dirais même qu'il a lamentablement échoué, se réjouit le botaniste.

— Les meurtres ne profitent pas à la Faculté, murmura Sébastien, songeur. En vérité, ils font les affaires du Jardin du Roi.

— Attends, tu ne penses tout de même pas qu'un chirurgien aurait eu cette idée pour attirer les foules ?

Sébastien haussa les épaules.

— Pourquoi pas ? J'ai entendu dire que Daquin, le Premier médecin, ne cessait d'intriguer pour servir ses intérêts et pour discréditer la Faculté.

— C'est vrai, mais de là à fomenter une machination aussi sordide, aux retombées plus que hasardeuses, tu t'entortilles la cervelle ! Pouvait-on réellement prévoir que les meurtres déclencheraient un tel engouement ? Pardonne-moi de te le dire, mais tu fais fausse route.

La larme à l'œil, Charles éclata de rire. En le voyant hilare, Sébastien finit par douter de son raisonnement et se sentit stupide. Entre ses déductions extravagantes, dignes d'un dramaturge, et son impression constante d'être suivi, n'était-il pas en train de perdre pied ? En Sologne, Sébastien de Noilat n'était pas quelqu'un de méfiant, il accordait facilement sa confiance. Où était passé cet homme-là ? La ville l'avait-elle changé à ce point ?

Las de rester à l'écart, le botaniste l'entraîna à travers la foule. Les jeunes médecins venus pour s'opposer à la démonstration de chirurgie, en infériorité numérique, peinaient à se faire entendre.

Derrière la grille du Jardin du Roi, des silhouettes hésitantes contemplaient le tumulte à bonne distance. « Qu'est-ce que vous attendez ? » cria un chirurgien à pleins poumons. Le mécontentement grandissait dans les rangs à mesure que la crainte d'une annulation enflait.

Enfin, un messager arriva au trot et tous s'écartèrent pour le laisser passer. Les employés du Jardin, réticents à l'idée d'ouvrir la porte et au fait que les émeutiers pénètrassent à l'intérieur de l'enceinte, lui demandèrent de glisser sa missive entre les barreaux. S'ensuivit une interminable attente. Sébastien jetait des regards inquiets autour de lui. À sa droite, il avait reconnu Alexandre Gardane. Non loin derrière se tenaient aussi Mathieu Brisseau, et, pour la première fois, le commissaire Parisot. L'herboriste fut soulagé de le savoir présent, d'autant qu'il était accompagné d'un petit groupe d'archers.

Un grincement familier retentit dans le tumulte, suivi par les acclamations des chirurgiens en liesse, gagnés par une soudaine ferveur collective. Ainsi, la démonstration allait avoir lieu. Dépités, les médecins décampèrent sous les huées et quelques jets de pierres qui furent, fort heureusement, anecdotiques.

Dressé sur la pointe des pieds, Sébastien se demanda si l'accès à la cour du Jardin n'allait pas causer de nouveaux désordres. Les plus impatients ne risquaient-ils pas de bousculer leurs camarades, emportés par la fièvre et l'excitation ? Déjà, dans son dos, la pression s'intensifiait, et il sentait monter l'angoisse qui le saisissait lorsqu'il s'aventurait dans des espaces trop exigus.

Sébastien sursauta quand il découvrit que Gardane s'était faufilé jusqu'à eux et se tenait maintenant à ses côtés. Son ossature gigantesque, complétée peut-être par quelques vertèbres supplémentaires, lui permettait de porter le regard au loin. Et la dureté de celui-ci dissuadait quiconque de le chahuter ; précaution que personne ne prenait avec Sébastien qui, comme la majorité des participants, était secoué dans tous les sens.

Charles se pencha vers Gardane.

— Je craignais que la démonstration ne soit annulée une nouvelle fois. Le lieutenant de police l'a autorisée ?

— Évidemment. Le roi est de notre côté, affirma Alexandre d'un ton implacable, comme s'il n'en doutait pas un seul instant.

Lorsqu'ils arrivèrent à l'intérieur de la cour, Sébastien prit une grande goulée d'air et s'arrêta le temps de savourer le sentiment de délivrance qui lui gonflait la poitrine. Gardane le réprimanda aussitôt :

— Dépêche-toi, ou tu ne pourras pas entrer dans l'amphithéâtre.

Exaspéré, le chirurgien repartit d'un pas vif, et Charles le talonna en faisant signe à l'herboriste de se hâter. Sébastien trotta pour les rattraper, regrettant de ne pouvoir contempler le jardin plus longuement. La quiétude brumeuse qui tombait sur ses allées, leur conférant un charme mystérieux, était plus attirante à ses yeux que les démonstrations de Dionis, faites de restes humains et d'instruments effroyables, dont on espérait ne jamais avoir besoin pour soi-même.

4.

À l'intérieur de la salle des écoles, les assises étaient déjà toutes occupées, ce qui força la majorité des spectateurs à rester debout. Sébastien parvint à se caler contre les boiseries des gradins. Gardane, qui pouvait aisément voir au-dessus de sa tête, se plaça juste derrière lui. L'herboriste n'était guère enchanté de le savoir aussi près.

Très vite, chaque espace vide fut comblé, on se serra, encore et encore. Même quand il semblait que plus personne ne pouvait entrer, certains jouaient des coudes et réussissaient à se faufiler dans l'assistance. Les plus hésitants durent néanmoins se résoudre à écouter la démonstration depuis le couloir. Seul Dionis avait assez d'espace autour de lui pour se mouvoir à sa guise. Avec sa perruque parfaitement poudrée, ses habits impeccables, il dégageait toujours autant d'assurance, mais ceux qui se tenaient assis aux premiers rangs purent constater qu'il avait le front plissé et soucieux.

Sébastien, sourcils froncés, le dévisageait avec attention quand quelqu'un le tira par le bras. L'homme avait une telle poigne qu'il l'entraîna en arrière. L'herboriste crut qu'il s'agissait de Gardane et contempla, étonné, la figure replète du commissaire Parisot, qui l'obligea à s'éloigner de ses camarades.

— Je suis ravi de vous voir ici, monsieur de Noilat. Il semble que vous ayez tenu compte de mes remarques.

— Je… je n'ai pas appris grand-chose, balbutia Sébastien. Je constate cependant que les crimes ne semblent pas profiter à la faculté de médecine, comme nous l'avons d'abord envisagé. La salle est comble. Finalement, le véritable gagnant n'est autre qu'Antoine Daquin.

Le commissaire passa ses doigts sur son menton.

— Intéressant. Vous êtes en train d'accuser le Premier médecin de Sa Majesté.

— Non. C'est que… il est probable que Dionis ait informé Daquin du contenu de ses démonstrations. Or, nous savons que le meurtrier était au courant pour la lithotomie.

— Et que proposez-vous ?

Désespéré par l'insistance de Parisot, Sébastien balayait l'assemblée du regard comme pour y trouver une échappatoire, quand une idée lui vint.

— Demandez à Dionis de modifier la démonstration qu'il a prévu de donner aujourd'hui. Il est encore temps. Ainsi, nous saurons si l'assassin est présent au sein de l'amphithéâtre. S'il ne l'est pas, il imitera la leçon d'origine.

— Ce n'est pas une mauvaise idée, je l'admets. Mais, vous l'avez dit vous-même, cette pièce est comble. Cela nous fait quantité de suspects !

— Nous devrions tenir un registre et noter les noms de toutes les personnes présentes au moment où elles s'apprêteront à quitter le Jardin.

Le commissaire soupesa la proposition une fraction de seconde, après quoi il laissa Sébastien en plan et se fraya un chemin jusqu'à Dionis.

L'herboriste desserra son col ; on aurait dit que quelqu'un refermait ses mains autour de son cou avec la ferme intention de l'étrangler. L'attitude de Parisot le déconcertait. Après lui avoir demandé son avis, voilà qu'il se mettait à suivre ses conseils. Sébastien avait la désagréable impression d'être un pion sur un vaste échiquier dont il ne cernait ni les contours ni la finalité, poussé dans une direction, puis ballotté dans une autre. Le sens de ces manœuvres lui échappait, et il commençait à douter des personnes qu'il côtoyait. Avait-il affaire à une lutte de pouvoir ? Charles, Gardane, Parisot, Brisseau... ne cherchaient-ils pas à le manipuler ? Et surtout, pourquoi se donnaient-ils cette peine ? Qu'avait-il fait pour atterrir au centre de ce bourbier ?

Le commissaire discutait avec Dionis à voix basse devant des centaines de spectateurs curieux qui tendirent l'oreille dans l'espoir de saisir des bribes de conversation, en vain. Les deux hommes échangèrent dans la plus grande discrétion, puis Parisot, les cheveux trempés de sueur, plaqués contre le haut de son crâne, sortit de l'amphithéâtre en bousculant sans ménagement tous les étudiants qui se trouvaient sur son chemin.

Dans la salle des écoles, les émanations en provenance de la table de dissection devinrent plus difficiles à soutenir pour Sébastien qui, cerné par la foule, avait au moins l'assurance de ne pas s'écrouler face contre terre en cas de malaise. Dehors, l'approche du printemps radoucissait les températures, et les observateurs qui occupaient l'espace disponible avaient réchauffé les lieux en quelques minutes. Dans un tel contexte, les corps ne restaient pas frais très longtemps. À la fin de la démonstration, ils empestaient, malmenant les odorats les plus délicats. Bientôt, il faudrait renoncer aux dissections ; pour les pratiquer de nouveau, on attendrait la rigueur de l'hiver, propice aux anatomistes.

— Messieurs, avant que nous entamions cette démonstration, j'ai une information importante à vous communiquer, commença Dionis. Vous n'êtes pas sans savoir que de tragiques événements ont bien failli nous empêcher de nous retrouver ici aujourd'hui. Heureusement, grâce au soutien de Sa Majesté, nous avons reçu l'autorisation de poursuivre nos démonstrations. Afin de nous prémunir contre les accusations calomnieuses formulées contre nous, M. Parisot, commissaire au Châtelet, et moi-même avons décidé que le nom des participants devrait être inscrit à chaque séance dans un registre présent à l'entrée du bâtiment. Je vous remercie pour votre compréhension. Il ne s'agit pas de surveiller vos faits et gestes, mais de montrer que nous n'avons rien à nous reprocher.

Une vague d'approbation parcourut les rangs, certains étudiants applaudirent, d'autres brûlaient d'interroger Dionis sur le meurtrier qui l'imitait à la nuit tombée, mais le maître chirurgien, inflexible, les réprimanda avec fermeté.

— Je ne m'étendrai pas davantage sur le sujet. Nous avons perdu assez de temps pour nous répandre en bavardages, ce n'est ni le moment ni le lieu. Revenons plutôt à ce qui nous préoccupe : la chirurgie. Le cours d'aujourd'hui portera sur le trépan, une opération qui consiste à ôter une partie du crâne. Avant d'entamer la démonstration, je souhaite préciser que sa réussite dépend certes de l'habileté de celui qui la pratique, mais aussi de l'endroit où le patient effectue sa convalescence. À Versailles, le trépan est assez heureux, presque plus personne n'en meurt. À l'Hôtel-Dieu, en revanche, la situation est fort différente. Beaucoup succombent à cause de l'infection de l'air qui cause la pourriture de la dure-mère. Nous devrions d'ailleurs suggérer aux administrateurs d'éloigner les blessés à la tête en les installant dans un faubourg de Paris, cela nous permettrait d'en sauver beaucoup.

Dionis s'approcha de la table de dissection, s'empara d'un instrument au bout duquel était fixée une scie ronde, et reprit d'une voix claire :

— Avant de faire quoi que ce soit, je conseille de préparer le matériel dans une pièce voisine et de le couvrir d'une serviette pour ne pas effrayer le blessé. Les cheveux du chirurgien doivent être liés en arrière et, pour les porteurs de perruque, il faudra la retirer afin de ne pas être incommodé par cette dernière. Pour provoquer moins de douleurs au patient, on bouchera ses oreilles avec des boules de coton ou de charpie.

En voyant Dionis appliquer sa scie circulaire sur le cadavre, Sébastien détourna le regard.

— De la main droite, on tourne du côté opposé aux dents. Vous devez d'abord pivoter doucement pour que la couronne entre dans l'os, et accélérer par la suite. Le tout sans donner de secousses.

Dans la pièce silencieuse, on n'entendait que le crissement du crâne que le chirurgien était en train de découper.

— Après avoir retiré la pyramide, disait Dionis, on continue de tourner jusqu'à ce que la sciure prenne une teinte rougeâtre.

Fascinés par le spectacle, les voisins de Sébastien avaient les yeux grands ouverts et en oubliaient de cligner des paupières. L'herboriste, lui, préféra observer les étudiants, car la démonstration de Dionis le plongeait encore une fois dans un grand inconfort. Les sons, les explications… S'il avait pu attraper deux morceaux de charpie, il les aurait volontiers insérés dans ses oreilles pour se soustraire à l'horreur du trépan.

Alors que les autres se dévissaient la tête pour mieux voir, se penchaient vers leurs camarades, la longue silhouette de Gardane, dressée au milieu de cet océan d'agitation, ne bougeait pas d'un pouce, telle une statue dotée d'une structure métallique fixée à même le sol. Sébastien l'imaginait en train de grincer des dents, pestant intérieurement contre ceux qui perturbaient un peu trop la leçon à son goût.

Quand Dionis acheva de parler du trépan et de la bonne façon de panser le blessé, il profita du cadavre pour aborder les opérations pratiquées sur l'œil et la paupière. Sébastien décida qu'il était temps pour lui de s'éclipser. Il ne servait à rien d'attendre la fin de la séance : Dionis était toujours assailli par une kyrielle de zélés qui ne quittaient pas la salle avant d'y avoir été forcés. Et, même si l'herboriste parvenait à l'approcher, le maître chirurgien aurait tôt fait de le mettre à la porte en comprenant que sa question avait un lien avec le tueur.

Sébastien essuya la sueur qui coulait sur ses tempes et se fraya un chemin à travers la masse des étudiants. Certains s'écartèrent diligemment, d'autres s'agacèrent de le voir partir en pleine démonstration. Pour qui se prenait-il celui-là ?

Tête basse, l'herboriste s'extirpa de la foule. Tandis qu'il remontait le couloir désert qui menait à l'entrée du château, le soulagement déferla dans son organisme contracté.

Aux murs, une succession de peintures à l'huile, sombres et austères, rythmait sa progression vers la sortie ; des portraits d'hommes de science aux cols impeccables, qui le dévisageaient avec insistance et qui sans doute lui reprochaient de prendre la fuite.

Alors qu'il avançait, ragaillardi, Sébastien rencontra Parisot, qui avait fait installer un secrétaire au milieu du couloir pour relever le nom des participants avant qu'ils s'en aillent. Debout, le commissaire tapotait sur l'épaule d'un jeune homme hésitant, réquisitionné pour noircir le registre de fortune, composé de feuilles volantes reliées entre elles par une ficelle que l'on venait de nouer. De son autre main, il se tenait l'estomac, comme s'il craignait que celui-ci se décroche.

En apercevant Sébastien, son sourire s'élargit.

— Monsieur de Noilat, vous allez être le premier à inscrire votre nom. Puisque c'est votre idée, je suis certain que vous ne vous déroberez pas.

— Sébastien de Noilat, annonça l'herboriste au jeune homme à la plume qui, sous le regard du commissaire, traça chaque lettre avec la plus grande application.

— Allons, mon garçon ! le taquina Parisot. Il y en a cinq cents comme celui-ci qui vous attendent. Il va falloir se presser un peu.

L'intéressé s'empourpra, ses doigts tremblèrent, réaction dont le commissaire tira un plaisir sadique, avant de reporter son attention sur Noilat. Il l'attira à bonne distance du jeune homme, puis lui glissa à l'oreille :

— Dionis a accepté de se plier à notre combine. Il a modifié sa démonstration, personne d'autre n'est au courant. Il ne nous reste plus qu'à attendre le prochain cadavre !

Sébastien ne savait pas ce qui l'indignait le plus. Était-ce le « nous », que Parisot employait si fréquemment, ou l'idée qu'il faille attendre le prochain assassinat, les bras croisés, quitte à laisser un innocent se faire perforer le crâne par un amateur ? Pour un policier, le commissaire ne semblait pas accorder une grande importance à la vie de ses semblables. Sans doute était-il las de cette enquête qui, en s'éternisant, l'empêchait de se livrer à des occupations mieux rémunérées. Que faisait-il de ses journées ? Menait-il ses propres investigations ? Interrogeait-il des témoins ? Avait-il une stratégie pour arrêter le tueur ? Sébastien, qui peinait à l'imaginer en train de travailler, n'était guère optimiste et, curieusement, il éprouvait de la culpabilité. Il n'était responsable ni des actes du meurtrier ni de l'incompétence de Parisot, mais son esprit, en pleine confusion, lui soufflait que s'il n'agissait pas, personne d'autre ne le ferait. Pourquoi ne déployait-on pas davantage de moyens ? Des policiers, des mouchards ? Combien de victimes succomberaient-elles avant que le lieutenant de police ne décide de remplacer Parisot par quelqu'un de plus efficace ?

— Savez-vous à qui M. Dionis se confie sur le contenu de ses démonstrations ? s'entendit-il demander.

Le commissaire lui tapota l'épaule comme il l'avait fait avec le jeune homme quelques instants plus tôt.

— Je l'ai interrogé à ce sujet, voyez-vous. Selon lui, peu de personnes connaissent le sujet du cours avant que celui-ci n'ait lieu. Il n'a cité que deux noms : Antoine Daquin, le Premier médecin du roi, et celui qui l'aide régulièrement à préparer ses démonstrations, Alexandre Gardane. Qu'en dites-vous ?

Sébastien eut bien du mal à avaler sa salive. Son intuition était-elle la bonne ? Daquin tirait-il les ficelles pour faire la promotion du Jardin du Roi et affaiblir la Faculté ? Gardane, qui s'entretenait parfois secrètement avec lui, jouait-il un rôle dans toute cette affaire ?

— Daquin n'a pas assisté à la séance. Il ignore tout du changement que Dionis a apporté à son programme, à moins qu'on ne l'en informe. Si la prochaine opération est celle du trépan, nous saurons que le meurtrier ou son complice se trouvait dans l'assistance, souffla-t-il.

5.

À la lueur de deux chandelles disposées de chaque côté du lit, le praticien hésitait sur le choix de la couronne qu'il convenait d'employer. Comme il n'était toujours pas décidé après de longues minutes, il opta pour la taille intermédiaire et porta son regard sur la tête du patient.

Une vilaine plaie. Il fallait la soigner sans délai.

Ce coup, il avait dû l'administrer lui-même. Une part de lui regrettait de ne pas avoir déniché un meilleur candidat. Qu'importe, il se contenterait de celui-là. Un vaurien au crâne fracassé, cela ne courait pas les rues.

Tu es trop exigeant.

Avant de commencer, le praticien savoura chaque miette de silence, chaque battement de cœur. Cet instant suspendu, exaltant, pendant lequel il prenait conscience de ses propres organes et du mélange de peur et d'impatience qui les saisissait un à un.

En réalité, les conversations des clients et les éclats de voix tonitruants de l'aubergiste parvenaient jusqu'à lui, mais il avait appris à faire le vide. Une capacité qui lui permettait d'exercer son art un peu partout. D'ailleurs, il n'était pas contre un peu d'agitation : elle s'avérait très utile pour couvrir les gémissements, soupirs et autres manifestations indésirables qui s'échappaient des bâillons.

Il ne voulait pas les entendre.

Des vauriens couverts de dettes, voilà ce qu'ils étaient, du moins pour la plupart. Des êtres condamnés, même s'ils ne le savaient pas encore. Tôt ou tard, ils perdraient tout ce qu'ils possédaient, laissant derrière eux femmes et enfants.

Des égoïstes.

Le praticien détourna les yeux du patient inconscient. Au lieu de payer son repas, celui-ci avait promis à l'aubergiste qu'il s'acquitterait de sa note le surlendemain. Dans deux jours, un mois, la semaine prochaine… Tant de promesses non tenues. De mots prononcés à la légère.

Tous les mêmes !

La main du praticien se crispa autour du perforatif. Il récupéra ensuite la couronne, se dirigea vers le patient et l'appliqua sur la blessure. Il commença à la tourner de la main droite, doucement, pour permettre aux dents de creuser un premier sillon. Il appliqua une pression modérée, puis, se souvenant des recommandations du maître chirurgien, retira son instrument afin de l'ajuster pour la suite de l'opération.

Quand il fut prêt, les dents de la couronne s'enfoncèrent dans les os du crâne. Le praticien, secoué par une colère qu'il ne maîtrisait plus, tournait de plus en plus vite. Une sciure rougeâtre s'échappait du sillon et se logeait dans les cheveux du patient.

La pièce ne tenait presque plus. Bientôt, il serait temps de la lui ôter.

Le cerveau d'un vaurien.

Cette fois, tout se passait comme prévu. Satisfait, le praticien contempla le morceau d'os qu'il venait de retirer, puis il se dirigea vers la table sur laquelle il avait disposé son matériel. Il ne lui restait plus qu'à s'occuper du pansement.

La fierté lui arracha le début d'un sourire. Son père aurait été incapable de mener une telle opération de bout en bout.

Un vaurien, lui aussi.

Ils n'avaient décidément rien en commun.

6.

Quand il reprit connaissance, une douleur atroce le traversa, si grande qu'il regretta aussitôt de ne point être mort. Fébriles, ses paupières s'agitèrent. Ses yeux voilés de gris cherchaient la lumière avec l'énergie du désespoir, mais il demeurait aveugle. Pourquoi n'y voyait-il pas ? Dans ses oreilles, crissements, bourdonnements, craquements se succédaient, décomposés en un millier d'ondes de souffrance qui secouaient son crâne de leurs vibrations abominables.

Une lueur se glissa finalement entre ses cils, sans qu'il pût en déterminer l'origine. Il tenta de remuer et constata que ses poignets étaient retenus par des liens, ses chevilles aussi. Pris de panique, il tira à s'en brûler la peau, ses ongles s'enfoncèrent dans le creux de ses mains, son dos se cambra, et une nouvelle vague de souffrance lui perfora les tympans. Dans sa tête, il hurlait, mais c'était seulement dans sa tête. Ses dents se refermaient sur un morceau de bois et sa bouche était remplie d'un tissu épais qui l'empêchait d'émettre le moindre son ; lorsqu'il en prit conscience, une violente nausée lui brûla l'œsophage.

Son rythme cardiaque s'accéléra. Les sens brouillés, en pleine confusion, il éprouva alors une peur comme jamais il n'en avait connu auparavant. Une peur sauvage qui, au lieu de le clouer sur place, lui donna de la force. Il tira de plus belle, rassembla toute l'énergie dont il était capable pour remuer, convaincu que c'était là sa seule chance de survie : il devait fuir. Où se trouvait-il ? Il n'en avait pas la moindre idée et cela n'avait pas d'importance. Obéissant à des pulsions incontrôlées, il continua de se débattre. Les pulsations dans sa poitrine étaient si rapides qu'il douta un moment que ce fût les siennes. N'était-il pas tout simplement en train de mourir ?

Puis, alors qu'il commençait à perdre espoir, les liens qui le retenaient se rompirent. Derrière lui, il sentait la présence d'un inconnu, mais sa vue brouillée ne lui permettait pas de l'apercevoir. Il donna plusieurs coups de reins, tomba de la couche sur laquelle il était allongé et parvint à se mettre debout. Sous ses pieds, un dangereux roulis le privait de repères, et menaçait le peu d'équilibre qui lui restait. Une douleur lui transperçait la tête par intermittence, ne lui octroyant que quelques secondes de répit pour mettre un pied devant l'autre ; ce qu'il fit malgré tout, sans réfléchir.

Désorienté, il se rua vers la porte. Par chance, elle n'était pas fermée et céda sous les assauts répétés de son corps qui se jeta contre le battant. Alors qu'il chancelait dans un couloir envahi par des odeurs de viande et de romarin, il porta sa main à son crâne. Une substance visqueuse se colla sous ses doigts. Était-ce du sang ? Oui, il était forcément blessé.

Un nouvel étourdissement le plia en deux, mais il se ressaisit en entendant derrière lui les pas de l'inconnu, qui s'était lancé à sa poursuite. Pourquoi s'acharnait-on contre lui ? Qu'avait-il fait pour mériter un tel traitement ? Il fouilla sa mémoire, mais n'y releva aucun souvenir de la veille, rien que le vide absolu. Était-il seulement capable de rentrer jusque chez lui ? D'ailleurs, où était-ce, « chez lui » ? Il avait beau faire un effort, ses pensées sautillaient dans tous les sens, affolées par les battements de son cœur qui s'entêtaient dans une dangereuse escalade.

Il dévala les marches d'un escalier, dont les grincements détestables ravivèrent les bruits qu'il avait perçus en revenant à lui. Les lumières l'aveuglaient. Des formes mouvantes, privées de contours, dansaient devant ses yeux. Il naviguait dans un océan indéfini, où chaque son, chaque écho, chaque lueur le faisait terriblement souffrir, et où tout semblait en perpétuel mouvement. Les couleurs avaient disparu ; il ne restait que des taches brunâtres, beiges et grises, qui s'étiraient, grossissaient ou s'évanouissaient, sans logique apparente.

Pris de vertige, il luttait pour ne pas s'effondrer quand il pénétra dans la grande salle d'une auberge, où des stimuli l'agressèrent de tous les côtés. Il aurait voulu mettre ses mains autour de son crâne pour se protéger, pourtant, il craignait de tremper à nouveau les doigts dans la substance épaisse et gluante qui se substituait à sa tignasse un peu rêche.

Dans la pièce, des clients se levèrent précipitamment, certains se mirent à crier. « Pitié, voulait-il hurler, fermez-la, vous me faites un mal de chien », mais sa bouche, toujours prisonnière d'un bâillon trop serré, n'émit que des gémissements étouffés. À mesure qu'il titubait au milieu de ce brouhaha, la panique se généralisait.

Qu'avaient-ils à s'égosiller de la sorte, n'était-ce pas lui qui avait besoin d'aide ?

Soudain, une lumière blanche envahit son champ de vision, un vent frais lui sauta au visage, des bruits de sabots lui parvinrent. Son cœur tambourinait si fort qu'il paraissait sur le point d'imploser. Ses jambes le portèrent pendant une minute, peut-être deux – pour lui, le temps avait déjà cessé de s'écouler. Après un ultime effort, son corps épuisé s'écroula sur un pavé encombré d'immondices.

7.

Les yeux plissés, Sébastien tentait d'écrire une lettre à son ami apothicaire, à qui il avait promis de donner des nouvelles sitôt arrivé à Paris. Promesse qu'il n'avait pas tenue, et dont il peinait à s'acquitter tant la liste de ses péripéties s'allongeait. Il n'était même pas certain de pouvoir résumer la situation par écrit. Pouvait-il réellement conter l'histoire du chirurgien tueur sans inquiéter son correspondant et que celui-ci lui recommande de rentrer séance tenante ?

Il en était là quand Gabrielle, de sa démarche volontaire, pénétra dans sa chambre.

— Il y a un jeune garçon pour toi dans la cuisine, annonça-t-elle.

Sébastien leva un sourcil. Ce genre de visite impromptue était la signature de Parisot. Ce constat éveilla sa curiosité. Il était trop impliqué à présent pour feindre l'indifférence. L'enquête du commissaire l'intriguait, et il attendait de pied ferme le jour où il aurait le fin mot de l'histoire. D'un autre côté, la présence de ce messager ne pouvait signifier qu'une seule chose : un nouveau meurtre avait été commis. Les poils de ses avant-bras se hérissèrent au passage d'un frisson.

En définitive, Sébastien n'était pas mécontent de remettre sa lettre à plus tard. Il emboîta le pas à Gabrielle qui trépignait d'en savoir plus sur les activités de ce locataire, trop secret à son goût.

Le garçon, affublé de guenilles, se grattait vigoureusement les cheveux. La chaleur de la cuisine contrastait avec le froid qui étreignait le reste de la maison. Mais Sébastien ne put s'asseoir près de l'âtre, car déjà le messager lui intimait de le suivre. Loin de s'étonner de cette convocation précipitée, il s'enroula dans son manteau et salua Gabrielle, qui le regarda partir d'un œil circonspect.

Le jour s'était levé depuis plusieurs heures, mais la lumière tardait à pénétrer dans les ruelles, où les portefaix s'activaient, les épaules ployant sous de lourdes cargaisons.

Sébastien suivit le garçon qui, malgré sa petite taille, avançait d'un pas rapide. Il se força à mémoriser leur itinéraire pour être certain de l'effectuer en sens inverse. L'herboriste avait acquis une meilleure connaissance de la ville, mais certains quartiers lui apparaissaient encore comme des dédales, où il lui fallait de longues minutes pour parvenir à s'orienter.

Il approchait de la rue des Cordeliers quand le garçon tourna à droite et le conduisit jusqu'à la boutique d'un barbier. Sébastien jeta un bref regard au plat à barbe, suspendu devant la porte, et s'engouffra dans l'établissement, gorge nouée.

À l'intérieur, trois chaises vides, un comptoir usé sur lequel paressaient rasoirs et pincettes, et, comme il s'y attendait, le commissaire Parisot, qui l'accueillit en dévoilant ses deux rangées de dents gâtées.

— Navré de vous déranger, Noilat ! lui lança-t-il. J'ai l'impression que je vais avoir besoin de votre aide.

L'attention de Sébastien se focalisa sur l'homme étendu au sol. Les vêtements du malheureux étaient maculés de boue, mais ils ne portaient aucune trace de sang.

L'odeur putride qui flottait dans la boutique du barbier chassait les clients venus se faire le poil.

— Fermeture exceptionnelle, clama-t-il depuis sa porte à l'attroupement de badauds qui chuchotaient devant l'enseigne.

L'estomac sens dessus dessous, l'herboriste contourna le corps. Parisot l'observait du coin de l'œil, avec un léger sourire aux lèvres. Sébastien mit sa main devant sa bouche, recula. Une portion du crâne de la victime, de forme circulaire, manquait à l'appel, laissant entrevoir une partie de sa cervelle. Parisot se dandina pour s'accroupir et passa son index sur le bord de la plaie. Le dégoût de Sébastien monta d'un cran. La blessure, éclairée par une lumière crue, lui apparaissait dans ses moindres détails ; les croûtes de sang sur le reste de la chevelure, la découpe dentelée de la boîte crânienne, la corruption du cerveau… L'herboriste en venait à regretter la pénombre des basses geôles du Châtelet, qui recouvrait les corps d'un voile pudique.

— Que s'est-il passé ? demanda-t-il en essayant de dissimuler son malaise.

Le commissaire prit appui sur le sol et se redressa avant de répondre :

— Nous ne savons pratiquement rien de lui. C'est un étranger. Il a pris un repas et une chambre dans une auberge, à deux pas d'ici, sans se mêler à la clientèle. Après le lever du soleil, il a surgi dans la grande salle, la cervelle à l'air. Ceux qui ont assisté à la scène ne s'en sont toujours pas remis.

Parisot paraissait regretter de ne point avoir été présent.

— Il était encore vivant ?

— Bien vivant, ah ça oui ! Il est même parvenu à sortir de l'établissement. Il a remonté la chaussée sur une courte distance avant de s'écrouler. Les voisins ont appelé le barbier, qui l'a fait porter dans sa boutique. Malheureusement, il est mort avant notre arrivée.

Sébastien éprouva de la compassion pour cet homme qui avait mobilisé ses dernières forces dans l'espoir de s'en tirer.

— Et le chirurgien tueur ?

— Volatilisé. Nous avons retrouvé du sang, des liens et de la charpie à l'auberge, dans l'une des chambres. Il a dû renoncer à poursuivre sa victime après qu'elle s'est donnée en spectacle dans la grande salle. C'est regrettable que nous n'ayons pas pu l'interroger. Lorsque notre ami l'a trouvé (il pointa son index en direction du barbier), il ne parvenait déjà plus à parler. Mais voyons le bon côté des choses ! Nous savons maintenant que le meurtrier assiste aux démonstrations du Jardin.

— Le meurtrier ou son complice, rectifia Sébastien. Quelqu'un a pu prévenir Daquin du changement de programme. Vous ne pouvez pas écarter cette hypothèse.

Parisot secoua la tête.

— Et il aurait revu ses plans en si peu de temps ? Votre théorie ne tient pas la route. Non, croyez-moi ! Notre homme se tenait dans les gradins parmi vous. C'est une certitude !

Sébastien ne répondit pas. Un détail le préoccupait.

— Lors des meurtres précédents, les victimes souffraient d'une hernie ou d'un calcul. Est-ce le cas ici aussi ?

— Il avait la tête bien amochée. L'aubergiste n'a pas souvenir d'une quelconque blessure. Il semble que notre tueur l'ait frappé avant de l'opérer, comme il l'a sans doute fait avec Gaspard de Jussieu. Quand il ne parvient pas à trouver un patient qui colle en tout point à la démonstration de Dionis, il le crée de toutes pièces. Un coup de massue et le tour est joué !

Gagné par la lassitude, Sébastien laissa ses épaules s'affaisser. En apercevant son reflet dans un miroir, il vit un jeune homme voûté, aux cheveux emmêlés, avec des traits tirés qui le vieillissaient d'une bonne dizaine d'années et lui donnaient un air triste.

Le commissaire, lui, sifflotait comme si l'affaire prenait une excellente tournure. En le voyant approcher, Sébastien ne tenta pas de masquer la profonde répugnance qu'il lui inspirait ; il n'en avait pas la force.

— Noilat, je comprends votre impatience à quitter cet endroit, mais nous devons encore parler, vous et moi. Si c'est le corps qui vous incommode, je vous propose de faire quelques pas. Là, voyez, vous serez mieux près des bassines.

Parisot lissa ses cheveux clairsemés, puis déclara sans préambule :

— Vous serez surpris de l'apprendre, mais je pense connaître l'identité du coupable, ou plutôt, devrais-je dire, des coupables. Bientôt, je serai en mesure de le prouver. Ce n'est plus qu'une question de temps et de moyens.

Sébastien, piqué par la curiosité, en oublia l'odeur de mort qui saturait l'air.

— C'est une excellente nouvelle, articula-t-il, en attendant que le commissaire poursuive ses révélations.

— Il n'y a donc pas un coupable, mais deux. C'est même la seule explication plausible ! Et c'est aussi la raison pour laquelle mes arrestations successives n'ont jamais porté leurs fruits.

— À qui pensez-vous ?

— Diantre, mais à Alexandre Gardane et à Charles Petit ! Ils sont complices, c'est évident ! Depuis le début, ils assistent aux démonstrations de Dionis. Ils se sont disculpés l'un l'autre. Quand Gardane était en prison, le meurtre a été commis par Petit, et inversement.

Stupéfait, Sébastien peina à trouver ses mots. Ça ne pouvait pas être Charles. Pas lui.

— C'est... impossible. Charles ne ferait jamais une telle chose. J'admets avoir eu des doutes au sujet d'Alexandre, mais je ne crois pas à leur complicité. En tout cas, pas dans ce domaine. Quel mobile auraient-ils ?

Parisot haussa les épaules.

— Cela fait partie des points qu'il nous reste à éclaircir. (Il marqua une pause.) Vous devriez vous méfier des apparences, Noilat. Les coupables ont parfois d'excellentes manières. Certains sont même fort sympathiques. La réflexion doit reposer sur un raisonnement logique, pas sur une émotion !

— Pardonnez-moi, mais je n'avais pas pour projet de résoudre votre enquête en venant ici, répliqua sèchement Sébastien. Je suis herboriste.

— Pour soigner, vous vous appuyez sur un raisonnement logique.

— Ce n'est pas aussi simple. Comprendre une personne, ses motivations, ses peurs, ses besoins, permet parfois de mieux lui venir en aide. Sans émotion, comment y parviendrais-je ?

Le commissaire se mit à rire.

— Vous vous défendez, Noilat. Cela me plaît ! Quoi que vous en disiez, votre séjour parmi nous vous réussit. J'espère que vous n'avez pas l'intention de rentrer en Sologne. D'autant que j'ai encore besoin de vos services.

Sébastien fronça les sourcils. Derrière l'épaule de Parisot, le barbier l'observait comme s'il était le personnage d'une farce ; celui que l'on plaint, mais dont les malheurs nous amusent au point que l'on en vienne à souhaiter qu'ils ne finissent pas.

Le commissaire, qui avait l'air de souffrir dès qu'il restait debout trop longtemps, posa sa corpulente silhouette sur un tabouret destiné aux clients. Sa respiration bruyante fut entrecoupée d'une quinte de toux, puis il reprit d'une voix rocailleuse :

— J'aimerais que vous gardiez un œil sur Gardane et Petit. Ne modifiez pas vos habitudes. Il s'agit simplement de me rapporter leurs conversations, de les encourager à parler et de les observer attentivement lorsqu'ils se rendent au Jardin du Roi. Quelles sont leurs fréquentations ? Vous êtes le candidat idéal ! Vous êtes déjà très proche de Charles Petit et vous les voyez régulièrement. Je pense que c'est d'ailleurs pour cette raison que vous avez reçu la lettre dans laquelle ils accusaient Thomas Chalvron pour brouiller les pistes.

— Vous me demandez de moucharder mes amis ? Il n'en est pas question !

— Vos amis, bien sûr... Vous oubliez que ce sont des meurtriers.

— C'est vous qui le dites.

Sébastien se mordit les lèvres. En vérité, il ne croyait pas à la culpabilité de Charles. Mais, pour Gardane, c'était une autre histoire ; il avait des doutes, et ces derniers enflaient d'heure en heure.

— Vous savez, reprit-il d'un ton las, Charles et Alexandre parlent de leurs travaux respectifs à longueur de temps. Et Gardane ne pipe pratiquement pas un mot en ma présence. Je ne vous apprendrai rien d'intéressant.

— Laissez-moi en juger.

Alors que Sébastien ne réagissait pas, la bouche du commissaire se contorsionna jusqu'à esquisser un sourire aux contours diaboliques. Il ajouta :

— Allons, Noilat, il vous suffit d'ouvrir grand les yeux et les oreilles. Rien d'autre !

Après avoir quitté l'échoppe du barbier, l'herboriste traîna des pieds jusqu'au pont Notre-Dame. En levant le menton, il reconnut Gabrielle dont la robe tournoyait devant la boutique de sa mère. Sébastien soupira. On aurait dit qu'elle l'attendait. Il était peu probable que ça fût le cas, mais il se plut à l'imaginer.

En le voyant approcher, elle lui décocha l'une de ces œillades malicieuses qui lui procuraient à la fois plaisir et confusion.

— Quel homme singulier tu fais, Sébastien ! Tu sembles accablé par les ennuis. Comment un garçon, si sage en apparence, peut-il se faire autant d'ennemis en si peu de temps ?

L'herboriste se força à sourire.

— Je n'ai pas d'ennemi. Mais tu as raison sur un point : je suis doué pour m'attirer des problèmes.

— Ce n'est peut-être pas aussi grave que tu l'imagines.

À cet instant, Sébastien ressentit une furieuse envie de parler. Il n'avait plus la force de garder tout cela pour lui. Il se plaça au côté de la jeune femme, se laissa glisser contre la boutique et s'assit à même le sol. Gabrielle l'imita et lui lança un regard interrogateur.

— Je ne sais pas quoi faire, expliqua-t-il. On me demande de choisir entre ma propre tranquillité et la loyauté que je voue à un ami cher. Je ne vais tout de même pas trahir sa confiance pour sauver ma peau !

Les lèvres de Gabrielle se pincèrent comme chaque fois qu'elle paraissait réfléchir.

— À t'entendre, on dirait qu'il n'y a que deux possibilités : celles qu'on cherche à te dicter. Tu devrais suivre le chemin qui te convient sans t'évertuer à te conformer à ce que les autres attendent de toi. Crois-moi, il existe une infinité de nuances qui te permettent de tracer ta route sans trahir tes valeurs. Je suis certaine que tu peux te tirer d'affaire tout en demeurant un ami fidèle.

Le regard ambré de la jeune femme se perdit au loin, puis il revint à Sébastien.

— Ce qu'il te faut, c'est un plan, ajouta-t-elle, un air mutin sur le visage.

Lettre à Charles

Le 19 mars 1668

Après avoir réussi ses examens avec brio, Alexandre a obtenu sa maîtrise. Il a loué pour nous une chambre de belle taille, au-dessus d'une ancienne écurie qui sert de débarras. C'est un choix étonnant. Tous les courants d'air du quartier parviennent à se frayer un chemin à travers nos murs. Les premiers jours, nous ne cessions de grelotter. Nous avons colmaté les fissures comme nous le pouvions. La maison de mon ancien maître me manque, mais Alexandre tenait à ce que nous emménagions au fond d'une cour, sans voisins, ni dessus ni dessous. Tu t'en doutes, dans cette ville surpeuplée, il a eu toutes les peines du monde à trouver ce qu'il cherchait. J'ai accepté de m'y installer sans broncher. Je ne vais pas commencer à jouer les difficiles. Après tout, cet isolement n'est pas pour me déplaire.

Pour ma part, je continue d'étudier la botanique. J'espère avoir bientôt l'occasion de participer à un projet de grande ampleur. Tu dois te demander pourquoi je fais tout ça. À dire vrai, je crois que j'ai besoin de m'occuper l'esprit. Grâce à ça, les cauchemars sont moins présents. Ils ne disparaissent pas, mais ils me laissent parfois une ou deux nuits de répit. Dans ma situation, c'est tout ce que je peux espérer.

8.

Un vent froid balayait les quais de Seine de ses rafales inlassables, soulevait les voilures et emportait tout ce qui n'était pas solidement arrimé. Les mâts grinçaient. L'air était chargé des sifflements du battement des toiles malmenées, et de craquements incessants qui obligeaient les ouvriers à crier pour s'entendre.

Les bras croisés contre sa poitrine, Sébastien avançait le nez coincé dans l'encolure de son manteau, indifférent au fracas des bourrasques, et à la blanchisseuse qui, devant lui, rattrapa de justesse un drap qui venait de s'envoler.

Il errait ainsi depuis plus d'une heure, pieds engourdis, en espérant que la solution à ses problèmes finirait par lui apparaître. La marche avait parfois cette vertu. « Un plan », avait dit Gabrielle. À l'entendre, tout était si simple ! L'herboriste se creusait les méninges, mais la réponse tardait à venir. Était-ce le souvenir du trépané qui l'empêchait de se concentrer ? Et, quand la cervelle du malheureux cessait de l'importuner, le sourire sournois de Parisot lui succédait, chargé de menaces implicites, de sous-entendus inquiétants.

Découragé, Sébastien mettait un pied devant l'autre comme un automate ; ce faisant, et sans même s'en rendre compte, il s'approcha du quartier où Charles et Gardane résidaient.

Arrivé chez eux, il marqua un temps d'arrêt devant le couloir qui s'enfonçait dans la pénombre jusqu'à la cour intérieure, se ravisa et se posta non loin de là, face à la vitrine d'un coutelier, dont il contempla les lames d'un œil indifférent. Dans le désordre de son appartement, Charles, sûrement d'excellente humeur, ignorait tout des soupçons de Parisot et du danger qui le guettait. Sébastien ne pouvait rien lui dire sans compromettre l'enquête de police, car le botaniste s'empresserait de tout répéter à Gardane. Et, jusqu'à ce qu'une preuve irréfutable vienne plaider en sa faveur, ce dernier, même s'il avait été disculpé, occupait toujours la première place de sa liste des suspects.

À force de se torturer la matière grise, le regard perdu sur les rivets qui miroitaient malgré l'absence de soleil, Sébastien acquit la conviction suivante : prouver la culpabilité de Gardane était le seul moyen de disculper son ami une bonne fois pour toutes. L'œil vissé sur la vitre couverte d'éclaboussures, car la maison des Bretons s'y reflétait, il se sentait comme l'une de ces mouches à l'affût, sauf qu'il ne possédait ni leur discrétion ni leur connaissance du terrain. Quel piètre informateur il faisait !

Sa vigilance s'était déjà relâchée quand Alexandre Gardane, reconnaissable à cette raideur qui n'appartenait qu'à lui, s'engagea sur la chaussée, le corps enroulé dans une longue cape noire. Sa silhouette de corbeau, portée par des enjambées décidées, glissait en direction des quais de Seine.

Après une brève hésitation, Sébastien rassembla ce qu'il possédait d'aplomb et s'élança derrière lui. C'était une scène désopilante que de voir ce jeune érudit aux gestes maladroits, dépourvus d'assurance, qui se confondait en excuses dès qu'il percutait un passant, s'efforcer d'agir à la manière d'un enquêteur. Gardane, lui, n'aurait pas ri de se savoir pourchassé de la sorte. Du reste, le rire s'accordait mal avec sa personnalité. Sébastien ne se souvenait pas l'avoir déjà vu esquisser le moindre sourire et, à bien y réfléchir, il doutait qu'une telle expression pût lui convenir.

Très vite, l'herboriste comprit qu'il ne se dirigeait pas vers les bâtiments du Jardin du Roi comme il l'avait supposé, mais qu'il empruntait un tout autre itinéraire. À quoi Gardane occupait-il son temps lorsqu'il n'étudiait pas et qu'il n'était pas accompagné de son ami Charles ? Sébastien était-il le seul à tenter de le découvrir, ou l'une des mouches de Parisot était-elle en train de les épier en ce moment même ? Le jeune homme n'osait pas détourner le regard de sa cible, tant il craignait de la perdre au détour d'une venelle ou d'une porte cochère. Il suffisait d'une seconde d'inattention pour qu'elle lui échappe, d'autant que, par crainte d'être repéré, il préférait garder ses distances.

Dans son dos, une bourrasque insistante le pressait d'avancer. Il y vit un encouragement. À ses pieds, les eaux ne stagnaient plus ; plissées par le vent, elles semblaient vouloir l'accompagner dans sa filature.

Gardane, dont le pas ne faiblissait pas, approchait du Palais-Royal. Peu habitué à une telle cadence, Sébastien commençait à s'essouffler et s'efforçait d'ignorer les fourmillements qui lui parcouraient l'abdomen. Après un bref passage dans la rue des Petits-Champs, le chirurgien bifurqua à droite, entre l'hôtel Colbert et l'imposant palais Mazarin, dont on devinait la vaste cour d'honneur à la taille de sa porte cochère, surmontée d'une rangée de balustres en forme de poire.

Après avoir remonté une partie de la rue Vivienne, Gardane ralentit enfin l'allure. Par chance, Sébastien le vit pénétrer à l'intérieur d'un bâtiment avant qu'il ne s'évanouisse. Il trotta jusqu'à l'endroit où le chirurgien avait disparu, et constata qu'il se tenait devant la bibliothèque du Roi. Ses yeux balayèrent les étages de l'édifice, aux lignes verticales habilement soulignées, puis ses épaules se courbèrent sous la déception. Il était peu probable qu'on le laissât entrer. Les collections n'étaient pas ouvertes au public. Contrairement à Gardane, qui devait compter de nombreux amis influents, il n'avait ni recommandations ni relations sur lesquelles s'appuyer.

S'il n'avait pas été aussi abattu, Sébastien aurait sans doute ri de la situation. Il avait suivi Gardane. Qu'était-il supposé faire à présent ? L'attendre au milieu de la chaussée, puis l'escorter jusqu'à ce qu'il rentre chez lui ? Devait-il se poster devant son appartement pendant la nuit ? En réalité, il n'avait aucune chance de résoudre cette enquête par ses propres moyens. Le plus drôle, c'était que, l'espace d'un instant, il y avait cru. En s'élançant derrière le chirurgien, il espérait sincèrement trouver de nouveaux indices qui, en inculpant Gardane, lui permettraient de mettre Charles hors de cause. À présent, il se sentait idiot. Un idiot fatigué, aux talons couverts d'ampoules. Pourquoi tenait-il autant à prouver l'innocence du botaniste ? Pour l'amitié qu'il lui avait témoignée sans rien attendre en retour ?

Sébastien soupira. C'était plus fort que lui. Depuis leur première rencontre, la personnalité de Charles le fascinait. Il avait rapidement éprouvé pour lui une grande affection, mais, en marchant dans ses pas, il ressentait aussi des sentiments plus ambigus ; d'une certaine façon, il l'enviait. Il jalousait sa vie, ses projets, le brillant avenir auquel il était promis, son aisance en société, les liens qu'il entretenait avec Denis Dodart. Il était tout ce qu'il avait toujours voulu être – en secret –, tout ce qu'il n'était pas, et tout ce qu'il ne serait jamais. Sébastien ne lui ressemblait pas. Il n'y avait rien à faire. Aucun de ses efforts ne suffirait à combler le fossé qui les séparait. Il ne pouvait qu'évoluer à ses côtés, profiter de sa lumière, de ses rayons qui le poussaient à se transcender.

Imaginer que Charles pût être accusé à tort, exécuté, ou pire encore, qu'il fût réellement un meurtrier, était trop douloureux pour qu'il s'y résolût.

Car, avec lui, la lumière s'éteindrait.

Fatigué de faire les cent pas, Sébastien s'approcha de la bibliothèque. Une fois devant la porte, il examina les moulures et le décor qui couraient sur les vantaux, lesquels étaient encadrés par deux piliers massifs. Soudain, le battant de droite s'ouvrit sur un vieil homme, âgé d'une soixantaine d'années, qui s'avança sur le perron en plissant le front. Il s'arrêta devant Sébastien, le détailla des pieds à la tête. Ses yeux, deux meurtrières, revêtaient une couleur indéfinissable, à mi-chemin entre le marron et le gris.

— Ah, c'est vous le garçon qu'on nous envoie pour terminer l'inventaire ? Vous êtes en retard ! Vous auriez dû frapper pour vous annoncer. Quelle idée de rester ainsi planté là ! Nous n'étions pas prêts de venir vous ouvrir. Je préfère vous prévenir, ici la ponctualité est primordiale. Nous n'acceptons pas que nos gens, fussent-ils parmi nous pour une courte durée, dérogent à la règle.

Sébastien songea d'abord à dissiper le malentendu, puis il se ravisa, marmonna d'incompréhensibles excuses et suivit le vieil homme dans le vestibule.

Après l'étroitesse des maisons du pont Notre-Dame, la hauteur sous plafond le laissa pantois. Il aurait pu demeurer là, à contempler les boiseries et les peintures, si son guide ne l'avait pas rappelé à l'ordre. Le vieux, malgré son âge, se déplaçait vite, et ouvrit la porte d'un couloir de service, dans lequel il s'engagea d'un pas leste. L'herboriste eut à peine le temps de jeter un coup d'œil au vaste escalier d'honneur, dont la rampe ouvragée serpentait en pente douce vers les étages supérieurs, avant d'emprunter une volée de marches beaucoup plus modeste et dépourvue de tout ornement.

Sébastien n'avait aucune stratégie en vue pour tirer parti de cette visite inopinée. En suivant le vieil homme, il avait obéi à l'impulsion du moment, mais, à présent, il se demandait si son imposture ne risquait pas de se retourner fâcheusement contre lui. Qu'adviendrait-il si le véritable garçon chargé de l'inventaire venait à se présenter ? S'il se faisait prendre la main dans le sac ? Parisot intercéderait-il en sa faveur, ou l'abandonnerait-il à son triste sort ? À mesure qu'il s'enfonçait dans les couloirs de la bibliothèque et s'éloignait de la sortie, une chaleur lourde et oppressante se diffusait dans chaque parcelle de son corps. Il était trop tard pour changer d'avis ; il devait jouer le jeu. Avec de la chance, toutes ces soirées passées à inventorier ses herbes et ses onguents l'aideraient à s'acquitter de sa mission. Et Gardane ? Parviendrait-il à le retrouver dans ce bâtiment, qui n'était certes pas immense, mais qui devait tout de même compter de nombreuses salles dédiées à la conservation des ouvrages ?

Lorsqu'ils atteignirent le premier étage, le vieil homme l'introduisit dans une vaste pièce, éclairée par de hautes fenêtres, où de rares privilégiés consultaient des documents posés sur des pupitres ou à plat sur des tables rectangulaires, toutes recouvertes d'une nappe écrue. Les bibliothèques en bois foncé occupaient chaque pan de mur. Le regard de l'herboriste escalada les rangées de livres avec émerveillement. Parmi les visiteurs, certains étaient plongés dans leur lecture, jetant de temps à autre un coup d'œil à la grosse horloge, d'autres travaillaient en groupe et discutaient à voix basse. L'ambiance studieuse de ce lieu plut à Sébastien, qui aurait tant aimé s'y attarder, flâner entre ses rayonnages et s'imprégner de leur odeur légèrement épicée. Mais soucieux de donner satisfaction, il n'y fit qu'un passage éclair. Très vite, il se retrouva dans une pièce attenante, où personne n'était autorisé à pénétrer, et dont les multiples étagères fatiguées supportaient une quantité impressionnante d'imprimés.

— Nous y sommes. Toutes ces rangées doivent être inventoriées, en commençant par celles du fond, qui sont les plus anciennes. Pour les plus récentes, nous possédons déjà un catalogue. Il s'agira simplement de signaler si des documents manquent à l'appel. Là, vous tracerez une croix, comme ceci. S'ils sont en mauvais état, vous l'indiquerez à cet endroit.

Sébastien s'étrangla en apercevant l'épaisseur du registre que l'homme tenait entre ses doigts ridés. Puis, en se souvenant que sa présence ici n'était qu'un mensonge et que rien ne l'obligeait à revenir le lendemain pour achever le travail, il se détendit.

Le vieux, au lieu de s'éclipser, l'observait de ses yeux mi-clos. Les mains tremblantes, comme un enfant apeuré œuvrant sous la menace d'une réprimande, Sébastien remonta la rangée d'étagères et sélectionna les imprimés les plus anciens, ceux dont les pages étaient piquetées de taches brunes, et les disposa sur la table qu'on avait installée à cette intention. Il commença à tracer ses premières lignes d'inventaire avec appréhension – car le vieux regardait avec insistance par-dessus son épaule, émettant parfois de petits claquements de langue. Puis, visiblement satisfait, il quitta la pièce.

Sébastien se retrouva livré à lui-même, tout étonné du pétrin dans lequel il s'était fourré, cette fois, sans l'aide de personne !

9.

Tout affairé à sa mission, et parce qu'il détestait décevoir les autres, Sébastien s'appliqua à tracer de belles lignes, jusqu'à en oublier les raisons de sa venue. Lorsqu'elles lui revinrent enfin, il passa sa main dans ses cheveux tirés en arrière. Pouvait-il sortir discrètement de la réserve ? Aurait-il des ennuis s'il croisait le garde de la bibliothèque ou son commis ? De quoi avait-il l'air, pétrifié de la sorte, à remplir un registre d'inventaire pour lequel personne ne l'avait réellement embauché ?

Comme il ne parvenait pas à prendre une décision, il fit quelques allers-retours entre la table et les étagères, les bras chargés de livres, et compléta son catalogue, tout en essayant de se convaincre que la situation pourrait être pire. N'était-il pas chanceux, au milieu de ces imprimés ? Sans ce coup du sort, il n'aurait jamais pu les tenir entre ses mains. Mais, en vérité, il était bien trop nerveux pour s'intéresser à leur contenu.

Vingt minutes s'égrenèrent avant qu'il ne se décidât à quitter la pièce, accablé par sa propre bêtise. Sébastien entrouvrit la porte, jeta un regard à travers l'interstice. Les visiteurs, absorbés par leurs lectures et leurs travaux respectifs, n'accordaient aucune attention au frêle garçon occupé à ranger les ouvrages. Avec un peu de chance, ils gratifieraient Sébastien de la même indifférence.

L'herboriste se glissa hors de la réserve et sonda l'immense salle que l'on avait divisée en plusieurs espaces grâce à des étagères et à des tables en noyer. L'une d'elles accueillait un globe terrestre que Sébastien dévora des yeux sans oser s'en approcher.

Il longeait à présent une bibliothèque, quand il reconnut la chevelure ébène de Gardane. Le chirurgien, penché au-dessus d'un imprimé, lui tournait le dos et n'avait aucune chance de l'apercevoir, mais Sébastien sentit aussitôt sa respiration s'accélérer. Caché derrière une série de traités d'astronomie, il n'osa plus esquisser le moindre mouvement, craignant de se trahir ou d'attirer l'attention.

Lorsque les battements de son cœur se calmèrent, il risqua un coup d'œil par-dessus les livres. Gardane ne bougeait pas. Contrairement aux autres messieurs, rassemblés en un petit groupe de travail, il était seul et se tenait à bonne distance comme s'il souhaitait éviter de se mêler à eux.

Sébastien espérait apprendre quelque chose d'intéressant. Or, cette scène, d'une incroyable banalité – après tout, Gardane n'avait-il pas le droit d'effectuer des recherches ? –, était décevante. Il n'avait plus qu'à trouver un moyen de quitter l'établissement, en priant pour que personne ne le remarque. S'il venait à croiser Mme Godart en rentrant chez lui, il accepterait volontiers ce verre de liqueur qu'il refusait d'habitude ; pour oublier cet humiliant revers. Au moins aurait-il une aventure à raconter au commissaire Parisot, si celui-ci lui reprochait son manque de coopération.

Il s'apprêtait à s'éclipser quand le raclement d'une chaise le cloua sur place. Gardane venait de se lever pour saluer l'homme qui l'avait rejoint. Sébastien distinguait son profil, une joue flasque, un sourcil broussailleux, et se souvint immédiatement du jour où il l'avait rencontré au Jardin du Roi. Il s'agissait d'Antoine Daquin, le Premier médecin. Aussitôt, ses soupçons se ravivèrent et il fixa la scène avec avidité.

Derrière Daquin se tenait un jeune homme à la mise impeccable, aux yeux noisette, aux pommettes pleines et légèrement rosées. Il prononça quelques mots auxquels Gardane répondit par un bref hochement de tête. Pour une fois, le chirurgien ne semblait ni agacé ni contrarié, il l'écoutait avec le plus grand sérieux. Était-ce un ami ? Pratiquait-il la chirurgie lui aussi ? Assistait-il aux démonstrations de Dionis ? Sébastien fronça les sourcils. Ce visage ne lui était pas familier, mais étant donné le nombre important de participants qui se pressaient autour de la table de dissection, ils avaient pu se tenir dans la même pièce sans se voir.

Le nouveau venu et Daquin prirent place aux côtés d'Alexandre et commencèrent à s'entretenir avec lui à voix basse. Leurs discrets chuchotis, dont l'herboriste ne saisissait pas la moindre bribe, se mêlèrent aux murmures de la salle qui vibrait, comme parasitée par les bourdonnements d'un insecte invisible. Rien de suspect dans leur attitude. Seul Sébastien bouillonnait et, depuis sa cachette, regrettait de ne pas se trouver à meilleure distance. Gardane avait rejeté son imprimé loin devant lui. Aucun des protagonistes n'avait d'intérêt pour les ouvrages de la bibliothèque. Tout cela cachait forcément quelque chose !

Sébastien repensa à l'hypothèse du commissaire. On avait rapidement innocenté Gardane – il était en cellule lorsque le marchand de vin avait été tué –, mais peut-être avait-il un complice ? Quelqu'un qui aurait pris le relais lors de sa réclusion pour le disculper. Cela était plausible. Charles avait-il pu jouer ce rôle ? Non, Parisot se trompait. Le botaniste était innocent. En revanche, l'homme qui se tenait face à Gardane faisait un excellent suspect. Les deux jeunes gens œuvraient-ils pour le compte du Premier médecin ? Daquin possédait-il assez d'argent, de privilèges et d'influence pour les convaincre de se livrer à des actes aussi infâmes ? Avaient-ils d'autres motivations ? Y voyaient-ils une simple occasion de pratiquer la chirurgie, libérés de toute contrainte ?

L'herboriste, l'œil coincé entre le haut des livres et la tablette supérieure, pivota d'un geste brusque en entendant la voix du vieil homme, sans doute le garde de la bibliothèque, qui l'avait chargé de réaliser l'inventaire. À regret, il retourna dans la réserve et n'osa plus en sortir. Et, même s'il en avait eu le courage, qu'aurait-il fait ? Parisot ne lui accorderait aucun crédit. Qu'avait-il à lui proposer ? Rien qu'une série de suppositions basées sur de simples observations. Pas l'ombre d'une preuve.

Trente minutes plus tard, il décida que ce manège grotesque avait assez duré. Le poignet endolori par l'écriture et l'esprit brumeux, il remit un pied dehors. Gardane et ses compagnons avaient disparu. Un érudit, fort élégant, s'était installé à leur table. Les vapeurs du parfum floral dont il s'était copieusement arrosé gravitaient autour de lui ; Sébastien retint son souffle lorsqu'il passa à sa hauteur. Il se précipita ensuite de l'autre côté de la salle de consultation, là où débouchait l'escalier de service. Personne ne tourna la tête dans sa direction. Il était invisible.

Soulagé, l'herboriste entamait sa descente quand il tomba nez à nez avec le garçon chargé de l'entretien. Une chaleur lui embrasa les joues et il pria pour que ce feu ne s'accompagne pas des rougeurs de l'embarras.

Le garçon, seize ans, les traits doux, encore juvéniles, prit un air étonné.

— Tu as déjà terminé ?

— Loin de là. Mais je te cherchais, improvisa Sébastien. Depuis combien de temps travailles-tu ici ? Je me disais que tu connaissais tout ce qu'il y a à savoir sur le bout des doigts.

La flatterie ne produisit pas l'effet escompté, mais le garçon ne semblait pas particulièrement méfiant. Il avait envie de discuter.

— Tu t'inquiètes au sujet du vieil Adrien ? Il est un peu sévère… mais c'est pas un mauvais. Tu verras ! Il fait appel à mes services de temps en temps. Je viens ici deux ou trois fois par semaine pour lui donner un coup de main.

Sébastien avait dû mal à calmer le tumulte à l'intérieur de son crâne. Si le garçon le dénonçait, il ne lui restait plus qu'à courir. Pourvu que la porte principale ne soit pas verrouillée ou trop difficile à manœuvrer. Il s'inquiétait de son sort quand une idée le traversa.

— Tu connais les habitués de la bibliothèque ? Je dois retrouver l'un d'entre eux. Il m'a demandé un renseignement et j'ai promis de le lui apporter en personne. Il ne m'a pas donné son nom. J'imagine qu'il doit venir régulièrement pour ne pas avoir cru bon de décliner son identité.

Sébastien ignorait si son histoire était crédible. C'est avec appréhension qu'il guetta la réaction de son interlocuteur.

— À quoi ressemblait-il ? Décris-le-moi. La bibliothèque n'est pas ouverte au public. On y croise toujours les mêmes personnes.

— Il côtoyait Alexandre Gardane et Antoine Daquin. Plutôt grand, les yeux marron, des traits presque enfantins. J'ai l'impression qu'il paraît plus jeune que son âge… il ne doit pas avoir plus de vingt-huit ans, trancha l'herboriste.

Le regard du garçon s'éclaira.

— Je le vois souvent quand je viens ici. Bizarre qu'il t'ait demandé de lui apporter ce renseignement. Il aurait pu laisser un message au vieil Adrien. Mais ça ne m'étonne pas plus que ça ; je l'ai toujours trouvé étrange. Il a l'allure d'un fils de bonne famille et les manières d'un marcandier.

— Que veux-tu dire ?

Son interlocuteur baissa d'un ton comme s'il craignait d'être surpris.

— Eh bien, pour commencer, je ne l'ai jamais vu consulter un ouvrage. Les livres ne l'intéressent pas. C'est tout de même curieux pour quelqu'un qui fréquente une bibliothèque avec tant d'assiduité. Quand il vient, c'est toujours pour s'entretenir avec ce gars, un jeune corbeau qui vous fixe sans ciller.

— Gardane, murmura Sébastien.

— Peut-être. Je ne connais pas leurs noms.

Songeur, l'herboriste remercia le garçon et reprit sa descente sans lui donner plus d'explications. L'esprit accaparé par de fourmillantes hypothèses, il n'avait plus peur. Quand il parvint dans le vestibule, il se rua sur la porte qui s'ouvrit sans opposer de résistance.

Sébastien se fondit dans la masse des Parisiens comme s'il était l'un d'entre eux. « À curer les puits », hurla un gros vidangeur qui transportait d'encombrants outils sur ses épaules. Mais les cris des camelots ne faisaient plus sursauter l'herboriste. Il ne craignait pas non plus le passage des voitures de louage et des carrosses, eussent-ils quatre ou six chevaux. Il avait appris. À se mettre à l'abri dans le renfoncement des portes cochères, à céder le haut du pavé aux gens bien nés, à se faufiler le long d'un troupeau de moutons dans les rues encombrées. Il progressait.

N'était-ce pas également le cas de son enquête ? Grâce à l'inconnu, il avait enfin une piste à explorer pour contenter Parisot et sauver Charles. Non seulement l'homme avait de drôles d'habitudes – pourquoi se rendre dans une bibliothèque quand on n'a pas l'intention de consulter le moindre livre ? –, et il entretenait des liens étroits avec

Gardane, ce qui, aux yeux de Sébastien, suffisait à en faire un suspect de choix.

L'instant d'après, alors qu'il avançait rue Saint-Honoré en direction de la Halle au blé, il se mit à douter. Les informations en sa possession n'étaient-elles pas un peu maigres ? Un véritable limier s'en contenterait-il ? Pas sûr. Les épaules de Sébastien s'affaissèrent et ses yeux glissèrent lentement vers la chaussée où des traînées de boue, séchées par le vent, avaient laissé des marques sinueuses, semblables à des serpents flétris. Il était ainsi fait. Il se réjouissait, pensant ne pas avoir démérité, puis il remettait tout en cause, incapable de savourer ses victoires, grandes ou modestes, pendant plus d'une minute. Happé par le défaitisme, son esprit vit les façades des immeubles s'assombrir à mesure qu'il se voilait lui-même. Et l'herboriste, qui un peu plus tôt se félicitait de s'endurcir, jusqu'à percevoir le charme de la capitale et de son dédale de venelles médiévales, renoua avec la nostalgie de sa Sologne natale.

Fatigué par ses propres revirements, il s'engagea sur le pont Notre-Dame, entre les deux rangées de maisons dont l'ensemble cohérent produisait toujours une curieuse impression de décalage par rapport au reste de la ville, et du désordre qui la caractérisait.

Arrivé chez lui, il gravit l'escalier d'un pas traînant. La silhouette charpentée de Mathieu Brisseau apparut dans l'ombre du palier. Sébastien se mordit les lèvres ; il ne pouvait guère l'éviter.

10.

Pour Sébastien, l'embarras de Brisseau avait des vertus apaisantes. Il sonnait comme la berceuse que l'on susurre à un enfant pour qu'il dorme. Sa méfiance s'envola et il ressentit aussitôt une sincère empathie pour le jeune chirurgien qui guettait sa réaction, les yeux plissés par l'appréhension. Sans doute craignait-il toujours qu'on l'accuse d'être un meurtrier. L'herboriste ne l'avait pas rayé de la liste des suspects, mais il était de moins en moins convaincu de sa culpabilité. Brisseau semblait bouleversé. Désemparé. Pouvait-on réellement feindre ce genre d'émotions ? Sébastien, lui, en était incapable.

Pour briser la glace, il esquissa un sourire qui devint plus naturel lorsque le chirurgien, rasséréné, lui proposa d'aller manger un morceau. Le jour ne tombait pas encore quand ils atteignirent le cabaret ; ils avaient quelques heures devant eux. En hiver, les établissements de bouche fermaient leurs portes à huit heures. Les honnêtes travailleurs ne s'attardaient pas dans les rues et se couchaient tôt, pour économiser leur chandelle.

Sébastien s'installa face à Brisseau, au centre d'une salle festive où flottait une joyeuse insouciance. Une jeune femme d'une vingtaine d'années leur servit des écrevisses à la bière, avant de revenir, quelques minutes plus tard, avec un pichet de vin à la demande du chirurgien.

L'herboriste le laissa remplir son verre à ras bord, prenant conscience au passage qu'il n'avait rien mangé depuis des heures. Trop occupé à poursuivre Gardane dans ses mystérieuses pérégrinations, il en avait oublié de déjeuner.

Brisseau, qui avait déjà vidé son premier verre de vin, se détendit et dévisagea son compagnon d'un air goguenard.

— Tiens, avale ! Il n'est pas très bon, mais il te réchauffera !

Sébastien porta le breuvage jusqu'à ses lèvres gercées, le laissa couler dans sa gorge et grimaça. Satisfait, Brisseau le resservit prestement, avant de reporter son attention sur son plat d'écrevisses, dont il huma les effluves avec un ravissement manifeste.

Les deux hommes se restaurèrent en silence. Cette agitation gaillarde les enveloppait d'une chaleur réconfortante, apaisait les tensions des derniers jours, momentanément mises de côté. Bientôt, les effets de l'alcool leur permirent de s'imprégner de cette douce euphorie qui étreignait la clientèle du cabaret ; ouvriers, artisans, laquais.

Sébastien contempla Brisseau d'un œil étonné. Le chirurgien était issu d'une famille bourgeoise, il avait les moyens de fréquenter des établissements raffinés. Pourtant, il semblait plus à son aise au milieu de cette assemblée dont il épousait les mœurs, et trouvait de l'attrait pour un vin distribué en larges quantités, quitte à s'accommoder de sa piètre qualité.

— Tu es allé au Jardin du Roi aujourd'hui ? demanda Sébastien.

Une ombre passa sur la figure replète de Brisseau.

— Non, je n'ai pas bougé de chez moi. Charles est venu te voir cet après-midi, ajouta-t-il. Je lui ai dit que j'ignorais où tu étais.

Sébastien tenta de dissimuler son embarras. Il ne pouvait pas lui révéler les raisons de son absence. Bien que sympathique, Brisseau connaissait l'une des victimes du chirurgien tueur. Mieux valait rester prudent. D'un autre côté, peut-être était-il en mesure de l'aider ? Après une longue hésitation, il décida de l'interroger :

— Que penses-tu de Gardane ?

Décontenancé, Brisseau posa ses deux larges paumes sur la table.

— Alexandre ? C'est un taiseux, plutôt difficile à aborder. Le genre de gars qui sait vous faire comprendre quand il ne sert à rien d'engager la conversation. À part Charles, il ne doit pas avoir beaucoup d'amis ! Sinon, ma foi, je dirais que c'est un chirurgien sérieux et très doué. Tu ne le verras pas s'enivrer ou courir après de jeunes et jolies demoiselles pour s'aérer l'esprit. Pourquoi cette question ?

Devait-il jouer franc-jeu ? Dans le doute, Sébastien opta pour une solution intermédiaire.

— Je m'interroge à son sujet. Il est si distant… Il était avec nous le soir où Gaspard de Jussieu est mort. Je me demande s'il n'aurait pas…

Brisseau le coupa. Sa voix dure lui fit l'effet d'une remontrance.

— Prends garde ! On peut commettre bien des ravages en accusant quelqu'un à tort. Le mauvais caractère d'Alexandre ne fait pas de lui un tueur. Tu ne l'apprécies pas, ça ne te donne pas le droit de salir sa réputation.

Sébastien se tassa sur sa chaise. Brisseau, d'ordinaire si accommodant, ne l'avait pas habitué à une telle fermeté. D'autant qu'il avait parfaitement raison. Ce reproche, il le méritait. Les joues de l'herboriste s'enflammèrent ; il n'osait plus regarder son interlocuteur et fixa les traces de sauce qui maculaient son écuelle. Les soupçons que Charles et lui avaient formulés contre le chirurgien après leur escapade au Dé Vengeur lui revinrent en mémoire.

— Je suis désolé.

Ce furent les seules paroles qu'il prononça. Quant à Brisseau, il se mura dans un silence étouffant. Soudain, la chaleur de la salle, les invectives et les rires, les inlassables échos des bruits du service se chargèrent d'un poids oppressant. L'instant d'avant, ils apportaient à Sébastien quiétude et réconfort. À présent, il ne songeait plus qu'à partir, désireux de s'enfoncer dans la noirceur d'une rue sordide et silencieuse pour oublier ce qu'il avait dit.

Quand Brisseau reprit la parole, ce fut pour lui asséner une nouvelle correction.

— Tout le monde se sent obligé de commenter cette affaire, d'y ajouter son grain de sel. Au Jardin du Roi, les couloirs bruissent du son des suppositions et autres absurdités. Honnêtement, n'as-tu rien de mieux à faire ? Ne peut-on pas laisser les morts en paix au lieu de les traiter comme une source de divertissement ?

— Cette histoire n'a rien de divertissant. Si je m'y intéresse, c'est parce que j'y suis forcé, protesta Sébastien, avec une voix chevrotante, proche de celle d'un enfant pris en faute.

Pour toute réponse, le chirurgien se contenta de le scruter en arborant une moue dubitative.

Les dernières défenses de Sébastien volèrent en éclats. Les soupçons de Parisot, la pression que le commissaire exerçait sur lui, ses investigations laborieuses pour tenter d'aider Charles. Les larmes aux yeux, il avoua tout. Son flot de secrètes inquiétudes se déversa dans un chaos tempétueux. Au passage, il se rendit compte combien il avait besoin d'un confident. Cette histoire était trop lourde à porter. Les visions des corps mutilés le poursuivaient. Il suffisait d'une odeur, d'un morceau de viande avariée, pour qu'elles assaillissent son esprit de leurs terribles suggestions. Sébastien n'avait jamais été confronté à de telles violences. En Sologne, on luttait contre la maladie. Ici, dans cette ville aux multiples visages, où le pire et le meilleur cohabitaient sans que personne s'en étonnât, il fallait se méfier de ses semblables. Il renifla plusieurs fois, se moucha, puis planta sur Brisseau un regard désespéré.

Le chirurgien passa par toute une gamme d'expressions, de la défiance à l'étonnement, de l'étonnement à la concentration, de la concentration à l'incrédulité. Quand Sébastien eut achevé son récit, les traits de son interlocuteur s'étaient radoucis et il ressemblait de nouveau à ce bon Brisseau, le jeune homme débonnaire que l'on moquait volontiers pour son insatiable appétit.

Oubliant son verre de vin, il se jeta en arrière et soupira.

— Charles et Alexandre, des meurtriers qui agiraient simultanément ? C'est à peine croyable ! Je ne les connais pas assez pour que mon jugement ait une quelconque importance, mais cette hypothèse me semble bien farfelue. Comment Parisot peut-il avoir des idées pareilles ? Quant à t'utiliser pour les approcher, c'est plutôt bien joué de sa part. Les mouches ont leurs limites.

— J'ai suivi Gardane jusqu'à la bibliothèque du Roi. Une mouche aurait très bien pu s'en charger à ma place.

— Ce n'est pas ce que Parisot t'a demandé. Il voulait que tu lui rapportes leurs conversations privées. Tu devais continuer à les fréquenter, pas les fuir comme tu fais. Et qui te dit que vous n'étiez pas suivis ?

Sébastien repensa à l'étrange impression qui l'étreignait parfois lorsqu'il arpentait les rues de la ville. Un frisson glacé le saisit.

— Dans ce cas, Parisot doit avoir eu vent des entrevues entre Gardane et Daquin. À quoi bon lui rédiger un rapport ? Je me suis assez ridiculisé pour aujourd'hui. Peut-être même qu'il connaît déjà l'identité de l'homme qui était avec eux. Diantre ! Tout cela pour si peu. Depuis que je suis ici, je ne cesse de me fourvoyer.

Brisseau aspira une nouvelle lampée de vin.

— Je n'en suis pas certain. Pour qu'il soit au courant, il aurait fallu que son indicateur puisse pénétrer à l'intérieur de la bibliothèque. C'est peu probable. Moi-même, je n'y ai jamais mis les pieds, malgré les allusions que j'ai pu glisser çà et là. Tu as réussi un véritable tour de force en t'y introduisant. C'était sacrément culotté de ta part ! J'aurais donné cher pour te voir, caché derrière un rayonnage, le front trempé de sueur !

Malgré lui, l'herboriste se sentit valorisé par les propos de son voisin. Son estime de soi avait tout d'un chat famélique aux abois ; après la débâcle des derniers jours, elle avait grand besoin d'être nourrie, et elle était prête à s'accommoder d'une poignée de miettes pour maintenir sa tête hors de l'eau.

Sébastien esquissa un sourire, le premier depuis une éternité, et engloutit le verre que Brisseau venait de remplir copieusement. Il accueillit l'ivresse, non pas avec méfiance comme lors de son arrivée en ville, mais avec soulagement. L'esprit plus léger, il parvenait enfin à se détendre. La salle, étouffée par une épaisse fumée, exhalait le mouton rôti, l'écrevisse et le feu de bois. Ce mélange olfactif, qui lui rappelait l'auberge de La Ferté-Imbault, là où l'emmenait son père, une fois sa journée terminée, réveilla son appétit et le ramena à son écuelle, jusque-là sottement négligée.

Il profitait de l'instant présent dans un état de doux détachement quand Brisseau l'interrogea à brûle-pourpoint :

— L'inconnu dont tu parlais tout à l'heure, à quoi ressemblait-il ?

Sébastien n'avait plus les idées claires, mais il fit de son mieux pour lui en brosser un portrait fidèle. Il se souvenait surtout de ses traits angéliques curieusement couplés à un regard d'une grande impétuosité. Une physionomie atypique. À tel point qu'il ne l'imaginait pas mener une vie ordinaire. Il y avait forcément quelque chose à creuser de ce côté.

La description de l'herboriste alluma une étincelle dans la pupille de Brisseau. Le chirurgien croisa ses mains immenses autour de son verre et se pencha vers son interlocuteur comme s'il ne souhaitait pas être entendu du reste de la clientèle.

— Je crois être en mesure d'éclairer ta lanterne. Le tableau que tu dépeins correspond à un certain Théodore Lenglasse. J'ai entendu parler de lui et je l'ai rencontré deux ou trois fois. Nous avons des relations en commun, des chirurgiens essentiellement.

— Il étudie la chirurgie ?

Brisseau haussa les épaules.

— Pas que je sache. Pendant un temps, il suivait les cours de la Faculté.

— Un médecin ?

— Exact. Il briguait le titre de docteur régent. Le plus étonnant, c'est qu'il s'est retiré, comme ça, du jour au lendemain. Personne ne sait vraiment pourquoi. Les explications qui ont circulé ne sont que des rumeurs. Certains disent qu'il s'exprimait trop librement. Il s'intéressait aux nouvelles théories et les défendait avec beaucoup d'ardeur. Ses idées ne plaisaient pas au doyen de l'époque. J'imagine qu'on l'a poussé vers la sortie.

— Et s'il avait pour projet de discréditer la Faculté ? Il aurait des raisons de vouloir se venger.

— En reproduisant les démonstrations de Dionis sur de pauvres bougres encore en vie ? Le plan me paraît trop incertain. Les meurtres auraient pu porter préjudice au Jardin du Roi.

Sébastien ne trouva rien à lui objecter. Prendre un tel risque pour atteindre la réputation de la Faculté était en effet un pari dangereux. Malgré cela, il avait la conviction que l'énigme était sur le point de s'éclaircir. Théodore Lenglasse fréquentait Daquin et Gardane. Il nourrissait sans doute un vif ressentiment contre cette Faculté qui n'avait pas voulu de lui.

L'herboriste termina de se confier :

— L'autre jour, j'ai reçu un billet qui dénonçait un médecin. Thomas Chalvron. C'était une fausse piste. Parisot l'a torturé pour rien. Pourquoi aurait-on porté de telles accusations, sinon pour ternir l'image de la Faculté ?

Le regard de Brisseau s'agrandit.

— C'est surprenant qu'on t'ait adressé ce message. Pourquoi ne pas l'avoir expédié à Parisot ? Ça n'a aucun sens ! Tu devrais être prudent, Sébastien. Que tu sois si souvent mêlé à cette affaire n'augure rien de bon.

— Ne me dis pas que tu me crois coupable.

— Non, trancha-t-il. Mais il n'y a pas de hasard. Il existe forcément un lien entre le tueur et toi. Reste à savoir lequel.

11.

Les paroles de Brisseau tirèrent Sébastien de son état d'ivresse. Sur la route du retour, il ne prononça pas un mot. Et, après s'être allongé dans sa chambre, il ne cessa de cogiter. Malgré la fatigue qui pesait sur ses paupières, un sentiment d'urgence le maintenait éveillé.

Quel lien aurait-il pu nouer avec le meurtrier du Jardin du Roi ? L'idée lui avait d'abord paru saugrenue, puis elle avait fait son chemin. Un brouillard entêtant s'épaississait dans son esprit. Le regard fixé sur les lézardes qui couraient le long des murs, l'herboriste balayait mentalement ce qu'il avait vécu depuis son arrivée à Paris. Sa rencontre avec Charles, les démonstrations de chirurgie, la mort de Jussieu, les soupçons de Parisot. Comment la situation avait-elle pu déraper aussi vite ? En vain, il tentait d'identifier le moment où tout avait basculé, cet instant déterminant qui avait scellé son destin. Un simple choix, anodin en apparence, dont il était loin de mesurer toutes les conséquences. Était-ce le soir où il avait accepté d'accompagner Charles, Gardane et Jussieu dans cette auberge ? Ou cela s'était-il joué bien avant ? Sébastien se sentait victime d'une terrible injustice et il dut mobiliser toute son énergie pour ne pas s'apitoyer sur son sort.

La noirceur de la nuit colonisait chaque recoin de la chambre et ternissait sur son passage un mobilier vieillissant déjà fort triste. L'herboriste, pourtant, commençait à considérer ce lieu comme un chez-lui. Entre ces quatre murs, qui lui offraient une relative sécurité, il parvenait à se détendre, jusqu'à éprouver une vague sensation de quiétude. Certes, il n'y avait ni le bureau de son père ni ses poteries bien-aimées, dans lesquelles il conservait ses plantes médicinales, mais il commençait à apprivoiser cet endroit, témoin du courage qu'il devait déployer pour s'adapter à sa nouvelle vie.

Dans la pièce du dessous, les ronflements de Brisseau retentissaient, à peine atténués par la distance et le plancher qui les séparaient. Le chirurgien n'avait visiblement aucun mal à dormir. Sébastien soupira. Ses pensées le ramenaient sans cesse à Théodore Lenglasse, à ce regard déterminé, où il avait cru déceler une certaine férocité. Le moins qu'on pût dire, c'est que Gardane et lui formaient une paire parfaitement assortie. Qui voudrait se retrouver nez à nez avec ces deux-là à la nuit tombée ?

Empêtré dans cet état d'épuisement qui n'arrangeait rien, Sébastien patinait. Que ferait un véritable policier avec d'aussi maigres indices ? Compenserait-il ce manque d'informations en se fiant à son intuition ? La sienne le ramenait irrémédiablement à Gardane et Lenglasse. Il les imaginait, œuvrant de concert, résolus à s'exercer à la chirurgie, quitte à opter pour une pratique clandestine, aussi cruelle qu'immorale.

Après avoir laissé son esprit divaguer quelques minutes, Sébastien se redressa sur sa couche. Si Théodore Lenglasse était parfois l'auteur des crimes, notamment pendant le laps de temps où Gardane avait été emprisonné au Châtelet, il avait forcément assisté aux démonstrations de Dionis. Sinon, comment aurait-il pu les reproduire, de surcroît dans des conditions d'une telle précarité ? Les enseignements qu'il avait reçus à la Faculté, où l'on commentait les textes des auteurs anciens, n'avaient pas pu l'aider à réaliser des opérations qui exigeaient une connaissance précise de l'anatomie.

L'herboriste songea au registre des participants créé à l'initiative du commissaire Parisot lors de la dernière démonstration. Grâce à lui, il pourrait savoir si Lenglasse était présent quand Dionis avait parlé du trépan. C'était déjà un début. Une piste à explorer.

Sébastien s'étendit à nouveau. Il avait la ferme intention de consulter ce registre dès le lendemain. Loin d'apaiser son esprit, cette résolution et toutes les questions qu'elle soulevait l'empêchaient de glisser vers le sommeil dont il avait pourtant fort besoin. Les sens en alerte, il passa le reste de la nuit à guetter les premiers rayons du jour, au grand dam des punaises dont il troubla le festin de ses gesticulations incessantes.

Quand une aube pâle se risqua jusqu'à sa fenêtre, il se leva d'un bond, pressé de mettre son projet à exécution. Il conserva les mêmes vêtements que la veille et rassembla ses cheveux derrière sa nuque. Lorsqu'il quitta la chambre, Brisseau ronflait toujours, la respiration entrecoupée de sifflements plaintifs.

Porté par un regain d'assurance dont il comptait profiter, Sébastien parcourut la distance qui le séparait du Grand Châtelet. La masse cendrée de la forteresse arborait une teinte similaire à celle du ciel. À ses pieds courait un défilé de couleurs maussades, des bruns, des noirs, des gris, des habits défraîchis, achetés d'occasion entre les piliers des Halles ou rue de la Grande-Friperie. Les enseignes, peintes sur de larges planches de bois, finissaient par se ternir, et il fallait le passage d'un mousquetaire, avec sa casaque bleue galonnée d'or, pour égayer ce tableau quotidien, sinon d'une grande monotonie. En contemplant ses propres vêtements, fatigués par le manque d'entretien dont il les avait gratifiés ces derniers jours, Sébastien songea qu'il n'avait aucun effort à faire pour se fondre dans le décor.

L'herboriste se présenta à l'entrée de la prison. Le lieu ne l'effrayait plus autant. Il espérait simplement que ni lui ni Charles n'expérimente à nouveau l'enfermement, la puanteur de ses geôles et le goût amer de sa pitance.

Un guichetier à l'œil torve le dévisagea avant de consentir à l'écouter de mauvaise grâce. Avait-il vu en lui l'ancien détenu ?

— Parisot ? Pas là aujourd'hui, maugréa-t-il, avant de cracher par terre.

Sébastien battit en retraite avec la ferme intention d'interroger quelqu'un de plus coopératif. De loin, il reconnut un greffier qui l'avait aperçu plusieurs fois en compagnie du commissaire. Il risqua un signe de la main dans sa direction. L'homme d'une quarantaine d'années, aux tempes grisonnantes, ne parut pas surpris et avança droit vers lui.

Malheureusement, le greffier confirma les dires du guichetier. Parisot n'avait pas mis les pieds au Châtelet, et personne ne savait s'il avait prévu d'y faire une apparition dans la journée. Ce n'était pas dans ses habitudes, mais l'herboriste insista. Il était incapable de rentrer chez lui avec le poids de ses soupçons sur les épaules, et de patienter les bras croisés jusqu'à la prochaine démonstration de chirurgie. Il lui fallait avancer, même si cela ne le menait nulle part. Par malheur, sa ténacité finit par exaspérer son interlocuteur.

— Je suis attendu par le juge, l'informa celui-ci sèchement.

Sébastien s'apprêtait à reprendre le chemin du pont Notre-Dame quand il se souvint que Parisot lui avait donné son adresse. À l'époque, il s'était juré de ne jamais s'en servir. Mais, à présent, toutes ses pensées gravitaient autour de Théodore Lenglasse et il ne rêvait que d'une chose : prouver au commissaire qu'il se trompait.

12.

Une brume poisseuse s'agglutinait sur la Seine et faisait disparaître les rives sous un linceul évanescent. Tournant le dos au fleuve, Sébastien remonta la rue Saint-Denis, passa devant le cimetière des Innocents et prit à gauche, en direction des Halles. Arrivé sur la place, il se laissa engloutir par la marée humaine qui l'obligea tantôt à piétiner, tantôt à presser le pas. La rumeur et les odeurs du marché aux poissons se déversaient dans les rues avoisinantes, sous la surveillance silencieuse du pilori, une tour percée de larges baies qui permettaient d'exposer les condamnés à l'opprobre. Sébastien se fraya un passage parmi les gens de maison, venus acheter de quoi garnir la table de leurs maîtres, jusqu'à la rue de la Comtesse-d'Artois, sa destination.

Le commissaire occupait une demeure de belle taille, dotée d'un unique corps de logis ; une construction ancienne, en bois, dont la façade avait été couverte de plâtre. L'herboriste s'approcha du seuil, la gorge serrée, redressa courageusement les épaules, puis il se présenta à la porte.

Une femme d'une quarantaine d'années, dont le corps disparaissait derrière une robe austère et dépourvue d'ornements, le reçut. Elle avait les paupières tombantes, des lèvres inexistantes et la peau criblée de petites taches brunes. Courtoise, elle l'accueillit néanmoins avec une certaine méfiance, qui se dissipa lorsque Sébastien indiqua qu'il travaillait pour le commissaire Parisot. Ce n'était pas tout à fait vrai. Ou peut-être bien que si. Il était si difficile de s'expliquer sur les liens qu'il entretenait avec le maître des lieux. Heureusement, la femme ne lui demanda pas d'autres précisions et l'introduisit dans un salon vieillot, aux murs tapissés d'une teinte écrue et agrémentés de petites toiles, peintes par d'illustres inconnus, qui représentaient des scènes champêtres, de la moisson aux semailles.

— Mon mari est absent pour le moment, mais je l'attends d'un instant à l'autre, précisa celle que Sébastien avait d'abord prise pour une cuisinière.

Il s'installa dans le fauteuil que Mme Parisot lui présentait en détaillant son hôtesse avec curiosité. Il ne vit pas immédiatement les trois paires d'yeux qui le fixaient avec au moins autant d'intensité, comme s'il était la pièce centrale de la collection particulière d'un gentilhomme. Lorsqu'ils furent découverts, les enfants – deux garçons et une fille – quittèrent l'ombre de l'armoire et allèrent se réfugier derrière la banquette garnie de coussins brodés, où se tenait leur mère. À l'étage, le plancher couinait sous les assauts répétés d'une joyeuse cavalcade. Sébastien se demandait combien la maison comptait de têtes blondes quand Mme Parisot le renseigna sur la question :

— Nous avons onze enfants. La plus jeune a trois ans. L'aîné vient d'en avoir seize.

L'herboriste se contenta d'acquiescer, soudain gêné de s'être introduit dans la vie de famille du commissaire.

— Je suis ravie de faire votre connaissance, poursuivit-elle. Il est rare pour moi d'avoir l'occasion de rencontrer les amis de mon mari.

Sébastien tressaillit. Le mot « ami » lui paraissait fort mal choisi, mais il s'abstint de tout commentaire qui pût blesser la maîtresse de maison. En l'observant, il ressentait à son égard une profonde compassion. D'après l'âge de son premier fils, elle supportait Parisot depuis de nombreuses années. Pauvre femme ! Quant au commissaire, Sébastien n'était guère étonné d'apprendre qu'il eût si peu d'amis. Avec de telles manières, comment aurait-il pu en être autrement ?

— Je suis navré de vous importuner, s'excusa-t-il en croisant les mains sur ses genoux.

— Oh, vous ne me dérangez pas. Je suis contente d'avoir un peu de compagnie.

Une lueur triste traversa son regard.

— Je sais que mon mari fait l'objet de critiques. Les gens le disent plus intéressé par l'argent que par le sort des malheureux qui frappent à sa porte. Il y a une part de vrai dans tout ça, bien sûr, je n'essaye pas de le nier. Mais, vous savez, je crois qu'il fait de son mieux pour subvenir aux besoins de notre famille. Il ne ménage pas ses efforts pour que nous ne manquions de rien.

Sébastien reporta son attention sur la femme du commissaire, qui semblait à la fois reconnaissante et accablée. Elle le fit penser à Alain, un Solognot de Salbris, auquel il offrait des simples. Le couple avait engendré dix enfants, dix bouches à nourrir, trop jeunes pour venir en aide à leurs parents. Chaque année, Alain, le visage rongé par le souci, le corps pétri de douleurs, vieillissait plus vite que ses voisins.

Pour la première fois depuis leur rencontre, Sébastien vit en Parisot un être humain. Celui qu'il considérait comme un bourreau corrompu et sans scrupules revêtait un visage inattendu, celui du père qui portait une lourde responsabilité et n'avait sans doute pas droit à beaucoup de répit. Même s'il conservait contre lui certains griefs, il fut ébranlé par une brusque montée d'empathie. C'était plus fort que lui. Il n'avait jamais réussi à se fâcher très longtemps, préférant pardonner plutôt que d'être esclave du ressentiment. Aux yeux de certains, il se laissait faire. « Un naïf », disait-on derrière son dos. Mais lui ne l'entendait pas de cette oreille. En acceptant les autres, avec leurs défauts, il se libérait de leur emprise. Que l'on cherche à profiter de sa générosité ne l'effrayait pas. C'était le prix à payer pour vivre en paix.

À défaut de pouvoir lui apporter une réponse satisfaisante, il adressa un sourire à Mme Parisot et engagea la conversation sur un autre sujet en espérant qu'il n'aurait plus longtemps à patienter pour s'entretenir avec son mari.

Quand, dix minutes plus tard, le commissaire ouvrit la porte d'un geste brusque et pénétra dans le salon, le corps de Sébastien se tendit, une fibre après l'autre, dans un long frémissement d'appréhension. Qu'allait-il penser en le trouvant assis là, à bavarder avec son épouse comme s'il était un ami de la famille ?

Malgré le froid extérieur, Parisot avait le front moite. Son manteau entrouvert dévoilait une culotte et des bas de coton maculés de la boue des pavés. En avisant l'herboriste, il ne montra aucun étonnement et esquissa cet étrange sourire, chargé d'ironie, dont il avait le secret.

— Noilat, qu'il est courtois de votre part de nous rendre visite ! Je me réjouis de votre venue. J'imagine que les nouvelles sont bonnes et que vous détenez de quoi faire avancer notre affaire. Qu'avez-vous découvert ?

Mme Parisot, à qui son mari n'avait pas accordé un regard, s'éclipsa en traînant les enfants à sa suite. Récalcitrant, l'aîné fut le dernier à disparaître dans la pièce adjacente.

— Rien au sujet de Charles, déclara Sébastien en omettant de préciser qu'il n'avait pas creusé de ce côté. En revanche, j'ai appris que Gardane se rendait avec beaucoup d'assiduité à la bibliothèque du Roi, et qu'il y rencontrait Antoine Daquin, le Premier médecin de Sa Majesté, ainsi qu'un dénommé Théodore Lenglasse. Il ne s'agit que d'une hypothèse, mais je trouve étonnant qu'ils se retrouvent en ces lieux sans consulter d'ouvrages. Quant à Théodore Lenglasse, j'ai découvert qu'il avait étudié à la faculté de médecine, avant de la quitter précipitamment à cause des différends qui l'opposaient au doyen.

Le commissaire, toujours debout, s'installa dans le fauteuil le plus proche, laissa tomber sa tête sur le dossier et éclata de rire. Décontenancé, Sébastien détourna le regard. Il était à la fois incommodé par cette vue plongeante sur la dentition de son hôte et vexé que ses recherches fussent moquées de la sorte. Les yeux brillants, Parisot redressa lentement la nuque et se cramponna aux accoudoirs couverts d'un velours vert olive.

— Eh bien, si je m'attendais à ça ! Jeune homme, vous me surprenez ! Qui aurait cru, derrière tous ces tremblements, que vous auriez l'étoffe d'un véritable enquêteur ? Mes compliments !

Il riait toujours. Sébastien regretta de lui avoir fait part de ses soupçons. Le commissaire ne le prenait pas au sérieux.

— Mais comme vous l'avez si justement souligné, tout cela n'est que supposition, poursuivit Parisot. Même s'il existe une relation conflictuelle entre ce Théodore Lenglasse et la Faculté, il n'y a rien qui justifie que nous l'assignions à comparaître.

— Pourquoi ne pas le placer sous surveillance ?

Le commissaire fit la moue.

L'hypothèse manquait-elle de crédibilité ? Ou Parisot ne disposait-il pas des moyens nécessaires pour l'explorer ? Voyant toutes ses propositions rejetées, Sébastien risqua un coup d'œil en direction de la porte.

— Allons, vous avez bien fait de venir m'en parler, tempéra le commissaire comme s'il lisait en lui. Il me plaît de savoir que vous prenez cette mission à cœur. Si vous avez du nouveau, faites-en-moi part. Les détails ! Si vous piétinez, c'est que vous en avez omis un. Croyez-moi ! La clé de tout mystère réside dans les détails.

Ce fut au tour de Sébastien de montrer des signes d'amusement. Quel drôle de personnage, songea-t-il. L'apothicaire de Romorantin avait des manies, des sautes d'humeur, des réactions imprévisibles, mais, avec l'expérience, il était parvenu à le percer à jour. Parisot, lui, ne ressemblait à aucun autre ; Sébastien se sentait comme un scientifique face à une espèce inconnue.

Il fit malgré tout une dernière tentative :

— M'autoriseriez-vous à consulter le registre de présence du Jardin du Roi ? Si Théodore Lenglasse n'y figure pas, nous saurons que mon idée ne tient pas la route.

Le commissaire haussa l'un de ses sourcils broussailleux et contempla l'herboriste d'un air songeur. Puis, sans sortir de son mutisme, il se leva ; mouvement qui arracha un grincement plaintif au fauteuil sur lequel il pesait de tout son poids quelques instants plus tôt. Il se dirigea vers un secrétaire, d'une hauteur que Sébastien jugea malcommode, et en tira une feuille de papier.

— Ma foi, qu'avons-nous à perdre ? dit-il en empoignant sa plume.

Il griffonna trois à quatre phrases d'une écriture étroite, nerveuse et sans espace, souffla sur les lignes avant de tendre le billet à Sébastien.

— Montrez cela au garçon qui tient le registre. Il vous laissera le consulter.

Étonné par cette marque de confiance, l'herboriste s'en saisit d'une main tremblante. Il s'apprêtait à prendre congé quand le commissaire conclut l'entretien d'une voix prophétique :

— Faites attention à vous, Noilat. N'est pas policier qui veut !

Sixième démonstration

L'amputation

« De toutes nos opérations celle qui fait le plus d'horreur, c'est l'amputation d'une cuisse, d'une jambe ou d'un bras. Quand l'on est prêt de séparer une partie de son tout, et que l'on fait réflexion sur les moyens cruels dont on va se servir, il n'y a point de chirurgien qui ne tremble et qui ne compatisse au malheur du pauvre patient qui se trouve dans la fatale nécessité d'être privé d'une des parties de son corps pour toute sa vie[1]. »

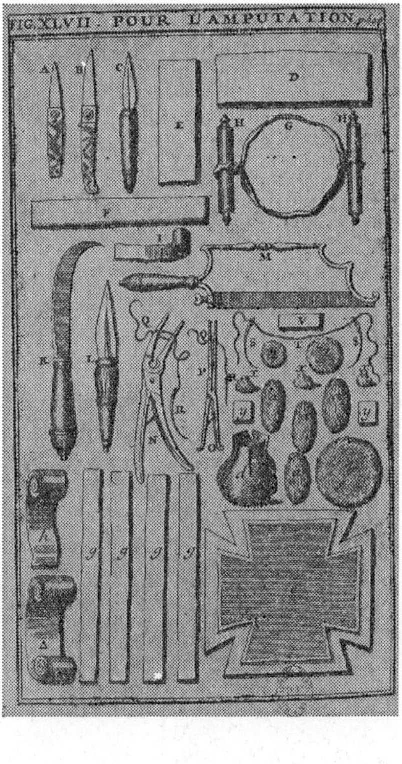

1. Pierre Dionis, *Cours d'opérations de chirurgie…*, *op. cit.*, p. 607.

1.

Pour écarter toute possible rencontre avec Charles, à qui il n'osait plus donner de nouvelles, Sébastien était arrivé après tout le monde. La démonstration de chirurgie avait débuté depuis plus d'une heure et les étudiants, massés dans l'amphithéâtre, avaient déserté des couloirs redevenus silencieux.

La fraîcheur de la fin d'après-midi arrachait un parfum terreux aux massifs avoisinants. Une odeur de sous-bois flottait dans l'air jusqu'aux abords du château. Plus loin, le vent insufflait aux arbres du verger de légères oscillations, donnant aux branches dépouillées la possibilité de produire leur numéro d'ombres chinoises ; une représentation vaguement inquiétante avec, pour toile de fond, un ciel monochrome.

À l'intérieur du bâtiment, Sébastien tourna un moment dans l'espoir de rencontrer le garçon chargé de compléter le registre des démonstrations. Sans doute arriverait-il à la fin du cours. S'il voulait l'aborder en toute discrétion, l'herboriste n'avait pas d'autre choix que d'attendre le départ des derniers étudiants. Pour passer le temps, il continua d'arpenter les couloirs et se risqua jusqu'à l'amphithéâtre d'anatomie. La salle, qui n'avait pu accueillir l'ensemble des spectateurs, était ouverte et crachait quelques justaucorps, dont les propriétaires, perchés sur la pointe des pieds, se dressaient dans l'espoir d'apercevoir la table de dissection.

L'herboriste se mêla à eux, moins intéressé par l'enseignement de Dionis que par les personnes présentes dans l'assistance. Il plissa les yeux sans rien distinguer, cependant, hormis une foule compacte et silencieuse. Théodore Lenglasse, Brisseau, Charles et Gardane participaient-ils à la démonstration ? Il n'avait aucun moyen de s'en assurer. Il ne voyait qu'une mer de chevelures bigarrée, troublée par de discrets remous. Sinon, c'était le calme plat. La pensée que cette assemblée recelait un assassin fit courir un frisson le long de sa moelle épinière.

Il fit demi-tour, estimant que Dionis n'en avait plus pour longtemps et n'allait sans doute pas tarder à annoncer la fin de la démonstration. Il ne souhaitait pas se tenir dans les parages au moment où les étudiants quitteraient l'amphithéâtre. C'était prendre le risque de croiser la route de ceux qu'il désirait à tout prix éviter.

Ses déambulations le menèrent dans le Jardin, où l'air vivifiant de l'hiver sifflait une complainte entêtante, de celle qui s'insinue si loin dans vos oreilles qu'elle y subsiste même lorsque le bruit n'est plus. Sébastien frictionna ses doigts engourdis et tenta en vain de mettre de l'ordre dans ses idées. On aurait dit que les bourrasques étaient parvenues à percer sa boîte crânienne. Victime des frimas de la saison, son cerveau tournait au ralenti.

En fait, il n'était pas certain d'avancer dans la bonne direction. Par moments, la résolution de l'affaire du chirurgien tueur lui apparaissait comme un passage obligé, un mal nécessaire pour aller de l'avant. Tant que le mystère persistait, il semblait condamné à errer dans le doute, coincé entre l'étrange commissaire Parisot et tous ces personnages énigmatiques dont il avait fait la connaissance à Paris. Il aurait souhaité se retirer, laisser l'enquête suivre son cours. Mais, qu'il le voulût ou non, il se retrouvait toujours au cœur de l'affaire. La seule échappatoire, c'était la fuite. Un retour en Sologne. Pourtant, même si ce choix paraissait le plus raisonnable, il ne pouvait se résoudre à partir. Une part de lui, celle qui aspirait à une carrière de botaniste, guettait toujours la réponse de Denis Dodart avec l'ardeur craintive du néophyte.

Une réponse qui tardait à venir. Et si tout cela n'était qu'un doux rêve ? Une illusion après laquelle il courait sans la moindre chance d'atteindre son but. À quoi rimaient tous ses efforts si, dans dix ans, il en était toujours au même point, à contempler, admiratif et envieux, le travail d'un corps de scientifiques dont il ne faisait pas partie ? Où le conduirait ce besoin inassouvi, cette jalousie qui parfois lui pinçait le cœur ?

Quand le défaitisme l'accablait, Sébastien concluait ses élucubrations de la façon suivante : le nom de Noilat était une malédiction, un patronyme porteur de malheur, destiné à des êtres solitaires et insatisfaits, dirigés par d'inavouables ambitions. Lui n'avait occis personne. Cependant, il partageait avec Aymar, le tueur d'Ardeloup, des points communs qui le terrifiaient. La noirceur était là, prête à surgir. À grandir. Lentement, insidieusement. L'esprit éclairé n'était pas plus à l'abri qu'un autre, surtout s'il était convaincu du contraire. Certains voyaient le mal comme une ombre tapie dans un coin sombre. Sébastien n'était pas de cet avis. Pour lui, la menace avançait en plein jour.

Perdu dans ses pensées, il avait pratiquement atteint la Bièvre. Tous les étudiants avaient dû quitter l'amphithéâtre depuis plusieurs minutes. Le garçon au registre était peut-être déjà rentré chez lui. Sébastien pesta contre lui-même. Pourquoi fallait-il qu'il fût si étourdi ?

Il remonta l'allée centrale et parvint sur le perron du château hors d'haleine. Comme il s'y attendait, le couloir était désert. Le seul bruit perceptible était l'écho de ses pas sur le dallage, qui se répercutait à l'infini. La luminosité avait baissé. Les bustes qui peuplaient la galerie projetaient devant eux des ombres intimidantes, aux contours imprécis, qui s'étiraient dans une demi-obscurité. Sébastien tourna au hasard, fouillant chaque recoin des yeux dans l'espoir de trouver quelqu'un capable de le renseigner. S'il restait sur cet échec, il passerait la soirée à ruminer sa bêtise. Il n'avait aucune idée de l'endroit où l'on rangeait ce fameux registre, et sûrement aucun moyen de mettre la main dessus ; la plupart des pièces étaient maintenant fermées à clé. Il serra les poings ; ses ongles s'enfoncèrent à l'intérieur de ses paumes. Il aurait voulu crier pour évacuer cette colère qui grondait dans sa poitrine, mais la solennité des lieux l'en dissuada.

Au moment où il s'apprêtait à partir, un bruit métallique résonna dans son dos. Sébastien pivota et aperçut la silhouette filiforme d'Étienne, dont le poil roux, bien que terni par la pénombre, demeurait fort reconnaissable. Le jeune jardinier ou gardien – l'herboriste n'avait jamais compris la nature exacte de son activité – tenait un trousseau dans la main droite et verrouillait les portes.

Sébastien se précipita vers cet interlocuteur providentiel. En le voyant approcher, Étienne ébouriffa sa chevelure enflammée.

— Je pensais qu'il n'y avait plus personne. As-tu oublié quelque chose dans l'amphithéâtre ? s'enquit-il en amorçant un demi-tour vers la salle des écoles.

— En réalité, j'étais venu consulter le registre de présence mis en place par le commissaire Parisot pour les démonstrations de chirurgie. Mais je suis arrivé trop tard, j'en ai peur. J'ai manqué le garçon qui s'en occupe.

Le jardinier dut trouver cela suspect, car son front se plissa. Sébastien fouilla à l'intérieur de sa veste et en sortit l'autorisation écrite de la main du commissaire.

— Tu travailles pour Parisot ? s'étonna Étienne.

L'herboriste ressentit une grande fierté en entendant la situation présentée de la sorte. Même si Parisot ne croyait pas à sa théorie, il lui faisait suffisamment confiance pour lui permettre de consulter son registre.

— Je lui apporte mon aide.

Le jardinier saisit le document entre ses doigts effilés ; leur pâleur était assombrie par quelques résidus de terre. Les veines de sa main évoquaient des lombrics entortillés qui se promenaient sous la surface translucide de sa peau. Il lui rendit le morceau de papier et hocha la tête :

— Je vais te conduire jusqu'à la salle où il est conservé.

Sébastien sentit une joie indicible se répandre dans chaque parcelle de son corps fatigué. Finalement, la chance a fini par me sourire, pensa-t-il.

Dans une pénombre opaque, l'éclat nacré des marbres luisait faiblement, comme si les statues réfléchissaient la clarté lunaire qui s'aventurait jusqu'à elles. Peu à peu, les yeux de Sébastien s'habituèrent à l'obscurité. Il cala ses pas dans ceux de son guide, qui marchait sans faire de bruit.

Étienne emprunta un escalier, puis il tourna deux fois à gauche, avant de s'emparer du trousseau qui pendait à sa ceinture.

Les deux hommes pénétrèrent dans une pièce étroite et surchargée, dotée d'une simple lucarne, et dont la fonction ne semblait pas clairement établie. Il y avait là des présentoirs emplis d'insectes, de lourdes armoires de stockage, une table, deux chaises et de multiples documents qui attendaient d'être classés ou archivés. Une odeur terreuse, typique des lieux mal ventilés, se mêlait à celle de la poussière.

Sébastien éternua à trois reprises. Étienne, après avoir allumé une chandelle, parcourut du regard le contenu hétéroclite d'une armoire, où, sur la plus haute étagère, trois oiseaux naturalisés rivaient sur le visiteur un œil hagard. Un peu plus bas, il débusqua le registre de présence du commissaire Parisot. Le garçon chargé d'y apposer les noms des participants l'avait simplement abandonné sur une pile de documents.

Sébastien s'empara de l'épais cahier, le posa sur la table. Si le nom de Théodore Lenglasse y apparaissait, Parisot serait bien obligé de prendre sa théorie au sérieux. Les pages, dépouillées de toutes fioritures, comptaient une liste de noms devant lesquels figurait un numéro. En parcourant brièvement les premiers feuillets, l'herboriste constata que la séance consacrée à la trépanation avait attiré plus de quatre cent cinquante-deux auditeurs. Pas étonnant que Dionis ne fût plus en mesure de fermer les portes de l'amphithéâtre.

Porté par un élan d'optimisme, Sébastien se plongea dans sa lecture. Derrière lui, Étienne l'observait en silence. La flamme de la chandelle embrasait ses cheveux roux. Il posa le bougeoir sur la table, près du registre.

— Il me reste du travail à terminer, expliqua-t-il. Je reviens dans une demi-heure.

Sébastien, trop absorbé par sa mission, le remercia sans prendre la peine de relever la tête et ne prêta aucune attention à l'écho de ses pas qui s'éloignaient. Dans la pièce obscure, de multiples ombres projetées lacéraient les murs, mais seules les lignes qui défilaient devant ses yeux avaient de l'importance. Il parcourut une page, puis deux. Son index rencontra les noms de Gardane et Charles Petit, renseignés l'un en dessous de l'autre.

Cinq minutes plus tard, il avait passé en revue les trois quarts de la liste et n'avait toujours pas trouvé de Théodore Lenglasse. Ses globes oculaires, asséchés par l'exercice, étaient criblés de picotements. Une douleur sourde irradiait dans sa nuque. Sébastien ferma les paupières un instant avant de reprendre son exploration.

Mathieu Brisseau.

Les autres patronymes ne lui disaient rien. Jusqu'à la dernière page, il garda espoir, mais, arrivé au numéro quatre cent cinquante-deux, il dut se rendre à l'évidence :

Théodore Lenglasse n'avait pas assisté à la séance du trépan.

L'herboriste laissa filer un soupir et cala sa tête entre ses bras. Devait-il persévérer ? Conclure à une fausse piste ? Après tout, les deux hommes n'agissaient pas nécessairement à tour de rôle. Le médecin avait pu suppléer Gardane, juste une fois, lorsque ce dernier était au Châtelet, laissant la sale besogne à son acolyte chirurgien le reste du temps.

Incapable de renoncer à son hypothèse, Sébastien continuait de réfléchir. Daquin, s'il jouait le rôle de commanditaire, était trop difficile à approcher. Quant à Gardane, fallait-il le suivre à la nuit tombée pour le prendre la main dans le sac ? Cette perspective ne l'enchantait guère. Après huit heures, il préférait se calfeutrer chez lui, loin des crapules qui guettaient la sortie des ivrognes à la porte des établissements clandestins pour les détrousser. C'était pourtant parmi eux que se cachait le chirurgien tueur. Sans doute employait-il la même méthode : attendre qu'une proie facile se présente.

Tout à ses suppositions, Sébastien n'avait pas remarqué que sa chandelle faiblissait. Bientôt, la pièce serait plongée dans le noir et il n'était pas certain de retrouver seul son chemin. Étienne n'était toujours pas réapparu. L'avait-il oublié ? Quand la flamme rassurante s'éteignit, l'idée d'être enfermé à l'intérieur du château, que le crépuscule chargeait d'une atmosphère effrayante, emplit son ventre de petites aiguilles. Le ciel, à présent chargé d'épais nuages, était trop dense pour laisser filer la moindre lumière à travers la lucarne.

L'herboriste se dirigea à tâtons jusqu'à la porte et glissa sa tête hors de la pièce.

— Étienne, appela-t-il, sans conviction.

L'idée de s'aventurer dans l'antre du corridor le répugnait. Son extrémité lui évoquait un trou béant, une gueule infernale prête à avaler quiconque se risquerait jusqu'à elle. Ses membres tremblaient comme des chiffons agités par le vent. Repoussant les images surnaturelles envoyées par son cerveau, il se força à avancer. Sous ses semelles, le plancher émettait des grincements sinistres à chaque pression, en dépit de la délicatesse avec laquelle il posait le pied. Au moindre bruit, il avait le sentiment qu'il risquait de déclencher la fureur d'une créature d'outre-tombe. Allons, tu n'as plus l'âge de croire aux fantômes. Tu es un homme de science, se répétait-il pour se donner du courage.

Arrivé au bout du couloir, il se retrouva face à trois portes. Il s'apprêtait à poser la main sur la poignée de droite quand un froissement dans son dos le cloua sur place. Y avait-il une présence derrière lui, ou était-ce encore le fruit de son imagination, fertilisée par les récits de son enfance ? Sa poitrine tambourinait si fort qu'elle l'empêchait de respirer à son aise. Il tourna les talons, lentement, mais avant qu'il ait pu terminer son mouvement, un coup d'une rare violence s'abattit sur lui.

Son crâne explosa.

Son esprit sombra dans le néant.

Lettre à Charles

Le 8 juin 1668

Je t'écris cette lettre, car j'ai cruellement besoin de réconfort. J'ose espérer que si tu te tenais près de moi, dans cette ville agitée où chaque jour apporte son lot d'événements inédits, tu prendrais le temps de m'écouter. J'aurais aimé te confier tout ça de vive voix, cher ami, mais cette plume est désormais le seul lien qui nous unit.

Alexandre a beaucoup changé ces derniers temps. Je sens que quelque chose le tracasse, mais il refuse catégoriquement d'en parler. Dès que j'essaye d'aborder le sujet, il affiche cette mine courroucée, dont tu dois fort bien te souvenir. Nous l'avons si souvent contrarié lorsque nous étions enfants ! Je me remémore la fois où il jugeait peu sage de s'aventurer dans le verger de nos voisins pour y cueillir des poires. Déjà, à l'époque, il était difficile à dérider. Pour avoir l'œil sur nous, rappelle-toi, il nous avait suivis en maugréant.

2.

Un raclement métallique, lointain, troublait le silence cotonneux. Lorsqu'il revint à lui, Sébastien pensa d'abord qu'il était étendu sur sa couche du pont Notre-Dame. Le bruit provenait sûrement de ces marchands ambulants, qui, après s'être plantés sous leur fenêtre, réveillaient les derniers dormeurs de leurs réclames incessantes. Puis la douleur se manifesta, et d'insupportables palpitations lui secouèrent l'arrière de la tête. Il voulut porter sa main dans sa chevelure pour constater les dégâts, mais il était incapable de bouger. Ses membres ne répondaient plus.

Alors qu'il prenait conscience de sa vulnérabilité, sa poitrine, prise de soubresauts, se mit à danser au rythme affolé d'une fanfare invisible. Il tenta de calmer sa respiration en inspirant profondément, mais une impression de menace imminente l'en empêcha. Ses poumons se gonflaient et se vidaient à une cadence effrénée.

Au bout d'un temps interminable passé à gesticuler dans tous les sens, Sébastien se rendit compte que des liens lui entravaient les poignets et les chevilles. La morsure de la corde lui échauffait la peau. S'il ne l'avait pas remarqué plus tôt, c'est parce que la douleur accaparait toute son attention. Ce constat le terrifia. Ses yeux aveugles roulaient de haut en bas dans l'espoir d'échapper aux ténèbres qui voilaient son regard. L'espace d'un instant, il crut déceler le frottement d'un tissu à la naissance de ses sourcils, mais il n'en était pas certain.

Une odeur de moisissure, couplée à celle de la terre, lui agressait les narines. Une amertume s'épaississait à l'intérieur de sa bouche entrouverte. Écœuré par ses sensations, il était à deux doigts de vomir la bile qui lui brûlait les entrailles.

Le raclement métallique retentit à nouveau, suivi par une série de bruissements plus discrets. Cette fois, Sébastien tendit l'oreille et crut sentir une présence autour de lui. Il comprit qu'il était inutile d'appeler à l'aide. L'individu qui le retenait contre son gré avait probablement pris les dispositions nécessaires pour que personne ne se doutât de son enlèvement. Le désespoir s'insinua sournoisement dans le cœur de l'herboriste. Une petite voix, cruelle, lui soufflait qu'il n'avait pas la moindre chance de s'en tirer.

Condamné. Mais à quoi ?

Sa respiration s'accéléra. Il avait froid. Très froid même. Deux piquets de glace avaient pris la place de ses jambes. Un frisson lui parcourut l'épiderme lorsqu'il comprit qu'on lui avait ôté ses hauts-de-chausse, offrant sa peau nue aux courants d'air et à Dieu sait quels supplices.

Alors la vérité le foudroya, implacable. Il n'existait pas d'autres explications, aucune échappatoire. C'était lui. La prochaine victime du chirurgien tueur. Il pouvait se débattre, crier de toutes ses forces, son sort était scellé.

Autour de lui, le silence se densifia. Son ravisseur avait dû s'absenter. À chaque minute passée, Sébastien, aveugle, prisonnier de cette attente insoutenable, sentait la lame de peur qui lui tordait les entrailles s'enfoncer un peu plus profondément pour le tourmenter. Puis les pas résonnèrent à nouveau. D'un geste sec, on lui arracha le bandeau qui lui couvrait le visage.

Au départ, il ne vit rien d'autre qu'une pénombre bleutée et un halo blafard à sa gauche. Il battit des paupières jusqu'à ce que ses yeux s'habituassent à l'obscurité. Les contours de la pièce lui apparurent, un à un ; la petite fenêtre, un rectangle noir qui ressemblait à un abîme infernal, les outils de jardinage posés contre les murs, sur lesquels ils projetaient des lignes menaçantes, un chariot rudimentaire aux roues rafistolées. Il n'avait pas quitté le Jardin du Roi.

Une odeur de graisse brûlée flottait dans l'air, répandue par des chandelles qui tentaient de déchirer le voile charbonneux de la nuit. Alors que Sébastien s'efforçait d'en apercevoir davantage, une silhouette surgit devant lui. Une peau laiteuse, quasi maladive, des taches de rousseur et des cheveux ternis par une couche de poussière, mais dont l'éclat orangé ne faisait aucun doute. En parcourant ces traits inexpressifs, ces yeux sans vie, deux coquilles vides, comme si l'âme de leur propriétaire était déjà partie, l'herboriste se mit à trembler de tous ses membres.

Étienne lui retira le bâillon sans trahir la moindre émotion, comme s'il exécutait un travail de routine, accompli dans le seul but de vivre décemment. Il approcha ensuite un pichet de vin des lèvres de l'herboriste.

Sébastien tenta de remuer la tête, mais la douleur, trop vive, l'en dissuada. Le liquide âpre glissa à l'intérieur de sa bouche, coula jusqu'à son estomac. Il se remémora alors que le chirurgien tueur ne choisissait pas ses victimes par hasard, la plupart étaient des endettés, des mauvais payeurs, adeptes des jeux d'argent. Lui n'avait rien à voir avec ces gens-là. Son ravisseur en avait-il conscience ? Il ne pouvait pas être le prochain, cela n'avait aucun sens.

Avant qu'Étienne inclinât le pichet une seconde fois, il parvint à articuler la question qui lui brûlait les lèvres.

— Pourquoi ?

Son ravisseur interrompit son geste et le gratifia d'un regard vague.

— D'habitude, expliqua-t-il, j'attends que mon patient ait suffisamment pris d'alcool avant de le préparer pour l'intervention. Le vin permet d'atténuer la douleur. Tu devrais continuer à boire, tu vas en avoir besoin.

La panique submergea Sébastien ; des nœuds se formèrent à l'intérieur de sa gorge. Il manquait d'air. Seul Brisseau savait où il se trouvait, et il était peu probable que son absence l'inquiétât avant l'aube. Dans cette remise, près d'un château endormi, personne ne répondrait à ses cris. Il ne pouvait compter que sur lui-même. Or, ses ressources pour échapper au destin tragique qui l'attendait lui paraissaient limitées. Était-ce vraiment ainsi que les choses étaient supposées finir ? Il suffisait d'observer les traits d'Étienne, calmes, fatalistes, pour comprendre qu'il ne plaisantait pas.

Malgré tout, Sébastien ressentait le besoin de retarder l'inéluctable. Il ne voulait pas mourir. Pas avant d'avoir compris.

— La dernière fois, murmura Sébastien au prix d'un effort considérable, le… patient est parvenu à sortir de l'auberge après l'opération.

Absorbé par l'opacité du dehors, Étienne se tourna vers la fenêtre.

— C'est pour cette raison que je ne peux plus exercer dans les cabarets. Les risques sont trop grands. Beaucoup trop grands. (Il secoua la tête.) Il me faut un endroit calme, comme celui-ci, loin de la ville.

— Pourquoi fais-tu ça ? En opérant sans assistants, avec si peu de matériel, les complications sont inévitables. Je crois que Dionis accorde beaucoup de soin à la préparation de ses interventions. J'ai suivi ses dernières démonstrations et j'ai constaté que c'est un point sur lequel il insiste énormément…

Le regard du jardinier passa de la fenêtre à sa victime sans rien perdre de sa distance. Il se posa sur Sébastien sans le voir, comme s'il passait à travers lui.

— Je n'ai pas le choix. Je ne suis pas celui que j'aurais dû être. Il me faut rétablir le cours naturel des choses.

Ces paroles flottèrent un moment dans l'esprit de Sébastien. Il était persuadé de les avoir déjà entendues, mot pour mot. C'est alors qu'il se souvint des inepties de la sorcière du Dé Vengeur. Étienne avait-il commis toutes ces atrocités à cause des racontars d'une diseuse de bonne aventure ?

— Quelqu'un t'a privé d'une partie de toi-même, risqua-t-il en priant pour que sa mémoire lui ait soufflé la formule exacte.

Cette fois, les traits du jardinier se modifièrent. Une légère crispation lui parcourut la mâchoire.

— Mon père. C'est sa faute !

Sébastien s'aventurait sur un terrain glissant. Néanmoins, au point où il en était, cela n'avait plus d'importance. Que pouvait-il lui arriver de pire ? Conscient de tenter le tout pour le tout, à l'image de ces joueurs qui, au lieu de renoncer, finissent par miser tout ce qu'ils possèdent, il encouragea son ravisseur à parler :

— Qu'a-t-il fait ?

Étienne contemplait fixement les jambes de sa victime.

— Il a perdu. Tout perdu. C'était un vaurien. Il passait ses soirées dans des salles de jeux, jusqu'au jour où il n'a plus rien eu à miser. (Il marqua une pause interminable.) Un matin, nous avons retrouvé son corps parmi les noyés au Châtelet.

— Nous ?

— Ma mère et moi. Il nous a laissés seuls. Elle était trop éprouvée pour continuer, elle n'arrêtait pas de pleurer. Elle est morte quelques mois plus tard. Ils m'ont tout volé, tu comprends. J'aurais dû reprendre la boutique de mon père. Mais je ne pouvais pas payer. J'ai été obligé de trouver du travail ailleurs.

L'herboriste grimaça de douleur ou de dépit – il ne savait pas trop. Il détenait enfin toute l'explication. Fallait-il vraiment qu'il l'emporte avec lui dans la tombe ? Étienne, un meurtrier… Il se rappela le jour où Charles et lui l'avaient interrogé au sujet de Thomas Chalvron après avoir reçu cette accusation anonyme, la précipitation avec laquelle le jardinier leur avait fait part de son intérêt pour la chirurgie. Subtilement, il les avait incités à s'introduire chez lui. Dire qu'ils discutaient avec l'assassin sans se douter de rien ! Les mots du commissaire Parisot lui revinrent en mémoire : « Les coupables ont parfois d'excellentes manières. Certains sont même fort sympathiques. »

— Cette boutique dont tu parles, qu'y faisait ton père ?

— Il était barbier.

Étienne laissa filer un soupir mélancolique.

— J'aurais été un bon apprenti, reprit-il. Le problème, c'est que j'étais trop jeune. Il est mort avant de m'avoir transmis les rudiments du métier. Ce que je sais, je ne le dois qu'à moi-même.

— Tu as décidé de te former à la chirurgie en assistant aux démonstrations de Dionis ?

Il opina.

— C'était facile. Personne n'a jamais remarqué ma présence à l'intérieur de l'amphithéâtre. Aux yeux de tous, j'étais invisible. Il me suffisait de rester en retrait. Quand je me suis senti plus confiant, j'ai décidé qu'il était temps pour moi de pratiquer. Les garçons dans la salle, on les laisse s'exercer.

— Sous la supervision d'un maître, rappela Sébastien.

Étienne haussa les épaules.

— Je n'ai pas eu cette chance. Il me fallait bien trouver un moyen.

Un drôle d'éclat brilla dans le regard du jardinier. Sébastien se contracta. Son mal de tête s'intensifiait, sans doute à cause de tout cet alcool que son ravisseur l'avait forcé à ingurgiter. Ses jambes nues commencèrent à trembler malgré les liens qui les maintenaient à la table de fortune. Il grelottait de froid, de peur, et songeait avec horreur à l'épreuve qui l'attendait. Pouvait-il s'en tirer ? Aucune des victimes n'avait survécu.

Ses pensées tentaient d'identifier le sujet de la dernière démonstration, puis il se souvint qu'il n'y avait pas assisté. En voyant son bourreau soulever le drap qui abritait ses instruments, ses tremblements s'accentuèrent. Des cloches battaient à l'intérieur de son crâne. Il bougeait tellement qu'Étienne interrompit son geste, attrapa un morceau de corde, s'approcha de lui et lui ficela le bas des cuisses. Après quoi, il lui intima de boire à nouveau. Sébastien obéit. Une partie du liquide aux reflets carmin s'écoula sur son menton et imbiba le haut de sa chemise.

Le jardinier dévoila son matériel, des outils usés, nettoyés de façon sommaire. Les spasmes de Sébastien atteignirent leur paroxysme lorsqu'il aperçut la scie, son manche en bois et la lame affilée. Il suffoquait. Un sifflement aigu retentissait à ses oreilles. La peau de ses jambes, d'une pâleur cadavérique, avait déjà revêtu une teinte de circonstance.

— Je suis navré, Sébastien. Je ne pense pas que tu sois un vaurien. J'ai pris peur en apprenant que tu fréquentais le commissaire, et puis, tu comprends, j'ai besoin d'un patient pour mettre ma dernière leçon en pratique.

— Attends ! Ne fais pas ça ! Je peux t'aider.

— Si tu souhaites vraiment m'aider, essaye de ne pas trop remuer pendant l'intervention. Mes derniers patients n'ont rien voulu savoir ; ils se sont débattus. J'aurais pu les sauver s'ils m'avaient fait confiance.

— Non ! Il y a sûrement un autre moyen… Je trouverai un barbier ; il s'occupera de ton apprentissage.

Ensuite, tu pourras exercer. Je te le promets ! Repose cette…

— Tu ne comprends pas. Je n'ai aucune envie de devenir barbier. Je ne suis pas comme mon père. Je suis chirurgien.

— C'est vrai, pardon ! Excuse-moi ! Je demanderai ça à un chirurgien. J'en ai rencontré plusieurs depuis que je suis en ville. J'ai aussi un peu d'argent de côté. Ensemble, nous allons trouver une solution. Tu ne devrais pas avoir à pratiquer ton art dans ces conditions, sans lumière, sans assistance, dans la clandestinité. Tu risques gros. Le commissaire Parisot est sur tes talons. Tôt ou tard, il finira par remonter jusqu'à toi.

Les mots jaillissaient, dans l'urgence, accaparant le peu de souffle qui lui restait. Il eut un drôle de silence. Le jardinier avait les yeux fiévreux.

— Tu penses que je suis un vaurien, n'est-ce pas ?

Sans laisser à Sébastien le temps de répondre, il ajouta :

— Je ne suis pas idiot. Si je te libère, tu iras tout raconter au commissaire. Je ne t'en veux pas. Tu essayes simplement de sauver ta peau.

— Pitié !

— Je ne peux pas exercer au grand jour. Il est trop tard pour ça.

Affublé d'une expression indifférente, Étienne approcha l'instrument de la cuisse de sa victime. Des hurlements désespérés déchirèrent la gorge de Sébastien. Une peur intense le secoua, si intense que toutes celles qu'il avait ressenties jusque-là lui semblèrent soudain ridicules, à moins que leur seule vocation fût de le préparer à cet instant.

Lorsque les petites dents lui entaillèrent l'épiderme, il poussa un cri de douleur. Des larmes de détresse coulèrent sur son visage. Les mâchoires serrées, il rugissait comme un diable quand un coup de tonnerre retentit au milieu de ses plaintes. La morsure de la scie cessa aussitôt.

Étienne avait fait un bond de côté et il courait vers la porte du fond. Alors qu'il pensait échapper à ses poursuivants, le battant s'ouvrit devant son nez et il se retrouva face à un archer muni d'une épée.

Plusieurs silhouettes prirent possession des lieux. La vision de Sébastien se dédoubla. Au milieu du tumulte, il crut apercevoir une présence féminine. Les ondulations de Gabrielle, cascadant sur une cape brune. L'instant d'après, il perdait connaissance.

3.

Le bourdon de Notre-Dame vibrait à l'intérieur de sa tête. Probablement le fruit de son imagination. Dans un monde qui lui paraissait tantôt réel, tantôt peuplé d'incongruités, Sébastien flottait hors du temps. Depuis combien d'heures était-il allongé ? Et, d'ailleurs, où se trouvait-il ? Ces questions n'effleuraient même pas son esprit, qui dérivait au gré d'étranges oscillations.

Il avait mal. Ça, il en avait conscience. Quant aux autres perceptions, elles allaient et venaient. Parfois, un voile noir tombait devant ses yeux. Il ne pensait plus à rien. La souffrance s'estompait, et il priait pour que cet état dure éternellement. Mais les pulsations dans son crâne finissaient par reprendre, lui arrachant de nouveaux gémissements.

Il entendait aussi des voix. Des voix inconnues. Il ne comprenait pas un mot de ce qu'elles disaient. Elles lui évoquaient le doux clapotis d'une rivière. Il se raccrochait à elles, car tandis qu'il observait leur va-et-vient, les cauchemars lui fichaient la paix. C'était son seul lien avec la réalité, parce que ces voix – il en était persuadé – provenaient de son monde ; celui qu'il avait quitté. Celui dans lequel son cerveau refusait de retourner. Pour se protéger peut-être.

Un jour, les voix se précisèrent. Elles étaient tout près. Il le sentait. Ses lèvres n'avaient pas remué depuis une éternité ; sinon il les aurait appelées, suppliées. Pourquoi le laissaient-elles dans cet abîme ?

« Seebsten… »

« Sebastenn… »

— Sébastien ! Tu m'entends ?

En reconnaissant son prénom, l'herboriste ressentit une joie intense. Ses paupières s'entrouvrirent. Son corps brisé ne répondait plus, mais il était vivant. Ce simple constat le tira de la léthargie dans laquelle il pataugeait.

— Sébastien ! Tu as de la fièvre ?

L'énorme main de Brisseau s'écrasa contre son front. Ce contact termina de le ramener à la vie.

Sébastien reconnut les murs lézardés de sa chambre du pont Notre-Dame. Il passa une bonne dizaine de minutes à regarder autour de lui, une expression ahurie sur le visage, comme s'il craignait de rebasculer dans l'autre monde. Il tenta ensuite de se redresser. Son voisin l'aida à s'installer dans une position confortable, puis il lui apporta à boire.

— Tu nous as fait une belle frayeur, disait Brisseau d'une voix forcée, qui cachait mal son inquiétude.

Saisi par une soudaine appréhension, Sébastien le contempla à travers ses mèches emmêlées avant de jeter un coup d'œil à ses jambes. Il constata avec soulagement qu'aucune des deux ne manquait à l'appel. Un bandage lui enserrait le haut de la cuisse et il en émanait une forte odeur de liqueur. Brisseau précisa :

— J'ai refait l'emplâtre ce matin pendant que tu dormais. La plaie a bel aspect. Elle n'était pas trop profonde, tu as eu de la chance. Ta jambe ne court aucun danger. Tu vas sans doute avoir mal lorsque tu prendras appui dessus, mais tout rentrera dans l'ordre.

— Merci, souffla Sébastien. Je… Comment ?

— Je sais, il s'en est fallu de peu… Sacrée histoire ! Je n'ai pas réussi à fermer l'œil de la nuit. Quand j'y pense, j'en frissonne encore. Parisot est venu à ta rescousse. Il est arrivé juste à temps avec des archers du guet. C'est grâce à eux que tu t'en es tiré. Étienne n'a pas réussi à s'enfuir. Il est enfermé dans les prisons du Châtelet. D'après ce que j'ai entendu dire, il a été interrogé par un juge et a reconnu les faits. Il ne devrait pas tarder à être exécuté.

— Parisot ? Comment est-il parvenu à me retrouver ?

— Il ne m'a pas tout raconté. Apparemment, il y avait quelqu'un sur tes talons.

Sébastien ouvrit de grands yeux. Ces derniers temps, il avait souvent eu l'envie de se retourner dans la rue pour démasquer cette ombre qui s'accrochait à chacun de ses pas. Mais jamais il n'avait songé que cette surveillance était bien réelle.

Une flopée de questions s'agitait dans son esprit quand Gabrielle entra dans la chambre.

— Il est réveillé, indiqua Brisseau. J'ai des patients à voir. Je peux le laisser avec toi ?

Gabrielle opina en silence. Après le départ du chirurgien, elle s'approcha de la couche et tapota l'oreiller de Sébastien.

— Je suis contente que tu ailles mieux.

L'herboriste la dévisagea longuement sans répondre. Il se souvenait nettement l'avoir aperçue au Jardin du Roi, le soir de son agression, mais il craignait de s'ouvrir à elle. L'image de la jeune femme était-elle bien réelle, ou seulement le produit de ses divagations ? Comment aurait-elle pu se trouver aux côtés des archers du guet ? Cela n'avait aucun sens. D'un autre côté, le doute était trop grand. Sébastien devait en avoir le cœur net.

— Tu étais là, n'est-ce pas ?

Gabrielle soutint son regard. Ses mouvements, déployés avec la nonchalance d'un petit chat, parsemaient ses cheveux de reflets enflammés. Elle s'assit près de Sébastien, lui adressa un sourire et dit simplement :

— Je te suivais. Cela fait plusieurs jours. Quand j'ai compris que la situation dégénérait, j'ai prévenu Parisot. Par chance, nous avons croisé le chemin d'une patrouille. C'est pour cette raison que nous avons pu intervenir aussi rapidement.

Sébastien n'écouta pas la fin de son récit. Il tentait déjà d'assimiler la première information.

— C'était toi, souffla-t-il, abasourdi. Tu… travailles pour le commissaire ?

Le sourire de la jeune femme s'élargit.

— Je lui fournis des renseignements. Il m'arrive d'effectuer quelques surveillances à l'occasion. Nous sommes voisins ; c'était facile pour moi de te tenir à l'œil. Ne dis rien à ma mère, je t'en prie !

Ébahi, l'herboriste ne réagit pas.

— Tu garderas mon secret ? insista-t-elle.

— Je ne comprends pas… Pourquoi fais-tu ça ?

Gabrielle cala sa joue dans la paume de sa main, comme s'il lui fallait réfléchir à la question.

— Parisot paye bien ! C'est une façon de gagner de l'argent, mais, pour être honnête, une part de moi le fait par plaisir.

— Par plaisir ?

Pour Sébastien, cela dépassait l'entendement.

— Grâce à ces missions, je me sens vivante. Le parfum du risque… Il n'y a rien de plus enivrant. Une fois qu'on y a goûté, on ne peut plus s'en passer ! Tu l'as forcément constaté. Sinon tu n'aurais pas continué à mener l'enquête.

L'herboriste fronça les sourcils. Si le risque avait une odeur, c'était celle de sa sueur, et cela n'avait rien d'agréable.

— J'ai pris suffisamment de risques ces derniers temps, maugréa-t-il. Je ne tiens pas à remettre ça.

Je cherchais simplement à aider Charles, et je n'aurais jamais été aussi loin si Parisot ne m'y avait pas incité.

— Je crois qu'il t'aime bien. C'est également mon cas. Je suis désolée d'avoir dû agir à ton insu.

Les joues de Sébastien s'empourprèrent. Ces derniers jours, Gabrielle était à ses côtés, spectatrice de ses errances, de ses maladresses et de toutes ses tentatives infructueuses pour confondre un tueur qu'il avait finalement démasqué par le plus grand des hasards. Face à cette femme qui semblait n'avoir peur de rien, il se sentait ridicule. Lui en voulait-il ? Un peu. Pour la blessure causée à son orgueil. Pour le reste, comment aurait-il pu ? Lui n'avait pas jugé bon de révéler à Charles ce qu'il savait des soupçons de Parisot.

Il hocha la tête.

— Pourquoi Parisot avait-il besoin de me faire suivre ? M'a-t-il vraiment considéré comme un potentiel suspect ?

— Tu lui poseras la question. Au départ, je devais surveiller tes visites, tes courriers. Mais lorsque tu as reçu une lettre de dénonciation et que tu t'es introduit chez Thomas Chalvron pour te faire ta propre idée, il en a conclu que le tueur évoluait dans ton entourage. C'est pour cela qu'il m'a demandé de te suivre.

— La lettre, souffla Sébastien. Tu l'as lue ? Maintenant, je comprends pourquoi Parisot est arrivé chez Chalvron peu après nous.

Gabrielle lui donna raison d'un discret haussement d'épaules. La légèreté de ses réactions, même s'il l'assimilait à de l'inconscience, la rendait terriblement attirante à ses yeux.

Sébastien commença à gesticuler sur sa couche. Un pli inquiet barra le front de la jeune femme.

— Qu'est-ce que tu fais ? Ne me dis pas que tu as l'intention de te lever dans ton état ! Tu devrais te reposer encore un peu. Brisseau n'a pas pris soin de cette plaie pour que tu saccages le résultat de son labeur.

Les pensées de Sébastien s'agitaient, s'éparpillaient dans tous les sens. Il agrippa le bras de Gabrielle.

— La lettre ! Tu ne comprends pas. Étienne n'a pas pu écrire ça. Ce n'est pas lui… Cette dénonciation. La lancette cachée chez Thomas Chalvron. Pourquoi aurait-il essayé de le faire condamner à sa place ? Il voulait pratiquer la chirurgie, mais il n'a aucun lien avec la Faculté, aucune raison de faire du tort à un médecin. J'en suis convaincu. Quand nous cherchions à libérer Gardane, et que Charles et moi lui avons parlé de Thomas, il a simplement sauté sur l'occasion pour brouiller les pistes.

— Je te rappelle que nous parlons de l'homme qui a tenté de te découper la jambe. Justement, peut-être a-t-il rédigé ce fameux billet pour brouiller les pistes ?

— Mais pourquoi m'aurait-il adressé sa lettre ? Nous nous sommes rencontrés trois ou quatre fois. Il ne me connaissait pas. Comment aurait-il pu savoir que j'échangeais régulièrement avec le commissaire Parisot ? Il a appris que je l'aidais dans son enquête lorsque je suis allé consulter le registre au Jardin du Roi. Pas avant ! D'ailleurs, personne ne le soupçonnait. Il n'était pas menacé. Pourquoi aurait-il voulu s'en mêler ? Nous avons manqué quelque chose…

Gabrielle se pinça le haut du nez, puis elle feignit l'épuisement.

— Tu en parleras à Parisot lorsque tu le verras…

— Non, ça ne peut pas attendre.

Sébastien tourna le buste et déplaça sa jambe blessée sur le côté. La douleur lui arracha une grimace. Sa tête, devenue trop lourde pour ses épaules, était enserrée par un morceau de tissu léger qui lui chatouillait l'oreille ; il constata la présence de ce dernier lorsqu'il chercha à passer sa main dans ses cheveux pour évaluer les dégâts du coup qu'il se souvenait avoir reçu. Même si le Châtelet ne se situait qu'à une courte distance du pont Notre-Dame, il n'irait pas loin dans cet état.

— Je t'imagine mal déambuler dans les rues ainsi. Tu es aussi pâle qu'un fantôme et cette blessure nécessite du repos. Sois raisonnable.

— Gabrielle, je t'en prie. C'est très important.

La jeune femme prit un air contrarié, mais elle finit par lever les deux mains en signe d'impuissance.

— Très bien, comme tu voudras. Dans ce cas, je t'accompagne.

Lettre à Charles

13 octobre 1668

Ces temps-ci, je dors très mal. Quand je suis soucieux, mes nuits s'altèrent. Il m'arrive de me réveiller à l'autre bout de la chambre, incapable de me souvenir comment je suis arrivé là… C'est à cause d'Alexandre. Je m'inquiète à son sujet. La gravité semble s'être définitivement imprimée sur son visage. Il passe le plus clair de ses journées dehors, pour étudier, dit-il. Lorsque j'essaye d'en savoir davantage sur ses occupations ou sur ses fréquentations, il me répond d'une manière laconique. Il demeure vague. Parfois, il ne répond pas du tout. Il se contente de hausser les épaules comme s'il n'y avait rien à expliquer. Je ne comprends pas pourquoi il refuse de partager tout ça avec moi. Pourquoi cette soudaine distance, alors que nous étions si proches ? Je ne pense pas être à l'origine d'un quelconque mécontentement de sa part. Qu'aurais-je bien pu faire, reclus comme je suis ? Malgré tout, son attitude me préoccupe. J'espère qu'il n'a pas d'ennuis. Parfois, il rentre tard dans la nuit. Je n'ose même plus lui demander où il était tant mes questions paraissent l'agacer. Il faudrait être fou pour insister devant l'éclat orageux qui s'allume au fond de ses prunelles. Je ne connais rien de plus effrayant au monde.

4.

Une étrange clarté perçait la barrière des nuages, tombait sur les toitures et blanchissait la Seine, dont le ruban cristallin scintillait entre des berges prolongées par plusieurs rangées de coques amarrées, qui semblaient vouloir grignoter le fleuve en se rejoignant.

Aveuglé par la luminosité, Sébastien peinait à regarder devant lui et aurait percuté de nombreux promeneurs sans le bras de Gabrielle qui le guidait fermement à travers la foule. Après ces jours passés dans l'obscurité, à demi conscient – deux jours, avait dit Brisseau –, l'herboriste se demanda si les rayons du soleil n'étaient pas une illusion, une création de son esprit destinée à le détourner du supplice infligé par Étienne. La ville, depuis son arrivée, ne lui était jamais apparue de cette façon. Malgré la fraîcheur de l'air, une caresse tiède lui effleurait la peau, réchauffait ses membres engourdis et l'aidait à avancer en dépit de la douleur.

Le commissaire Parisot, avec son allure habituelle de gentilhomme débraillé, s'entretenait avec un greffier devant la forteresse du Châtelet quand Sébastien arriva en claudiquant, soutenu avec poigne par Gabrielle qui l'empêchait de bringuebaler à droite et à gauche.

En les apercevant, Parisot congédia l'auxiliaire de justice. Il écarta ensuite les bras devant lui comme s'il souhaitait étreindre Sébastien.

— Quel prompt rétablissement, monsieur de Noilat ! Et quel plaisir de voir que les récents événements n'ont pas altéré votre goût pour la promenade. Lorsque je vous ai découvert, l'autre soir, vous étiez dans une fâcheuse posture. Ne vous avais-je pas mis en garde quant aux risques du métier ?

Sébastien se força à sourire.

— Votre intervention m'a sauvé la vie. Je vous en suis infiniment reconnaissant.

— Allons, allons, mon garçon ! N'en parlons plus.

— Pourrais-je m'entretenir avec vous ?

Le commissaire, interloqué par l'urgence de la question, fronça les sourcils.

— Dans ce cas, faisons quelques pas. Cette journée est trop belle pour s'enfermer entre les murs d'une prison. N'êtes-vous pas de cet avis ?

Sébastien abandonna le bras de Gabrielle et suivit le commissaire le long du quai de la Mégisserie, où s'affairaient de nombreux tanneurs.

— Eh bien ? Que souhaitez-vous savoir, jeune homme ? s'enquit Parisot d'une voix enjouée comme s'il s'apprêtait à deviser d'un simple sujet d'actualité.

— Pourquoi m'avez-vous fait suivre ?

— Oh, ça ! Notre tueur avait un lien avec vous. Je l'ai compris lorsque vous avez reçu cette lettre de dénonciation. En vous plaçant sous surveillance, je savais que vous m'amèneriez tôt ou tard jusqu'à lui. Bien m'en a pris ! D'ailleurs, je vous félicite. Sans votre entêtement à consulter ce registre, ce jardinier aurait pu continuer à se jouer de nous.

— Étienne a-t-il tout avoué ?

Parisot poursuivit d'un pas guilleret.

— En effet. Ce garçon, je le crains, n'a plus toute sa tête.

— A-t-il reconnu être l'auteur de la lettre qui accusait Thomas Chalvron ?

— Il n'a pas mentionné avoir écrit quoi que ce soit. Nous l'avons questionné à ce sujet, mais il n'en conserve pas le moindre souvenir. Vous savez, Noilat, certains criminels ne reconnaissent pas l'intégralité des faits. Quant à leurs motivations profondes, elles restent souvent obscures. Comment pourrions-nous deviner ce qui les pousse à commettre de telles folies ? Nous devons nous contenter d'une vision partielle. Concernant ce malheureux billet, il est probable que nous n'ayons jamais le fin mot de l'histoire. Au moins, avec ce flagrant délit, la culpabilité d'Étienne ne fait aucun doute, cela nous facilite grandement la tâche !

Le discours du commissaire bourdonnait dans les oreilles de Sébastien.

— Je ne suis pas convaincu qu'il soit à l'origine de la missive. Il ne me connaissait pas... Quelles raisons aurait-il eues...

— La raison, ricana Parisot. Mon petit, avec un individu comme notre jardinier, la raison n'est pas un point de repère d'une grande fiabilité. Ne commettez pas l'erreur de transposer sur lui votre façon de penser. Son comportement n'est pas régi par la logique, ou – du moins – ni par la vôtre ni par la mienne. Il a ses propres lois. Nous ne pouvons pas le comprendre. La clé, lui seul la détient. Réjouissons-nous qu'il ait partagé autant d'éléments avec nous.

Pour une fois, Sébastien ne remarqua aucune trace d'ironie sur le visage de Parisot. Pas de sourire contracté. Pas d'accusations, de sous-entendus, de menaces à demimot. Rien qu'un front lisse où se dessinait une certaine sérénité ; on était loin de la figure ambiguë et imprévisible à laquelle l'herboriste était rompu.

Mais une gêne résiduelle parasitait l'esprit de Sébastien. Un doute insidieux, grandissant, qui l'empêchait d'adhérer pleinement au discours du commissaire, de partager son soulagement et de savourer le simple fait d'être en vie. Car c'était bien du soulagement qui se répandait dans le regard lointain du policier. On le disait incapable, négligent, vénal. Sébastien, lui, ne voyait plus qu'un homme apaisé d'avoir mis un meurtrier hors d'état de nuire.

— Vous semblez préoccupé, remarqua Parisot. Je n'ai pas réussi à vous convaincre. Cette lettre occupe encore vos pensées. (Il lui tapota l'épaule d'un geste paternel comme s'il éprouvait pour lui une réelle affection.) Rassurez-vous, cette obsession finira par vous passer. Vous l'oublierez ! Il ne s'agit que d'un détail sans importance. Voyez-vous, il subsiste une inconnue plus étonnante…

Après un soupir, il ajouta :

— La vérité, Noilat, est une chose insaisissable. Plus vous courez après, moins elle vous apparaît clairement.

Sébastien forçait sur sa blessure pour maintenir la cadence imposée par le commissaire.

— Attendez, souffla-t-il. Que voulez-vous dire ?

Parisot sourit.

— Je ne me suis pas trompé sur votre compte. Vous aimez les mystères, Noilat. C'est plus fort que vous. Vous êtes attiré par tout ce que votre logique ne parvient pas à expliquer.

Même s'il était loin de lui donner raison, Sébastien préféra ne pas l'interrompre.

— Eh bien, soit. En voilà un excellent apprentissage ! Votre esprit devra s'accommoder d'un mystère de plus. Sachez qu'Étienne nous a parlé de toutes ses victimes. Toutes sauf une. Il n'a rien dit au sujet de Jussieu. C'était comme s'il ne se rappelait pas l'avoir tué.

L'herboriste tressaillit. Un souffle glacial lui parcourut les avant-bras et remonta jusqu'à sa nuque. Les muscles de son cou se crispèrent.

Parisot l'observait avec un regard amusé.

— Cela signifie que…

En apercevant l'étal d'un rôtisseur, le commissaire se détourna et se caressa le ventre d'un geste machinal.

— Ne soyez pas trop prompt à tirer des conclusions, conseilla-t-il. Il a sûrement oublié cet épisode, ou il n'était plus en état d'en parler. Je dois admettre que nous n'avons pas été tendres… Rassurez-vous, je continuerai à creuser de ce côté. Enfin, si on m'en laisse le loisir. Une autre affaire réclame déjà mon attention.

L'herboriste frémit. Il s'apprêtait à capituler quand une pensée le traversa.

— Et mon journal ? Celui que l'on m'a dérobé la nuit où Gaspard de Jussieu a été tué.

Parisot mima un air excédé.

— Je vois. Depuis le début, vous ne songez qu'à récupérer vos affaires. Nous n'avons trouvé aucun journal.

— Vous en êtes certain ?

— Nous avons fouillé le logement de ce jardinier. Je puis donc vous l'assurer. D'ailleurs, il n'y avait ni livres ni meubles. Rien de valeur. Notre homme dormait à même le sol. Ses seules possessions se limitaient aux outils de chirurgie et aux oripeaux qu'il avait sur le dos lors de son arrestation.

Sébastien dut se mordre la lèvre inférieure pour l'empêcher de trembler. Si Étienne n'avait pas dérobé son journal, pouvait-il être le meurtrier de Gaspard de Jussieu ? Cela semblait peu probable. À moins que le voleur et le tueur ne fussent deux personnes distinctes ? La migraine resserra son étau autour de son crâne. Réfléchir devint un supplice mais, contrairement à Parisot, il n'était pas prêt à tolérer autant d'incertitudes. Il avait besoin de comprendre.

— Étienne sera exécuté en présence du lieutenant criminel, poursuivit le commissaire sans s'apercevoir que son interlocuteur avait l'esprit ailleurs. Qu'il est bon de savoir que tout ceci est terminé ! Allons, Noilat, il est grand temps de fêter ça. Je vous offre une bière. Vous n'avez qu'à dire à Gabrielle de nous rejoindre.

5.

Deux jours s'étaient écoulés depuis la mort d'Étienne. Quarante-huit heures interminables. Mais, déjà, la vie reprenait. Dans l'entourage de Sébastien, on avait cessé d'en parler. Charles avait demandé à le voir. Après s'être inquiété de sa santé, lui avoir fait part de sa stupeur et l'avoir assuré de son soutien, il avait changé de sujet. Comme Parisot, il lui avait proposé de célébrer la fin de cette période autour d'un repas et d'un pichet de vin. Dans une auberge. Comme le jour où Sébastien avait posé le pied à Paris. Comme si la mort de Gaspard de Jussieu n'était plus qu'un lointain souvenir.

Deux jours irréels.

Même s'il n'était pas mécontent de revoir son ami, Sébastien avait décliné sa proposition. Pousser la porte d'une auberge ne lui disait rien. Quand il ne partageait pas les repas de la famille Godart, il se nourrissait auprès des marchands qui déambulaient à proximité du pont Notre-Dame. Le mot « taverne » suffisait à raviver ses douleurs et provoquait une raideur désagréable dans sa jambe.

Lui ne parvenait pas à tourner la page. Son instinct lui criait que l'affaire n'était pas terminée. Ce doute obsédant le poursuivait, l'empêchait d'aller de l'avant.

« Un état transitoire, affirmait Brisseau, une séquelle de sa séquestration ». Sébastien aurait aimé lui donner raison, or il n'était pas pleinement convaincu. Les confidences de Parisot ne cessaient de l'assaillir. Il voulait la vérité. Celle qu'on lui présentait ne permettait pas de tout expliquer.

Sébastien ruminait ; seul, étendu sur sa couche ; dans la rue, lorsqu'il cheminait ; en présence de Gabrielle, Charles et Brisseau, dont il écoutait les conversations d'une oreille distraite.

Dès qu'il réfléchissait à la mort de Gaspard de Jussieu, Gardane et son profil d'oiseau s'immisçaient dans sa tête : le chirurgien esquissait un sourire présomptueux. Ensuite, il se détournait sans daigner lui répondre.

Deux jours d'hésitation.

Devait-il suivre les conseils de Parisot ? Renoncer à tout comprendre ? Ou devait-il s'obstiner ? Sébastien avait toujours cru que la persévérance à elle seule compensait le manque d'habileté ou l'absence de talent. Il fonctionnait ainsi. Les gens qui réussissaient n'étaient-ils pas ceux qui, en dépit des obstacles, n'abandonnaient pas ?

Le jour suivant, il prit la décision d'agir. Rien ne l'obligeait à faire la lumière sur cette histoire, mais une force intérieure le poussait dans cette direction et il semblait vain de s'y opposer.

Voilà comment Sébastien se retrouva, devant la maison des deux Bretons, à épier leurs allées et venues tel un enquêteur à l'affût. Il regrettait de ne pas avoir sur lui un exemplaire de *La Gazette* pour se donner une contenance. À la place, il avait réussi à s'attirer la sympathie d'un jeune vinaigrier et feignait de s'intéresser à sa conversation. Celle-ci tournait essentiellement autour de la concurrence des épiciers et autres marchands de vin qui, comme lui, vendaient du vinaigre au détail. L'homme ponctuait chacune de ses doléances par un « N'êtes-vous pas de cet avis ? », pour inciter son interlocuteur à abonder dans son sens.

Tout en balayant la rue d'un œil attentif, Sébastien s'efforçait d'avoir du répondant. L'exercice exigeait une grande concentration et ne ménageait pas sa jambe, qui souffrait de le porter sans relâche. Deux heures plus tard, il aurait échangé le contenu de sa bourse contre un modeste tabouret et le droit de s'y asseoir, ne serait-ce qu'une minute.

Pour ne rien arranger, le temps s'était gâté. Les éclaircies avaient cédé la place à un climat maussade, saturé d'humidité. De la bruine tombait sur la ville. Chevelures et vêtements collaient à la peau. Les odeurs entêtantes des ateliers se déposaient sur les passants comme des algues gluantes. Mais les narines de Sébastien, tout imprégnées de vinaigre, ne percevaient plus le parfum du cuir ou celui du bétail.

L'herboriste frictionna ses longs doigts blanchis par le froid. Malgré la pénibilité de la mission, il préférait être là plutôt que de se ronger les sangs à l'intérieur de sa chambre. Au moins avait-il l'impression d'accomplir quelque chose. Il ne se faisait guère d'illusions sur ses chances de succès, mais il se sentait mieux ainsi. Qu'y aurait-il eu d'autre à faire ?

Denis Dodart ne lui avait pas répondu. Il fallait se rendre à l'évidence. Sébastien avait fait tout ce chemin pour rien. La mort du chirurgien tueur l'obligeait à se confronter à cette réalité. Il n'était plus qu'un jeune homme désœuvré, sans perspective ; un enfant égaré au milieu des bois. Était-ce pour échapper à la cruauté de la situation que son esprit lui murmurait de poursuivre les investigations ?

Il serra les mâchoires. Peut-être était-il temps de retourner en Sologne ? Ses économies s'amenuisaient. Sans travail, il serait bientôt sans le sou. Curieusement, son petit commerce de plantes séchées ne lui manquait pas et il songeait à cette reprise avec un certain vague à l'âme. Quelle mouche l'avait piqué ? Il avait toujours aimé venir en aide aux pauvres gens ; ceux qui n'avaient pas les moyens de se payer de meilleure médecine que celle des simples. Était-ce l'air de la ville qui lui brouillait les idées et lui donnait des rêves de grandeur ?

Alors que le vinaigrier servait un laquais vêtu de sa livrée, Sébastien reconnut la chevelure éclatante de Charles, qui se glissait hors de la maison. Quant à Gardane, il avait quitté les lieux trente minutes plus tôt, un morceau de pain entre les mains. Le chirurgien ne rentrerait pas avant plusieurs heures. À en croire le botaniste, il passait le plus clair de ses journées dehors, sautait des repas ou se contentait de maigres collations, achetées en chemin, qu'il engloutissait en marchant ou en étudiant. Il donnait l'impression de courir après un carrosse à cinq sols. Ses séances de travail s'éternisaient. Quand il regagnait son logement, une lueur bleutée tombait sur les toits, les halos étoilés des lanternes s'allumaient sur son passage et son ombre ténébreuse barrait le pavé d'un trait noir.

Sébastien avait le temps de mettre son plan à exécution. Après avoir salué le vinaigrier, il se dirigea vers la maison. Cette fois, il était seul. Charles ne se tenait pas devant lui pour ouvrir la voie de sa fougueuse désinvolture.

À l'arrière du bâtiment, la cour peinait à capter la lumière du jour. La pluie martelait les petites flaques argentées qui émaillaient le sol en terre battue, couvert de bosses et de sillons creusés par les eaux. Sébastien s'y risqua tout en surveillant la cuisine, à sa gauche. Il craignait de voir surgir les autres locataires, auxquels il aurait dû expliquer les raisons de sa présence dans l'immeuble. Fort heureusement, personne ne se montra.

Comme dans ses souvenirs, la porte de la vieille écurie fermait à l'aide d'un loquet que l'on pouvait actionner de l'extérieur. Sébastien pénétra dans le bâtiment, et demeura immobile quelques instants pour calmer les battements de son cœur. Au-dessus de sa tête, un craquement du plancher le fit sursauter, ruinant au passage les efforts qu'il déployait pour maîtriser sa respiration. En violant cet endroit, il avait le sentiment de trahir son ami.

Les vestiges de l'écurie – plusieurs abreuvoirs, des fers, des mors et des brides – reposaient sur des résidus de fourrage qui dégageaient une odeur entêtante. Jusque-là, ce lieu n'avait jamais éveillé son intérêt. Il permettait simplement d'accéder à l'étage. Mais Sébastien s'interrogea soudain sur les raisons qui poussaient Gardane à louer cet endroit. Ses soupçons se ravivèrent.

À première vue, il n'y avait rien d'extraordinaire dans cet amas de vieilleries ; ces objets maintes fois replâtrés, sans doute abandonnés par leur propriétaire en dernier recours pour du matériel plus récent. Il se sentait même un peu idiot à fouiller chaque recoin d'un regard pointilleux, à examiner chaque aspérité, comme un enquêteur briguant un indice. Peut-être avait-il perdu l'esprit. Il continua néanmoins, transcendé par une conviction dont il était incapable de se défaire.

Il inspectait l'arrière d'une auge lorsqu'une planche en excellent état retint son attention. Posée par terre, dans ce décor rongé par l'humidité, elle dénotait. Après s'être glissé derrière l'imposant bloc de pierre évidé, il entreprit de déplacer le morceau de bois, tant pis pour les échardes qui piquaient la pulpe de ses doigts. Ses mains n'étaient pas celles d'un homme de labeur, mais elles en avaient vu quand même d'autres.

Sébastien frémit en découvrant la cavité, qui, par le passé, avait dû servir à nourrir les chevaux. Il s'accroupit, caressa le carnet avec ferveur, les yeux écarquillés sous l'effet de la surprise. Cette reliure, il la connaissait par cœur, de la myriade de bruns qui la composait à la petite tache d'encre sur la tranche ; peut-être laissée par le doigt d'Aymar, cent ans plus tôt.

Passé la joie de récupérer cet héritage familial, l'herboriste commença à mesurer la signification de sa trouvaille. Sa méfiance à l'égard de Gardane n'était jamais retombée malgré les récits de Charles, qui tentait de le rendre plus sympathique. Ainsi, il avait vu juste ! Si le chirurgien avait dérobé son journal, c'était probablement pour faire croire à un vol. Voilà pourquoi un témoin disait l'avoir aperçu dehors en pleine nuit. Sans doute avait-il aussi emporté l'arme du crime. Une preuve qu'il avait déposée chez Thomas Chalvron pour que les soupçons se portent sur lui. Gardane n'était pas le chirurgien tueur, mais il n'en demeurait pas moins un meurtrier. Quant aux raisons qui l'avaient poussé à supprimer Gaspard de Jussieu, Sébastien n'était pas curieux de les connaître. Il ne songeait qu'à une chose : quitter cet endroit au plus vite et rapporter les faits au commissaire Parisot. Charles était aveuglé depuis trop longtemps par sa naïveté, sa bonté et son inébranlable loyauté. Il défendait son ami, refusant de voir sa vraie nature. L'herboriste devait à tout prix l'arracher à son emprise.

Sébastien replaça la planche sur la cavité d'une main tremblante. Il prit une grande goulée d'air et se redressa, prêt à partir. Au même moment, la porte de l'écurie s'ouvrit sur Alexandre Gardane.

6.

Les traits en lame de couteau du chirurgien se raidirent. Une lueur incendiaire s'alluma au fond de ses prunelles. Ses membres se crispèrent, un à un. C'était comme si le rapace s'apprêtait à fondre sur sa proie, guettant le bon moment pour agir. Car, en voyant Sébastien avec le journal d'Aymar entre les mains, le jeune homme avait saisi l'urgence de la situation. Une fraction de seconde avait suffi. Le temps, pourtant, semblait s'égrener au ralenti et une tension palpable pesait sur l'écurie.

L'herboriste, paralysé par la confrontation, n'avait pas bougé, à l'image de ces animaux feignant la mort pour échapper à un prédateur. Ses yeux risquèrent tout de même un mouvement vers la sortie. Gardane le comprit. Il bondit sur la porte, baissa le loquet et se positionna devant pour lui bloquer la route.

Une boule se forma dans la gorge de Sébastien. D'un petit pas nerveux, il se déplaça sur sa droite pour se mettre derrière la protection de fortune qu'était l'ancien abreuvoir. En dépit de la distance qui les séparait, il se sentait submergé par l'ombre de cet homme.

La bouche de Gardane se réduisit à un pli sévère, qui laissait deviner bien plus qu'une banale contrariété. Sa silhouette, entièrement vêtue de noir, sans ornements d'aucune sorte, se découpait dans la faible lueur qui parvenait à se couler à travers les minuscules interstices autour de la porte. Cet habit austère accentuait la pâleur de sa peau. Loin de lui donner un air maladif, il s'accordait avec son regard d'une profondeur redoutable.

En toile de fond, on entendait la rumeur de la rue, mais Sébastien ne percevait qu'un silence oppressant. Sa seule chance résidait dans l'arrivée inopinée de Charles. Lorsque Étienne l'avait ligoté à sa table d'opération, il l'avait échappé belle. Pouvait-il espérer que la bonne fortune le favorise une seconde fois ? Il ne fallait pas trop y compter. Le botaniste venait tout juste de sortir de chez lui. Il ne reviendrait pas avant plusieurs heures.

Le corps meurtri de Sébastien avait du mal à supporter cette immobilité prolongée. À bout de forces, il décida qu'il était temps d'en finir. Cette situation grotesque avait assez duré.

— Tu as dans l'idée de me supprimer comme tu t'es occupé de Jussieu ?

Sa voix dérailla en dépit de toute la provocation qu'il avait tenté d'y insuffler. Cependant, sa piètre performance ne demeura pas sans effet. Un léger frémissement brouilla la face impavide de Gardane.

— Je n'ai pas tué Gaspard.

L'affirmation, énoncée avec conviction, sans la moindre hésitation, déstabilisa l'herboriste. Son interlocuteur était parvenu à ébranler ses certitudes. Gardane ajouta :

— C'est Charles qui l'a tué.

Le chirurgien avait voulu poursuivre sur ce ton, dénué d'émotion, mais une légère inflexion de son timbre trahit le trouble qui l'habitait. Il était beaucoup plus bouleversé que les apparences le laissaient supposer.

— Je ne te crois pas.

Sébastien sentit un courant d'air se frotter à ses chevilles. Il grelottait. Et, même s'il venait de prétendre le contraire, le doute s'était insinué dans son esprit.

Les épaules de Gardane s'infléchirent. Il semblait hésiter. L'instant d'après, son regard rassembla toute la dureté dont il était capable et se ficha sur Sébastien comme une pique.

— Puis-je me fier à toi ?

La poitrine de Sébastien se déchira sous l'effet d'une prise de conscience trop douloureuse. Le chirurgien ne mentait pas ; il le voyait à présent. Les moments passés en compagnie du botaniste défilèrent dans son esprit, puis il se souvint de sa colère à l'égard de Jussieu, le soir de sa mort. Charles n'avait-il pas menacé ce dernier d'une lancette devant toute la clientèle de l'auberge ?

Incapable d'affronter la figure sévère de Gardane, Sébastien dissimula sa tête entre ses mains. Le chirurgien en profita pour avancer dans sa direction. Il le dominait de toute sa hauteur et, malgré sa maigreur, sa force ne faisait aucun doute.

— Tu dois promettre de ne rien dire à personne.

Ses paroles comportaient une menace sous-jacente.

— Que s'est-il passé ? souffla l'herboriste.

De près, le chirurgien était encore plus impressionnant. Une ombre creusait chaque pli de sa peau, assombrissait ses paupières et les contours de son visage jusqu'à la naissance de sa chevelure ébène. Sébastien aurait dû être terrifié. Mais pour une raison qu'il ignorait, la peur l'avait subitement quitté. Il plongea son regard dans celui de Gardane, en quête de réponses.

Un tressautement presque imperceptible agita la joue du chirurgien. Ses yeux se posèrent sur le sol poussiéreux. Pour la première fois, il paraissait déconcerté, moins sûr de lui. Peut-être avait-il perçu, comme Sébastien, qu'ils avaient atteint un point de non-retour. L'heure n'était plus au mystère. Indépendamment de tous leurs efforts, la vérité réclamait le droit de s'exprimer.

— Charles a tué Jussieu, répéta-t-il d'une voix rauque. C'était un accident.

L'herboriste éprouva un vif soulagement. Une part de lui refusait de voir en Charles un tueur sanguinaire.

— Charles a un sommeil agité. Il lui arrive de se lever la nuit, de faire des choses et de n'en conserver aucun souvenir. La faute me revient. Je n'aurais pas dû le laisser dormir dans cette chambre. Je pensais qu'il allait mieux.

— Mieux ? répéta Sébastien, qui luttait pour garder l'esprit ouvert, même si la situation lui paraissait invraisemblable.

Gardane se rembrunit.

— Cela s'est déjà produit par le passé. Nous avions obtenu de nos parents l'autorisation de dormir dans une grange. Charles avait dix ans. Il a étranglé l'un de nos camarades. C'était quelqu'un de frêle, souvent malade. Il n'était pas de robuste constitution. Quand je me suis réveillé, il était déjà trop tard. Il portait des marques bleutées autour du cou. Charles pleurait, il était incapable de bouger. J'ai moi-même assisté à plusieurs de ses crises. Elles surviennent quand il est angoissé ou quand il ressent des émotions fortes pendant la journée. Ses yeux sont ouverts, vitreux. Charles n'a pas conscience de ses actes lorsqu'il est dans cet état. Il n'est pas réellement là. Malgré tout, il a toujours su qu'il était responsable de sa mort. Cet épisode l'a bouleversé. Il n'a plus jamais été le même, après ça. Il n'a plus parlé pendant des mois. Il griffonnait dans son coin. Impossible de l'approcher. Et puis, un beau jour, il a commencé à s'intéresser à la botanique. Son état s'est amélioré. C'était comme s'il était devenu quelqu'un d'autre. J'ai fini par comprendre que cette occupation l'aidait à tolérer la culpabilité, alors je l'ai encouragé dans cette voie. Ses parents n'étaient pas au courant. J'étais le seul à connaître toute l'histoire, le seul à pouvoir l'accompagner.

L'intonation du chirurgien redevint plus grave.

— Personne ne doit l'apprendre, reprit-il. Les gens ne comprendraient pas. Il serait condamné, tu m'entends ?

Sébastien prit conscience que Gardane le fixait avec intensité. Il hocha la tête, incapable de produire un son. Les mots lui manquaient. Rien dans son vocabulaire ne lui semblait approprié. Quand il parvint enfin à ouvrir la bouche, sa gorge le fit terriblement souffrir.

— Qu'avez-vous fait du garçon ? Celui qui est mort.

Gardane resta un moment interdit.

— J'ai raconté à nos parents que nous avions été agressés par des voleurs. Charles ne m'a pas contredit.

Le chirurgien marqua une pause. Sébastien crut lire de la tristesse dans son expression, qui conservait néanmoins toute sa raideur.

— J'ai fait en sorte qu'un tel drame ne se reproduise plus. Pour y parvenir, j'ai dû mettre l'apothicaire dans la confidence ; celui chez qui Charles a effectué son apprentissage. Le vieil homme a accepté de fermer les yeux. Il verrouillait sa chambre tous les soirs.

— Ensuite, vous êtes arrivés ici, compléta l'herboriste.

— C'est exact. Dès que nous avons été en mesure d'exercer. Cet endroit est à l'abri des regards. Il me permet de le surveiller. Au sujet de Jussieu, je suis le seul à blâmer. Avec les années, ma vigilance s'est relâchée. Je n'aurais jamais dû autoriser Charles à passer la nuit dans cette auberge. Ce soir-là, il n'était pas très en forme. Il était en colère contre Jussieu et il avait bu. J'aurais dû le ramener à la maison.

Accablé par le poids de cette responsabilité, Gardane perdit quelques pouces.

— L'artère a été touchée. J'ai tenté de le sauver avec le peu de matériel que j'avais sur moi, mais je n'y voyais rien…

Il n'acheva pas sa phrase. Sébastien éprouvait de la gêne à le voir ainsi. À percer à jour cette vulnérabilité, dissimulée avec tant de soin.

— Tu as pris mon journal pour faire croire à un vol, souffla-t-il.

Le chirurgien acquiesça.

— J'ai emporté la lancette avec moi. Je l'ai cachée ici, avec tes affaires.

— Pourquoi l'avoir placée chez Thomas Chalvron ? La lettre que j'ai reçue, elle venait de toi.

Gardane ne répondit pas immédiatement. Il laissa échapper les mots qui suivirent comme s'il lui coûtait de les prononcer et qu'ils lui inspiraient une profonde répugnance.

— C'était une idée d'Antoine Daquin… Il voulait se servir des meurtres commis pour discréditer la Faculté. Il m'a demandé de trouver le moyen d'accuser Chalvron. Après la mort de Jussieu, je ne pensais pas que les choses iraient aussi loin. J'y ai vu une occasion d'innocenter Charles une bonne fois pour toutes et d'éloigner les soupçons qui pesaient sur ma personne.

— Mais Chalvron aurait pu être condamné, s'indigna Sébastien.

Le chirurgien tressaillit.

— Je l'ai fait pour Charles.

Entre répugnance, pitié et fascination, l'herboriste ne savait dire quel sentiment prédominait en lui, et cette confusion le déroutait. Un conflit intérieur qu'il ne connaissait que trop bien. Il y était souvent confronté lorsqu'il songeait à Aymar de Noilat. Les deux hommes, bien qu'aucun lien de parenté ne les unît, semblaient faits de la même étoffe.

Le moment était mal choisi, mais les lèvres de Sébastien esquissèrent un sourire nerveux.

— J'étais persuadé que Lenglasse et toi agissiez ensemble. Que vous étiez le chirurgien tueur.

— Théodore ? Qu'a-t-il à voir là-dedans ?

Sébastien décida de jouer franc-jeu.

— Je t'ai suivi jusqu'à la bibliothèque du Roi. En enquêtant, j'ai appris que vous vous fréquentiez souvent.

Je pensais innocenter Charles en prouvant ta culpabilité, bredouilla-t-il.

Le chirurgien accusa le coup sans ciller.

Dans la cour de l'immeuble, des enfants avaient fait irruption et couraient devant l'écurie jusqu'à ce que leur mère les rappellât avec autorité.

— Théodore s'intéresse au sommeil, dit Gardane. En joignant mes forces aux siennes, j'espère un jour trouver le moyen de libérer Charles de ce fardeau. En attendant, il ne doit rien savoir.

Sébastien devina qu'il lui adressait une nouvelle menace à demi-mot.

— A-t-il conscience d'avoir agressé Jussieu ?

— Non, coupa Gardane. Il a eu des doutes, mais je suis parvenu à les dissiper. Je préfère qu'il ne l'apprenne jamais. Ça l'anéantirait. Depuis l'âge de dix ans, il vit avec cette insupportable culpabilité. Il ne dort pratiquement pas. Et, dès qu'il réussit à fermer l'œil, il fait des cauchemars. S'il découvrait la vérité, il ne s'en relèverait pas. Aujourd'hui, tout le monde est persuadé qu'Étienne est responsable. Quelle importance ?

Derrière ce discours glacial, prononcé sans état d'âme, du moins en apparence, Sébastien devinait que le chirurgien dissimulait ses véritables sentiments. Une habitude si bien ancrée qu'il donnait l'impression d'avoir un bloc de pierre dans la poitrine. L'herboriste ne put s'empêcher d'éprouver une forme d'admiration pour son dévouement. Gardane avait dédié sa vie à protéger celle de Charles.

— Je ne dirai rien.

Au fond, il n'avait pas besoin d'y réfléchir. Rien n'avait changé. Ce qu'il venait d'apprendre n'avait pas suffi à entacher l'amitié que lui inspirait le botaniste.

Les sourcils arqués à outrance, le chirurgien le jaugea pendant d'interminables secondes. Cet examen priva Sébastien de ses dernières couleurs. Il se sentait nauséeux tout à coup. Que ferait cet homme s'il ne le croyait pas capable de tenir sa langue ?

— J'étais venu dans l'espoir d'aider Charles, plaida-t-il. Je n'ai aucune raison de le dénoncer au commissaire Parisot. Il y a déjà eu assez de morts.

Gardane recula d'un pas. Il avait l'air désarçonné. Était-ce le fait d'avoir raconté cette histoire à voix haute après l'avoir tue pendant si longtemps ? Finalement, il fit volte-face et déverrouilla la porte de l'écurie.

Sébastien, qui serrait toujours le journal de Noilat contre sa poitrine, comprit avec soulagement ce que ce geste signifiait. Il se dirigea vers la sortie en évitant scrupuleusement de croiser le regard du chirurgien. S'il avait osé lever les yeux, il aurait vu un jeune homme épuisé, las de mentir, et, d'une certaine manière, soulagé d'avoir partagé ce fardeau avec quelqu'un.

Il franchissait le seuil de l'écurie lorsque la voix de Gardane résonna une dernière fois :

— Ce journal, tu devrais en faire quelque chose. N'est-ce pas pour cela que tu es venu ?

Les doigts de Sébastien se crispèrent autour de la reliure. Ce qu'il redoutait par-dessus tout s'était produit. Il n'était plus le seul dépositaire de l'histoire d'Aymar de Noilat. Le chirurgien savait.

— Tu l'as lu ?

Les lèvres de Gardane, bien qu'elles y fussent peu habituées, se détendirent.

— Nous avons tous nos secrets. Il serait dommage de n'y voir qu'une faiblesse et de ne point s'en servir pour avancer.

Lettre à Charles

Le 29 janvier 1669

Tu dois te demander pourquoi j'ai décidé de porter ton nom. Pourquoi j'ai choisi d'étudier la botanique, moi qui ne m'y étais jamais intéressé par le passé. Les mauvaises langues diraient que je cherche à te remplacer. Mais, crois-moi, je n'ai jamais voulu prendre ta place. En réalité, j'espérais simplement te faire vivre à travers moi et, sans doute, atténuer cette souffrance intolérable qui me broie le cœur. C'est moi qui aurais dû périr dans cette grange. Le monde s'en serait mieux porté.

Charles Petit. À dix ans, tu incarnais déjà la bonté, la générosité. Tu débordais de cette intelligence et de cette clairvoyance que j'ai tant admirées. Tu ne méritais pas de mourir, pas ainsi, pas avant d'avoir eu le temps d'accomplir ta destinée. Car je ne doute pas que tu serais devenu un brillant botaniste. Tu aurais fait la fierté de ta famille ; si je n'avais pas été là.

Je ne peux pas me le pardonner, et j'éprouve une profonde répugnance en songeant à celui que j'étais. Comment aurais-je pu continuer à vivre dans la peau de ce garçon impuni ? Dans la tête de cet être qui a commis l'irréparable ?

Tu comprends. C'est moi qui suis mort, cette nuit-là.

Épilogue

— Nous pourrions t'héberger le temps que tu te procures un travail. Je suis certain qu'Alexandre y consentirait. À l'Hôtel-Dieu, ils pourraient avoir besoin de tes services. Souhaites-tu que j'aille en toucher deux mots à l'apothicaire ? Je ne peux pas me résoudre à te laisser partir.

Sébastien rangeait ses affaires à l'intérieur de sa malle sous le regard accablé de Charles, qui espérait le faire changer d'avis. Après avoir épuisé l'intégralité de ses arguments, il tentait de lui donner mauvaise conscience en évoquant le vide qu'il allait laisser, après son départ.

Sébastien ne fuyait pas. Cette conviction lui donnait la force nécessaire pour s'en tenir à sa décision. Un temps, il avait craint que les révélations de Gardane ne le contraignissent à prendre ses distances. En revoyant Charles pour la première fois, il avait eu l'estomac noué ; il fallait bien l'admettre. Mais cette impression n'avait pas duré. Leur relation avait retrouvé naturel et simplicité. Les raisons de son départ étaient ailleurs.

Même s'il était chagriné à l'idée de dire adieu à son ami, à Brisseau et à Gabrielle, Sébastien avait l'impression que plus rien ne l'attendait ici. Son rôle n'était-il pas de venir en aide aux gangréneux ? En Sologne, les gens avaient besoin de lui. Grâce au savoir d'Aymar de Noilat, il détenait un grand pouvoir ; il n'avait pas le droit de l'ignorer ou de tourner le dos à tant de malheureux. Or, à Paris, il resterait toujours un herboriste de province auquel on accorderait une confiance toute relative. « Sympathique, dévoué », dirait-on. Rien de plus.

— Nous nous écrirons, promit-il.

Charles esquissa une moue enfantine.

— Je vois que tu es résolu. Je n'ai plus qu'à m'enivrer pour oublier ton départ.

Sébastien s'apprêtait à protester quand la chevelure brune de Gabrielle apparut dans son champ de vision. Elle lui décocha un sourire complice, s'engouffra dans la pièce et se laissa choir sur la couche. Elle dégageait cette vitalité et ce troublant parfum de liberté qui se moquaient du regard des autres.

Après s'être redressée en prenant appui sur ses coudes, elle s'adressa à Charles.

— Tu n'as pas réussi à le faire changer d'avis ? Il semble que ce soit peine perdue. De mon côté, j'ai tout essayé. Mais il n'y a rien que je puisse faire pour le persuader de rester.

Sans trop savoir pourquoi, Sébastien rougit jusqu'aux oreilles. S'il lui avait pardonné ses intrigues, il se sentait toujours aussi troublé en sa présence. Pour dissimuler son embarras, il reporta son attention sur sa chemise de rechange.

— Avant que j'oublie les raisons de ma venue, tu as reçu une lettre, dit-elle en lui tendant un billet qu'elle dissimulait dans les plis de sa robe.

L'herboriste le parcourut sous les œillades amusées de ses amis.

— Rien de fâcheux, j'espère ? s'enquit Charles. Regarde-toi, tu tiens à peine debout. Je ne sais pas s'il est judicieux de prendre la route dans cet état.

Sébastien relut le contenu de la lettre comme s'il doutait de l'avoir compris la première fois.

— C'est un message de Denis Dodart, souffla-t-il, incrédule. Il souhaite me rencontrer. Il me présente ses excuses pour ne pas avoir répondu plus tôt. Il rentre de voyage et vient seulement de prendre connaissance de mon travail.

Le visage de Charles s'illumina.

— Eh bien, ça, pour une nouvelle ! Finalement, la lutte contre la gangrène pourrait bien se jouer ici. Quel dommage qu'il te faille manquer ça ! À moins que tu ne te décides à changer tes plans.

Gabrielle se leva d'un bond, se pencha au-dessus de la malle et commença à en sortir quelques affaires sous le regard médusé de leur propriétaire.

— Allons, dit-elle. Tu l'aurais refermée depuis longtemps si tu comptais vraiment nous quitter. Je vais t'aider à ranger.

Note de l'auteure

Le passionnant Jardin du Roi, qui sert de cadre à ce roman, a été fondé au XVIIe siècle. Il est connu aujourd'hui sous le nom de Jardin des plantes, et abrite le siège du Muséum national d'histoire naturelle, dans le 5e arrondissement de Paris.

Tout comme le Premier médecin, Antoine Daquin, le chirurgien Pierre Dionis est un personnage historique. Nommé démonstrateur « en anatomie humaine suivant la circulation du sang », il donna des cours d'anatomie et de chirurgie au Jardin du Roi dès 1673. Selon les dires du chirurgien, ces leçons gratuites, voulues par Louis XIV, ont connu un franc succès et attiraient entre quatre cents et cinq cents spectateurs, réunis dans un amphithéâtre provisoire. J'ai tenté de donner vie à ces démonstrations en m'inspirant du *Cours d'opérations de chirurgie, démontrées au Jardin royal*, publié par Dionis lui-même en 1707.

Les tensions, évoquées en toile de fond, entre la faculté de médecine et les chirurgiens sont véridiques. Le Jardin du Roi permettait au pouvoir royal de contourner le monopole de la Faculté sur l'enseignement anatomique, et de favoriser des théories modernes – notamment la circulation du sang –, rejetées par celle-ci. Le conflit a duré de nombreuses années et connu de multiples rebondissements qui, mis bout à bout, constituent à eux seuls un excellent roman. Cependant, les péripéties rencontrées au fil de ces pages par le pauvre Sébastien, les intrigues d'Antoine Daquin ainsi que les émeutes décrites aux portes du Jardin du Roi sont le fruit de mon imagination. Leur unique vocation est de vous offrir un moment de divertissement et d'évasion.

Remerciements

Il m'est impossible de terminer ce livre sans adresser un mot de remerciement à toutes les personnes fabuleuses que j'ai eu la chance de rencontrer après la sortie de mon premier roman. Je pense à celles et ceux, auteures, auteurs, bénévoles, organisateurs, libraires, bibliothécaires, qui m'ont si gentiment accueillie sur les salons et autres événements auxquels j'ai participé. Je pense aussi à vous, chères lectrices et chers lecteurs. Vous ne me connaissiez pas, pourtant, vous êtes venus à ma rencontre, en dédicace ou sur les réseaux sociaux. Après avoir passé tant de temps, seule, à écrire, j'ai pris un plaisir immense à partager cela avec vous. Vos sourires, votre enthousiasme et vos encouragements ont été un moteur incroyable dont je m'émerveille encore en rédigeant ces lignes. Ce deuxième roman vous doit beaucoup.

Cette histoire n'aurait jamais vu le jour sans le soutien et l'énergie de toute la team Robert Laffont. Un immense merci à Glenn Tavennec, Perrine Thérond, Sandrine Perrier-Replein, Élise Iwasinta, Lucile Besse… Vous êtes formidables ! Mes pensées se tournent évidemment vers mon éditrice, Camille Racine, que je remercie du fond du cœur pour ses conseils et son superbe travail d'édition.

Je tiens également à saluer le travail passionnant des chercheuses et chercheurs, historiennes et historiens, qui m'a beaucoup aidée lorsque j'effectuais des recherches pour ce roman. J'espère ne pas avoir raconté trop de bêtises !

Enfin, je ne serais rien sans le soutien de mes parents, de ma famille et de mes amis. Mille mercis à ma bêta-lectrice, Claire Krust, pour ses remarques judicieuses qui m'ont permis d'améliorer la toute première version de ce roman.

Merci à Nicolas, mon cher et tendre anatomiste, pour le chemin parcouru ensemble, et pour faire en sorte que, dans un quotidien bien rempli, je puisse trouver le temps d'écrire.

Bibliographie

Couperie, P., Jurgens, M., « Le logement à Paris aux XVIe et XVIIe siècles », *Annales. Économies, sociétés, civilisations*, 17e année, no 3, 1962, p. 488-500.

Delamare, N., *Traité de la police, où l'on trouvera l'histoire de son établissement, les fonctions et les prérogatives de ses magistrats, toutes les lois et tous les reglemens qui la concernent*, Paris, chez Jean & Pierre Cot, 1706.

Dionis, P., *Cours d'opérations de chirurgie, démontrées au Jardin royal*, Paris, Laurent d'Houry, 1707.

—, *L'Anatomie de l'homme suivant la circulation du sang et les dernières découvertes*, Paris, Laurent d'Houry, 1690.

Gatti, M., « La querelle des barbiers, chirurgiens et médecins (XIIIe-XVIIIe siècles) », *Sciences du vivant*, 2014.

Kaplan, S. L., « Note sur les commissaires de police de Paris au XVIIIe siècle », *Revue d'histoire moderne et contemporaine*, t. 28, no 4, 1981, p. 669-686.

Laget, P.-L., « Le développement paradoxal de l'anatomie et de la chimie dans un sanctuaire de la botanique : le Jardin royal des plantes médicinales », *In Situ*, mis en ligne le 20 février 2017.

Lunel, A., *La Maison médicale du roi,* XVIe-XVIIIe *siècles. Le pouvoir royal et les professions de santé*, Seyssel, Champ Vallon, 2008.

Massie, A., « Tensions et conflits de compétences entre commissaires et sergents du Châtelet de Paris au XVIIe siècle », *Circé*, n° 9, 2017.

Pillorget, R., Viguerie, J. de, « Les quartiers de Paris aux XVIIe et XVIIIe siècles », *Revue d'histoire moderne et contemporaine*, t. 17, n° 2, 1970, p. 253-277.

Vidoni, N., « Les "officiers de police" à Paris (milieu XVIIe-XVIIIe siècle) », *Rives méditerranéennes*, Varia, mis en ligne le 15 février 2010.

Vons, J., « De l'anatomie des plantes à l'anatomie de l'homme au Jardin royal des plantes de Paris (1618-1718) », *Journal de botanique*, n° 85, 2019, p. 41-51.

—, « Pierre Dionis, chirurgien aulique et maître chirurgien juré (1643-1718) », *in* Stanis Perez et Jacqueline Vons, *Santé et Médecine à la cour de France (*XVIe-XVIIIe *siècles)*, [Actes du colloque international, 19-20 octobre 2017, Paris], Bibliothèque interuniversitaire de santé, 2018, p. 53-64.

—, *Le Médecin, les institutions, le roi. Médecine et politique aux* XVIe-XVIIe *siècles*, cour-de-france.fr, mis en ligne le 1er avril 2012.

Wilhelm, J., *La Vie quotidienne des Parisiens au temps du Roi-Soleil – 1660-1715*, Hachette, 1977.

PARUS DANS
LA BÊTE NOIRE

Noémie ADENIS
Le Loup des ardents (Grand Prix des Enquêteurs 2021)
Le Jardin des anatomistes

Katerina AUTET
La Chute de la maison Whyte (Grand Prix des Enquêteurs 2020. Prix littéraire de la Renaissance française 2020)
Les Deux Morts de Charity Quinn

Cédric BANNEL
Baad (Prix du Meilleur Polar des lecteurs de *Points* 2017)
Kaboul Express
L'Espion français

PATRICK BAUDOT
Alias Cristal 18 – Les Ondes

Jacques-Olivier BOSCO
Brutale
Coupable

Rhys BOWEN
Son Espionne royale
Tome 1, *Son Espionne royale mène l'enquête*
Tome 2, *Son Espionne royale et le mystère bavarois*
Tome 3, *Son Espionne royale et la partie de chasse*
Tome 4, *Son Espionne royale et la fiancée de Transylvanie*
Tome 5, *Son Espionne royale et le collier de la reine*
Tome 6, *Son Espionne royale et les douze crimes de Noël*
Tome 7, *Son Espionne royale et l'héritier australien*
Tome 8, *Son Espionne royale et la reine des cœurs*

Tome 9, *Son Espionne royale et les conspirations du palais*
Tome 10, *Son Espionne royale et le baron irlandais*
Tome 11, *Son Espionne royale au service de Sa Majesté*
Tome 12, *Son Espionne royale : quatre enterrements et peut-être un mariage*

Franck CALDERON, Hervé DE MORAS
Là où rien ne meurt

Julia CHAPMAN
Les Détectives du Yorkshire
Tome 1, *Rendez-vous avec le crime*
Tome 2, *Rendez-vous avec le mal*
Tome 3, *Rendez-vous avec le mystère*
Tome 4, *Rendez-vous avec le poison*
Tome 5, *Rendez-vous avec le danger*
Tome 6, *Rendez-vous avec la ruse*
Tome 7, *Rendez-vous avec la menace*
Tome 8, *Rendez-vous avec le Diable*
Tome 9, *Rendez-vous avec la justice*

Karen CLEVELAND
Toute la vérité

Daniel COLE
Ragdoll
Tome 1, *Ragdoll* (Prix Griffe noire du polar de l'année 2017)
Tome 2, *L'Appât* (Prix Bête noire des libraires 2018)
Tome 3, *Les Loups*
Pietà

COLLECTIF, sous la direction de Lisette Lombé, Elvira Masson, Fabrice Rose et Delphine de Vigan
Histoires de femmes – Les Ondes

Sandrone DAZIERI
Tu tueras le Père
Tu tueras l'Ange
Tu tueras le Roi
La Danse du gorille
Le Mal que font les hommes

Lara DEARMAN
La Griffe du diable
L'Île au ciel noir

ALAIN DECKER
Jours de ténèbres (Grand Prix des Enquêteurs 2023)

Ingrid DESJOURS
Les Fauves
La Prunelle de ses yeux

Claire FAVAN
Serre-moi fort (Prix Griffe noire du meilleur polar français 2016)
Dompteur d'anges
Inexorable

Rebecca FLEET
L'Échange
La Seconde Épouse

Dominique FORMA
Coups de vieux

Olivier GALLIEN
Dans la neige ardente (Prix Bête noire des libraires 2022)
Sève

Amy Gentry
Les Filles des autres
De si bonnes amies

Maria Grund
La Fille-renard

Patrice Guirao
Le Bûcher de Moorea
Les Disparus de Pukatapu
Rivage obscur

L. S. Hilton
Maestra
Domina
Ultima

Ingar Johnsrud
Les Adeptes
Les Survivants

Elizabeth Key
Sept mensonges

Quntos KunQuest
Cette vie-là – Les Ondes

Mathieu Lecerf
La Trilogie du démon
La Part du démon (Prix Bête noire des libraires 2021. Prix Nouvelles Voix du polar 2022, roman français)
Au royaume des cris
La Mort dans l'âme

Sara LÖVESTAM
Chacun sa vérité (Grand Prix de littérature policière 2017, domaine étranger. Prix Nouvelles Voix du polar 2018, roman étranger)
Ça ne coûte rien de demander
Libre comme l'air
Là où se trouve le cœur

Fabio MITCHELLI
Une forêt obscure
Le Tueur au miroir
Le Loup dans la bergerie (Prix Méditerranée Polar 2021)

Nadine MONFILS
Les folles enquêtes de Magritte et Georgette
Nom d'une pipe !
À Knokke-le-Zoute !
Les Fantômes de Bruges
Liège en eaux troubles
Leffe-toi et marche
Charleroi du crime

Nicole NEUBAUER
Sous son toit

Vincent ORTIS
Pour seul refuge (Grand Prix des Enquêteurs 2019)
Patiente

Gin PHILLIPS
Le Zoo (Prix Transfuge du meilleur polar étranger 2017)

Antoine RENAND
L'Empathie (Prix des lecteurs Gouttes de Sang d'Encre 2019. Prix Nouvelles Voix du polar 2020, roman français)

Fermer les yeux
S'adapter ou mourir
L'Empathie, t. 2

Fabrice ROSE
Tel père, telle fille (Prix Bête noire des libraires 2020)
Le Plan

RYDAHL & KAZINSKI
La Mort d'une sirène

Romain SLOCOMBE
La Trilogie des collabos
L'Affaire Léon Sadorski (Prix Libr'à Nous 2017, catégorie polar)
L'Étoile jaune de l'inspecteur Sadorski
Sadorski et l'Ange du péché
La Trilogie de la guerre civile
La Gestapo Sadorski
L'inspecteur Sadorski libère Paris
J'étais le collabo Sadorski

Thibaut SOLANO
Les Noyés du Clain
Les Dévorés

Dominique SYLVAIN
Panique en Armorique
Périlleuses Pyrénées

Clémentine THIEBAULT
En votre intime conviction – Les Ondes

Dato TOURACHVILI
Génération denim – Les Ondes

Danielle Trussoni
Le Maître des énigmes

Ilaria Tuti
Sur le toit de l'enfer (Prix Bête noire des libraires 2019. Prix Nouvelles Voix du polar 2020, roman étranger)
La Nymphe endormie
À la lumière de la nuit
Fille de cendre

Harriet Tyce
Blood Orange
Tu mens comme tu respires

Damien et Sibylle Véron
Tiphaine où es-tu ? – Les Ondes

Annette Wieners
Cœur de lapin

Imprimé en France par
CPI Brodard & Taupin
en janvier 2024

#lisez! engagé
www.lisez.com
Pour plus d'information :
Imprimé sur du papier issu de forêts gérées durablement.

N° d'édition : 66371/01 – N° d'impression : 3054704